# 鶡苙亭

## 交州盜墓案

史杰鵬 著

一場場權謀鬥爭,展現出朝廷上的爾虞我詐,
眾人的命運盤根錯節,交織成一張撲朔迷離的大網,
彼此間相互糾葛,又無法逃脫⋯⋯

崧燁文化

# 目錄

# 目錄

附錄　何敞年譜簡編

後記

# 目錄

# 楔子

　　秦漢之際，為了行政的高效率，朝廷在天下郡國開闢了四通八達的驛道，以方便郵書的傳送。驛道旁每隔十里就有一個官府設置的亭舍。位於城邑中的，稱為都亭；位於野外的，則稱為鄉亭。都亭倒還罷了，一向建在城邑的繁華地帶；那些位於荒郊野外的鄉亭，平時一般只有三兩個亭卒看守，每當夜幕降臨之際，在灰濛濛的天空下，這些亭舍微弱的燈火之光就成為沿途官吏和旅人心靈的慰藉，他們可以叩門求宿，在亭舍中好好吃一頓飯，飲一壺熱水，甚至泡一個熱水澡，然後心滿意足地睡一個覺，等到第二天晨光射入窗櫺時，再打個惬意的呵欠，精神百倍地啟程，奔赴他的下一個目的地。但在他借宿的那個漆黑的夜晚，可能會發生一些駭人聽聞的故事。

　　有一個故事是這樣的。東漢章帝之時，東郡的安陽城南有一個都亭，一向據稱不可停宿，敢犯險者必定死於非命。某次有個書生路過此亭，天色晚了，就想進去歇宿。亭舍周圍的百姓都勸他：「這地方可住不得，裡面有鬼啊。你要知道，前後進去住過的十幾個人，沒有一個活著走出來的。」料想書生一定嚇得要死，誰知書生自幼學過一點法術，而且孔武有力，對鬼神一向嗤之以鼻，聞言哈哈大笑：「什麼鬼神，自己嚇自己罷。你們也別愁眉苦臉的，我明天活著出來給你們看看。」執意要住。百姓只好紛紛嘆息：「好言難勸該死的鬼，罷了，由他去吧，明早報官來收屍便了。」個個搖頭而去。

　　書生大搖大擺進了亭舍，拆椽燃火做飯，吃飽喝足之後，稍事打掃，就自顧自地躺在堂上看書，差不多夜半時分，意猶未盡，又扔下書鼓琴作樂。樂曲奏得正酣，突然一個青色的鬼頭在門口隱隱浮現，像煙一樣飄到書生面前，面目猙獰，張嘴吐舌，醜態百出。書生當地是空氣，渾不在意，只顧彈自己的琴。鬼頭感覺無聊，顯出羞慚之色，怏怏而退，但並未一去不返，須

# 楔子

與又折身而歸，這回帶著一樣血淋淋的禮品——人頭，只見牠鬼爪一揚，人頭就擲到書生的面前，咕嚕轉動，鏗然有聲，同時還發出陰惻惻的勸告：「公子，這麼晚還不睡覺，看我都幫你帶枕頭來了。」

書生一把抓過人頭：「太好了，我欲睡覺久矣，只恨缺個枕頭！多謝了！」

鬼沮喪不已，突然暴怒起來，一晃竄上前去：「敢不敢跟我打一架？」書生大笑，聲震屋梁，梁塵俱下：「當然好。」倏然出手，一手卡住鬼頸，一手攪住鬼腰，只聽咔嚓一聲，骨頭碎裂，鬼嚎叫一聲，如土委地，嗚呼哀哉。

天明之後，一群百姓領著官吏，興沖沖來到亭舍，想幫書生收屍。卻發現書生躺在廊廡下呼呼大睡，旁邊不遠處躺著一隻青色的狐狸，七竅流血。提將起來，像一塊破布，軟塌塌的，原來脊梁骨已經斷了。

從此之後，這個亭舍再也沒有鬼怪出沒。

這個故事讓人大長志氣，但事情並非總有這麼樂觀，有的亭舍確實凶險無比，進去過夜的人九死一生。東海郡郯縣有個叫琵琶亭的鄉亭就是如此。此亭舍自建成之日起，就時時發生怪異事件，幾年之間，起碼死了上百人，死因都非常離奇，官府只好把此亭廢棄。由於它位於荒郊野外，周圍無百姓居住。因此暮色一至，鮮有路人敢靠近它。驛道上貪夜行路的郵卒無奈，經過它時，也都打馬狂奔一掠而過，從不敢稍作停留。直到和帝永元八年的一個秋天，有個不怕死的官吏名叫到伯夷的來了。

到伯夷當時官任東海郡北部督郵，半個月來一直帶著三個下屬在郡中的北部郡縣巡視。這天正在回郯縣的路上，驛道漫漫，太陽逐漸落下山去，晚霞散落成綺，草木只剩下模糊的輪廓，兩車四人，不知不覺來到了琵琶亭前。到伯夷撫軾喜道：「天色已暗，驛道也看不清楚，幸好這裡有個亭舍，可以投宿歇息。」

可是琵琶亭暗無燈火，非常奇怪，這幾個人對琵琶亭的歷史一無所知，也不知死活。到伯夷命令手下的錄事掾去探詢。錄事掾先是敲了敲亭舍門，自然無人應答。推門進去，只見荒草蕪蔓，草蟲亂飛，幾棟破舊的房屋掩映其中。錄事掾隱隱感覺古怪，恐懼像針灸一樣傳遍全身，然職責在身，也不敢逃避，只好壯膽撥開衰草，走到屋前，眼前幾隻修長身脊的動物一閃而過，他揉揉眼睛，張目再看，發現屋前楹上書著幾個血淋淋的大字：此亭有鬼，慎毋止宿。郊縣縣令謹告，永元元年七月乙丑。

原來這個亭舍鬧鬼，已經廢棄七年了。錄事掾怪叫一聲，跌跌撞撞跑出去報告到伯夷。到伯夷照舊仰頭狂笑：「老子一生從未見過鬼怪，今晚倒要看看。」

吏卒苦苦勸告，到伯夷充耳不聽，他出身武夫世家，一向擅長騎射，膽如斗大，根本不在乎這些，只是一連聲下令灑掃房屋，點上燈燭，他要一邊辦公務一邊等著吃飯。官大一級壓死人，三個掾屬無奈，只好迅速分工，燒飯的燒飯，打掃的打掃。幸喜一切平安，四人吃飽喝足收拾乾淨，悠然無事。亭舍望樓雖舊，倒也保存完好。到伯夷吩咐掾屬去樓下睡覺，自己獨臥樓上看書。

讀到夜半時分，忽然聽到有人敲門：「督郵君，請開門。妾身姐妹聽說君停宿在此，特來相詣。」聲音嬌嬈可人。到伯夷年甫三十，雖然旅途寂寞無匹，慾火難熬，卻也知道在此荒郊野亭，天上不會掉下餡餅，何況美女。於是悄悄拔劍在手，道：「請二君進來。」

門一開，兩位素裝女子裊裊婷婷步入，果然都是韶齔鼎盛，美貌絭然，彷彿天邊皓月，照亮了幽暗的亭閣。到伯夷心想，鬼要是都生成這副樣子，倒不如日日見鬼。於是致以殷勤之意，雙方對坐細語，不知不覺，逐漸情熱，其中一女膝行而前，笑語盈盈，吐氣芳蘭馥郁，到伯夷神迷情亂，幾乎

要張臂相擁。這時另外那位美女佯裝隨意站起，繞至到伯夷身後。到伯夷猛然恢復警惕，心中驚跳不已，本能地拔劍出鞘，反手向後一揮，只聽一聲尖叫，身後美女撲倒在地，叮噹亂響，化為一枚枚枯骨。到伯夷雖然也有些心理準備，但猛然親眼目睹絕世紅顏剎那間寂滅如塵，也不由得黯然傷心。

身前那美女見勢不妙，撒腿就跑，衣袂飄然。到伯夷疾步向前，一劍刺入美女後背，美女低呼一聲，轉首望著到伯夷，眉目凝矚，宛轉哀啼，似乎不勝苦楚。恍惚之間，到伯夷差點懷疑自己是否殺錯了，這個美女也許是真的。但他馬上就知道不對，這個女子的青絲皓腕，很快也土崩瓦解，白骨寸寸從他的劍上墜落。到伯夷不由得拄劍於地，嚎啕大哭。

旋即樓梯咚咚作響，到伯夷起身橫劍當胸，警惕來者，卻發現是錄事掾等三個隨從，於是問道：「你們還睡得著？沒有鬼騷擾你們嗎？」

錄事掾道：「督郵君沒事罷？下吏剛才睡得很熟，這是……看來果然有鬼。」三人目光下移，面上盡皆現出驚駭之色。

到伯夷道：「也罷，你們也到這房間來睡，相互之間有個照應。不過，鬼怪可能都被我殺光了。」

幾人寒暄了一會，又抵緊房門，相繼躺下。到伯夷雖然仍覺不安，但究竟疲憊不堪，眼皮如鉛，逐漸下壓。朦朧中感覺三隨從忽然躍起，齊齊向自己撲來，他想拔劍，卻來不及了，喉嚨一下被卡得死緊，旋即一陣劇痛，失去了知覺。

天色放曙，驛道上的來往行人發現亭前路旁停著兩輛官家車馬，驚愕不已，乃相約步入廢亭查看。發現樓下橫躺三屍，面色滿是恐懼；樓上則一屍仰臥，喉嚨有爪孔，血色凝結，觀其服飾當為督郵。門側白骨兩堆，不知何物。

從此，號稱郡內第一勇士的到伯夷死在琵琶亭的消息傳遍天下，成為東漢人茶餘飯後的談資。琵琶亭畔十里之內再也沒人敢靠近，最後連驛道的路線也改了，琵琶亭徹底淹沒於草莽之中。

　　在大漢的疆土中，亭舍是連接一個個城邑和鄉聚的重要設施，也是傳播一個個神奇故事的中轉站，大概也正因為此，它從而成為一個個鬼怪故事的承載。鬼怪像花朵一樣盛開於天下郡國的亭舍之中，但在偏遠荒涼的交州彷彿是個例外，那是大漢新開闢的土地，人煙稀少，多蠻族，少有人去，沒有更具體的傳聞。

# 楔子

# 第一回　貶謫入交州

## 第一回　貶謫入交州

這是我第一次來到交州 [01]，前個月，我被朝廷任命為交州刺史 [02]。

我現在走的地方是條長阪，好像契刻在黛青色山腹上的一道傷痕。我癱坐在輕便的安車 [03] 上，左邊荊棘蔥蘢，碧綠盈目；右邊鬱江之水如緞似帶，一路逶迤，環抱著我前行。太陽漸漸落下了天際，無數烏鴉從遠方的林間射了出來，霎時散落在鬱江的碧天之上。這是我很喜歡的瑰麗景色。血一樣的殘陽撒滿了我眼前的這片天地，不知道下一個亭驛會在哪裡。

老實說，我倒根本不想考慮這些瑣碎的問題，驛置總歸會有的，遠一點近一點又有何妨。在轔轔的車聲相伴中，我愜意地賞閱著四圍的風景。這條古驛道上一個人也沒有，如果是旁人來，一定會膽顫心寒。如果帶著我那深愛的妻子，我肯定也會心頭惴惴，絕不會這麼冒險。雖然蒼梧郡總人口也不過十三四萬，它本身就該這麼荒涼，但這不是我應該冒險的理由。可惜，我那心愛的妻子，她早早地就離開了我……我真的很想知道，她是怎麼消失的，真的很想知道。有時，我很奇怪自己持久的記憶能力，時間之河從來沒有將我們隔斷。

「使君」，馭手有點心不在焉地對我說，「天色快黑了，下一個驛亭還不見蹤影，只怕我們要露宿了。」他的名字叫耿夔，南郡江陵人，祖父和父親都在禁中做過尚馬監的官員，世代擅長駕馬，他自己則擔任過南郡太守的倉曹掾 [04]，在一次斷案的時候，和我不打不相識，我辟除他為掾吏，跟著我也差不多有七年了。

我不耐煩地回答道：「嗯，我們也不是沒有露宿過，怕什麼。」

「交州的亭舍怎麼會這麼少，真是化外之地。」他慨嘆了一聲，手上卻繼

---

01　交州，東漢州名，轄南海、蒼梧、鬱林、合浦、交趾、九真、日南七郡，包括今天越南北、中部和中國廣西的一部分，治所廣信，今廣西梧州。

02　刺史：秦漢時由中央派出的監察官，監察地方郡國官吏的不法行為，後權力逐漸擴大，無所不統。

03　安車：古代有座位的車。

04　倉曹掾：掌管農業賦斂方面的官吏。掾，秦漢時代中央、郡縣屬吏的一種。

續單調地揚鞭，駕駛著馬車前進。

「交州的草木，比我們宜城還要茂盛啊！」我的車右任尚左右轉動他的大腦袋，貪看兩邊的景色。他膂力過人，雖然祖籍是南郡宜城，一個瀕臨漢水的小縣，縣邑中的人大多喜歡游水捕魚，他卻自小在當縣尉的叔父影響下，精通騎射，百發百中，任何人能請得他當侍衛，再危險的地方也可以不懼。來交州做刺史，本來就屬貶職，傳聞這裡一向瘴氣深重，中原人來此者多不能適應，所以這次我沒帶任何家眷，只讓他們兩人隨行上任。

長久以來，我就一直醉心於在黑魆魆的世界中行走，我喜歡打著黯淡的燈籠，在逼仄的城中街巷和城外小徑中巡行。我甚至連一個從人都不想帶，如果不是因為我有時也懼怕寂寞的話。何況，一日三餐我也懶於親自動手，我需要一個廝養[05]（雖然我自己曾經當過很久的廝養），但我並不需要借助他的矯健來壯膽。我深信自己足夠應付任何這人世間最可怕的事件。

幼年的時候，我就發現自己天生地喜歡讀律令簡冊，我的夢想就是在長大後能當上「文吏」。這是一項數百年來在我的家鄉居巢縣炙手可熱的職業，儘管有儒生們對它指不勝屈的挖苦和譏諷。可是，難道我不能理解他們嗎？我經常看見縣邑的學宮裡，那些青年和壯年儒生們眼中怯弱的螢光。雖然閭里的長老們也逐漸認為儒生才是一項更加有前途的職業，然而我不這樣認為，如果這世上還需要太平，那就更需要我們這樣精通律令的文法吏。

況且我也不是不懂得權時應變的人，我六歲就進入居巢縣學，聽那些儒生們講論《論語》，雖然我對孔子的很多話並不以為然，卻還能做到陽奉陰違。是的，雖然我那時僅僅六歲，似乎不應該有這樣深的城府，可是那些住慣了高堂邃宇、廣廈連屋的人，那些自生下來起就披紈躡韋、搏粱齧肥的人，難道能走入像我這樣領受慣了窶屋狹廬、上漏下溼的貧寒少年的心境嗎？

---

05　廝養：先秦兩漢時代對燒飯僕役的稱呼。

# 第一回　貶謫入交州

我是一個早早就沒有父親的人，四十二年前的一個凌晨，他死於一場突如其來的疾病。據母親講，他臨死前腹脹如鼓……算了，這都沒什麼新鮮的。在這凌厲的旻天之下，發生什麼都不是奇蹟。我是靠母親幫人洗衣縫補完成在縣學的學業的。稍微長大一點，我一個人承擔了縣學裡二十多個人的烹煮任務，以此換來一天兩頓的食物。這種勞作的繁重遠遠超過了一般弛刑 [06] 的戍卒，只因我不想讓母親這麼勞累。在無數個夜裡，我如飢似渴地苦讀，不管是《論語》還是《十八章律》，我都背得滾瓜爛熟。還有那些附加的案例，也無一不爛熟於胸。

我的勤奮不是沒有回報，陽嘉 [07] 四年，當廬江太守周宣來居巢縣巡查時，招集縣學宮的幾十個儒生，當面考試。我的命運由此改變了。

「我大漢以孝立天下，諸君將來都是國之棟梁，本太守今日就以『孝養』二字為題，二三子且各抒己見罷！」周宣用手捋著自己頷下稀薄的鬍鬚，淡淡地說。

我沒有開口，冷眼看著我的同窗們接二連三地發言。這是一群不折不扣的書蠹，從他們的嘴巴裡，與其說吐出的是華美莊嚴的詞句，不如說正噴散著腐敗骯髒的積塵，就像陳舊的棺材板遭到鐵錘敲擊時，氤氳升騰起來的那種積塵。通常，他們的那些言辭完全正確。而且，我毫不諱言，就算讓我說，我免不了首先也是同樣的一番長篇大論。只不過由於我地位低微，雖然隸名學籍，身分卻是廝養，暫時沒有我說話的份罷了。

我的心怦怦直跳。整個過程中，周府君始終沒有說話，只是靜靜地聆聽，臉色平靜。然而我似乎看見他的眉頭逐漸微微聚攏，若有所思。我突然心裡一動，我想，我應該說點自己真正想說的話才是。

於是我離席深施了一禮，長跪道：「山野鄙儒何敞，敬問府君無恙！」

---

06　弛刑：一種遇赦免除刑具的罪犯，身分轉為庶人，但仍需服徒役滿期。

07　陽嘉：東漢順帝年號，共四年，相當於西元一三二年至一三五年。

周宣微微頷首以示答禮。我沒有停頓,繼續道:「敵剛才聽了諸位同窗的發言,胸中頗有異論,不敢藏愚,敢稱說於府君之前。」

周宣的眉頭突然像花朵一樣舒展開了,嘴角也漾出一絲笑容,再次頷首示意我講下去。

喜悅頓時像蜜糖水一樣,浸潤了我的心,我大聲道:「諸生剛才無不豔稱孔孟,以為孝養父母,不須芻豢酒肉,也不必錦羅繡綺,只要心底誠懇,面容莊敬,那麼即使讓雙親咀嚼青葵,吸啜清水,也是完全可以的。並因此認為處世當甘於貧賤,不可汲汲於富貴,敵以為大謬不然。」

周圍的人都發出低低的噪聲,顯得有些騷動。周宣威嚴地望了望四周,堂上重又回復安靜。周宣道:「君且繼續,不要理會他人。」

我拱拱手,繼續道:「啟稟府君,敵自小失怙,全靠母親一手撫養成人,敵自從懂事之日起,家中就只在腊臘[08]的日子才能看見酒肉,那還是皇帝陛下大赦天下時開恩頒賜的。敵那時就想,倘若敵長大之後,不能賺得酒肉以養老母,而使老母只能繼續飲清水、食菽葉以度餘年,敵將痛不欲生。老母契契勤苦,養了敵這樣的兒子,又有何用?老母的肚子不是菜園,難道只配裝盛那菽葉青葵?況且如果依諸生剛才所說,一簞食、一瓢飲就足以孝養,那麼乾脆可以上書東宮[09],減免花費。只是敵不知道,當皇太后一日四餐以清水菽葉為食時,天下百姓又將怎樣看待聖天子的孝心呢?」

我的周圍又立刻響起了一片嗡嗡聲。很顯然,我的話違背了他們一向習慣的虛假教誨,也許他們明知道是虛假的,然而因為習慣,已經把心口不一當成了天經地義。我的這些同窗中,不乏家中有巨萬之資的紈褲,試問他們是不是真的願意在餐案上,恭恭敬敬地為他們的老母備上一壺清水,一筥菽

---

08　腊臘:古代的兩種祭名,皆在歲終,故常並稱。古時貧民平時吃糠咽菜,「腊臘」的時候才有機會飲酒食肉。

09　東宮:指皇太后的宮殿。

## 第一回　貶謫入交州

葉或者青葵。我想不會的,那是餵馬,而不是養親!

　　我的做法有點冒險,雖然西京[10]的餘烈未殄,我大漢表面上還保持著文法興盛的勃勃生機,而儒生們的迂腐不堪已經為這個國家塗抹上了一層色厲內荏的色彩。而且平心而論,我的話中並非沒有強詞奪理的成分,我自己內心深處最隱祕的想法猜想也與此不符。不過每個人在有些時候都是不得不稱說自己的一隅之見的,盡善盡美的見解在這世上根本不存在。至少在這時候,我動了一點真的感情,當我慷慨陳詞的時候,我想起了老母那雙龜裂的手,以及她額上裹著布巾,抱病在寒冷的冬日為人洗衣的場景,我哭了。我真的很希望,能讓她美衣甘食地安享餘年。人活在這世上不是為了受苦的,受苦,那絕不是活著的目的。

　　周宣的眼裡閃出驚喜的光芒,他只一揚手,就制止了我那些同窗們秋蟬般的鼓噪。他的身體往前傾了一傾,慨然說了一句話:「大漢的天下,都要被那幫腐儒們糟蹋乾淨了。」

　　第二天,太守府小吏送來了一封檄文,徵辟[11]我為郡決曹史[12]。

---

10　西京:指長安,西漢的國都,東漢人一般以之借指西漢。

11　徵辟:漢代高級官員選用屬員的制度,中央行政長官如三公,地方官如州牧、郡守等官員,可自行徵聘僚屬,任以官職。

12　決曹史:掌管斷案事宜的中層官吏。

# 第二回　孤亭惹漫愁

## 第二回　孤亭惹漫愁

　　鵠奔亭看上去似乎是個年久失修的亭驛，從裡到外都黯淡無光。從驛道左方，沿著石板臺階上山坡幾十步，才是亭舍的大門。門曾髹過清漆，釘著青銅鋪首，厚實沉重。進了門，是個兩進的小院，沿院牆四圍種著高大的木棉樹、苦楝樹和柚樹，其他空餘地方則碧草叢生，中間留著一條可容車馬軌轍寬度的碎石道，道上依稀可見一些用紅石嵌成的字跡，我仔細辨認了一下，大約是「大漢南土平，物阜民康」等字，從它的殘破程度看，當初蹲在地上認真地拼積它們的人，肯定早就升遷或者解職了。我在心裡讚了一句，好一個充滿希冀的小吏，說實話，我就做不到，希望他已經如願升遷。但轉念一想，或許他已經物故[13]多年了呢！人生是何等脆弱，永不可能和石頭比壽的。

　　走進第二重院子，視野要更加開闊些，西北角矗立著一幢三層的樓，廡殿式的屋頂，這大概就是望樓，兼作倉樓用的。樓下散落著四五間平房，成曲尺形，應當是客舍。客舍一側，還有一間小屋，蹲在高高的臺階上，應當是溷廁。小屋臺階下是一塊四方形的場地，四周還依稀立著一些腐敗殘舊的木樁，大概當年某個小吏曾經在此養豬，以消磨年華。向右邊看，院子的東側有一座斜坡屋頂的小房舍，上豎著高高的煙囪，屋外堆著一些柴火，是廚舍無疑了。廚舍的南側，有一張長而方的石桌，四圍凌亂擺著幾個石磴。石桌上鋪滿了落葉紅花，以及蟲豸的屍體、烏鴉的糞便，顏色十分駁雜而冷淡。桌沿有破碎的痕跡，顯然多歷年所。石桌的右側幾尺遠的地方，則有一座四方的石質井欄，沒有轆轤。井圈是圓形的，石色斑駁陸離。奇怪的是，在這個井欄的南側不遠處還有一個井圈，乃是用鮮紅的石頭砌成，好像暗夜中嫣紅的火苗，和整個亭驛黯淡蕭瑟的樣子不相協調。這讓我心裡陡然一跳，交州的風物，果然與他處的不同。

　　「龔亭長，這是個廢井嗎？」我指著那團火苗，問迎接我的亭長。剛才他

---

13　物故：去世。

已經自報家門了，說是本郡高要縣人，名叫龔壽。他大約四十五歲左右，身材矮胖結實，滿臉都是鬍子，笑起來有種難以言傳的諂媚。老實說，在我面前諂媚的官吏很多，但不如他特別。

龔壽順著我的手指看過去，恭敬地說：「是的，使君。廢棄幾年了，打不出水來，就只好重新打了一口。」他頓了一頓，補充道：「使君的眼神真好，天色這麼晚，也一眼能看見那廢棄的破井。」

我瞥了他一眼，心裡微微一動。你知道，我做了幾十年的官，最擅長的就是刺探別人的隱私。我能從郡決曹史，一直升到縣令、州從事、郡太守、司隸校尉以至州刺史，這期間不知道揭破過多少人的奸詐和隱私，懲治過多少奸徒和賊盜。對於從蛛絲馬跡中發現奸詐，是我的拿手好戲，我也樂此不疲。除此之外，在有必要殘忍的時候，我也絕不手軟。一路從小吏過來，我知道做小吏的艱辛，有些人做這行可能只是為了餬口，為了安身立命；有些人則是為了作威作福，以能矇蔽上司為榮。我早知道怎麼對付這種人了。這不是紙上談兵，我清楚地知道，有些文吏懂得的道理不會比我少，學過的申、韓之術也可能比我多，可是他們天性中缺乏威嚴和鐵腕，而沒有後者的輔助，再精明聰穎，也不過是個長了鬍鬚的老嫗。趙括為什麼會兵敗長平呢？不是因為他懂得少，也不是因為他下的命令一無是處，而在於他的優柔寡斷。趙國人在他的帶領下，實際上是自己打垮了自己。

「你覺得我眼神好嗎？」我剛想接著問這麼一句。但是話到嘴邊，又收回去了。《老子》說，適當地裝糊塗，能讓人永遠處於主動。我第一次當上二千石的時候，剛到太守府上任，就要求原來府中的戶曹掾 [14] 把當地的不法豪強名冊給我過目。這之前我裝出一副很迂腐的樣子，說話也婆婆媽媽，掾屬們因此都鬆懈了下來。過了幾天，我又招集所有官屬，起先溫言慰問，談

---

14　戶曹掾：掌管百姓戶口簿籍的官吏。

## 第二回　孤亭惹漫愁

笑風生。當那個戶曹掾將名冊遞上來時，我掃了兩眼，將名冊一扔，突然上前將他的前襟撕開，從他胸前掏出另外一封簡書，那上面寫的才是這個郡真正的首惡大猾。這個戶曹掾嚇癱了，馬上匍匐請罪，坦白自己為了留條後路，事先準備好了兩封冊書，如果我嚴屬，就將真實冊書上報；如果我看上去仍是軟弱可欺，就胡亂報一些小賊充數。我心裡暗暗冷笑，來這個郡上任之前，我早已在這個郡位於洛陽的郡邸[15]詳細詢問過他們的上計官吏，了解了不少他們當地官吏的風氣、治理狀況和物土民情。我不是不可以一到任就擺出一副嚴屬的樣子，這樣他們絕不敢對我有所欺騙。但同時會損失幾個好處：第一，也許會讓他們事先商量對付我的辦法，至少是給賊盜們通風報信。第二，笑面虎的樣子通常能最大限度地嚇住奸人，而態度的變幻莫測，還能輕易摧毀人的信心。這是我的經驗，道理並不難掌握，關鍵是分寸要拿捏得恰到好處。

因此，我突然換了一句話：「怎麼這個亭就你一個人？還有求盜和亭父[16]呢？」

龔壽道：「剛才幫使君開門的那個人就是亭父，他叫陳無智。」

我想起剛才開門的那個人，三十多歲的樣子，光著上身，眼神茫然，打著呵欠，好像永遠也睡不醒。一個傻子，他竟然是亭父。好在，沒有浪費他的好名字。

平心而論，這個亭舍打掃得還算乾淨。在他們烹煮晚飯的時候，我踱上望樓，想四圍地眺望一下。踏著吱吱作響的樓梯板，我登上了這座有五丈多高的望樓。樓板上停了很多烏鴉，見了我，群起鼓噪著一一上天，留下陳陳相因的淺綠或者灰白的糞便。我雙手扶著欄杆，眺望遠處，禁不住淚流滿面。我太喜歡這樣的風景了，如果能帶著愛妻一同觀賞，該有多麼幸福！我抹了一把不知何時流出的淚水，眼前的鬱江風景盡收眼底，除了天邊如血的

---

15　郡邸：當時各郡設在都城的賓館，用來供郡中去都城辦事的官吏臨時住宿等用途。

16　求盜、亭父：都是秦漢時代亭長的下屬小吏。

殘陽和幾點稀疏的寒鴉，沒有一絲人煙的氣息，雖然我站得這麼高，看得這麼遠。這真是個隱居的好所在，我突然想起了什麼，又俯視了一眼庭院，那團熠熠的火苗已然不在，我陡然感到有些心驚。

傻子陳無智做的飯菜味道還可以，和我沿途吃的口味相仿，總之我很喜歡。他很憨厚，看見我吃得香，咚咚拍著肥碩的胸脯，齜牙咧嘴，表示得意。在洛陽有時我簡直沒有吃飯的胃口，洛陽雖大，物產雖豐富，聚集著天下郡國的豪富商賈，飲食口味非常龐雜，但仍是缺乏蒼梧郡這種特有的風格。沿途我每經過一個亭舍，都胃口十足，簡單的菜就能讓我吃幾碗米飯。耿夔好像也很喜歡，吃得津津有味，獨有任尚卻有點奇怪，他說頭疼，隨便吃了幾口，便去房間休息了。有人說，體壯如牛未必適應性強，大概是有道理的。

用過餐，我讓耿夔早早回房，去照顧一下任尚，又把龔壽招到榻前，隨便問話，打探一下當地風物。龔壽為我準備的客房很乾淨，一塵不染，但顯然是剛打掃的，地上有最近擦過的痕跡。榻前臨著南窗，窗外幾乎已被暮色浸染，只有近窗的好幾株桑樹，還能看得清輪廓，它們都枝繁葉茂，和我只隔著一層碧綠的窗紗，桑葉之綠隨時欲透紗而入。我喜歡聽這窗外沙沙的桑葉相碰之聲，好像回到了童年。我童年時所住的小房間，窗後就曾經種著一株桑樹，可惜的是，春天時它的葉子會被母親摘下飼蠶，很長一陣只能看見窗外光禿禿的枝椏，好不神傷。此刻，我斜倚著床榻，凝視著案上綠豆大的火光，開啟了話題：「高要縣的養蠶紡絲應該很普遍罷？連這野外人跡罕至的亭驛，都種了這麼多的桑樹。」

龔壽道：「回使君，都是託前蒼梧太守周宣周府君的洪福，高要縣才有了蠶桑。據故老說，幾十年前周府君當蒼梧太守的時候，下令全郡十個縣必須養蠶，而且特意派人去中原請來工匠，教本郡人織履。而在他來之前，無論秋冬，我曹都是光腳走路的。」

## 第二回　孤亭惹漫愁

　　我來蒼梧郡，唯一的安慰，就是周宣也曾當過這裡的太守，雖然時間相隔有三十年，究竟也留下了不少遺澤罷，眼前這些桑樹就是明證。我又想，不知道現在的蒼梧太守府，是不是還有他坐過的床榻、他踏過的地板，那些房櫨垣牆，是不是當年曾經親聆過他的笑語。也許這間亭舍，他當年上任的途中，就也曾停留過。他去世已經好幾年了，想起當初他對自己的獎掖提拔，音容宛在，我不由得鼻子有點酸酸的，又道：「我也曾聽說過當年北方人來嶺南賣履，血本無歸的故事。說起周府君，當年曾做過我的主君呢，那可真是國家的棟梁啊！」我嗟嘆了一聲，又道：「這個亭舍，為什麼叫『鵠奔亭』，『鵠奔』二字何意？」

　　「原來使君是周府君的門生。」龔壽肅容道，「下吏太佩服了……這個亭舍的名字由來，下吏不知……不過聽說早先叫鵲巢亭，什麼時候改叫鵠奔亭的，就難說清楚了。」

　　我「哦」了一聲，用手指敲著床榻：「鵲巢這個名字太普通了。『鵠奔』的『鵠』字倒也沒什麼，只是加上這麼一個『奔』字……」我心裡揣摩著，突然周身感到一絲涼意，這連我自己也感到古怪。這有什麼呢？難道「鵠奔」兩個字組合在一起，會有什麼微妙的效果，以至於讓我恐懼嗎？我可不是個善人，這輩子殺人無算，是朝廷人人敬憚的酷吏。如果不是因為這個，我也不會最終得罪了權臣和閹宦，被下到這個鬼可以打死人的地方來當刺史了。我並不怕鬼，這倒不是我熟背了很多方術，知道禳解驅鬼的辦法。而是因為我行事一向無愧於心，鬼如果有祂們的道德操守，也根本沒有理由對我怎麼樣。我下意識地加了一句：「可是，這裡盡是烏鴉，哪裡有什麼鴻鵠奔來了？」

　　龔壽憨厚地笑了一下，諂態畢現：「使君，鄉野的土人，取名字只是圖個吉利，不會管那麼多的。」

　　我沉默了一會，又想起了一件事：「對了，院子裡那口廢井，井圈怎麼用那麼鮮紅的石頭砌成，可有什麼緣故嗎？」

這個漢子迷茫地搖了搖頭：「什麼紅石頭？我不明白……使君是不是太累了，還是早點安歇罷？」

「就是那個井圈，鮮紅得像團火苗一樣。」我加重了語氣，「你怎麼會不懂我說的話。」

龔壽臉上愈加迷茫，他的頭搖得像撥浪鼓：「不，沒有什麼紅石。兩口井的井圈都是山石砌成的。這山上的石頭都是灰色的，使君一定看錯了。」

我滿腹狐疑，難道我真的看錯了？也不是不可能。剛才我站在望樓上俯視院庭的時候，的確沒發現有什麼紅色的井圈。可是究竟怎麼回事，我的目力一向很好，現在不過四十三歲，也不算老，還能挽弓射箭，怎麼會把顏色也看錯？我揮了揮手，對龔壽道：「好吧，你先去歇息，明天早上再作計議。」

龔壽恭敬地告退，我起身去隔壁房中看看任尚。他睡得昏昏沉沉的，耿夔說讓他飲了熱水，似乎好些了。我摸摸任尚的額頭，感覺不算燙，又把把他的脈搏，沉穩有力，感覺應該沒有什麼事，就回到自己房間。我一個人躺在榻上，聽著外面水漏滴水的聲音，和桑葉拍動的聲音交相輝映，翻來覆去不能入睡。平時我都是非常容易安寢的，連夢都很少做，可能今晚忘記了做什麼事罷。我突然想到，今天的日記還忘了寫。我從來不忘在出行的路上記下每天的見聞，這也是每天就寢前的必做功課，今天真是糊塗，連這個都拋擲腦後了。我翻身起來，點亮油燈，鋪開削治好的薄竹片，蘸了蘸墨汁，揮腕而下：

余攜兩掾透迤西行，天色朗潤，薄暮抵鵠奔亭。亭有望樓，高數丈，登之可臨觀鬱水，紆折似帶，飄渺欲飛。此景殊佳，吾刺交州，自南海番禺而上五百餘里，未之嘗見。亭長龔壽，年可四十五六，謹願樸厚，尚能稱職。延熹[17]元年九月卅日壬午。

---

17　延熹：東漢桓帝年號，相當於西元一五八到一六七年。

## 第二回　孤亭惹漫愁

寫到這裡，我嘆息了一聲，又加了幾句：

吾弱冠出仕，迄今遊宦廿餘載，精力恆健。今歲雖少衰，未臻耋耄，竟目昏花矣，視黑為紅。人言鬼色紅，抑吾見鬼乎，將入於鬼族之前兆也。

寫到這裡，我有點心灰意冷，扔下筆，倚著床欄思忖，不知過了多久，耳畔恍然傳來一個年輕女子的長嘆聲：「唉！阿敞，二十年了，妾身終於等到你來了！」聲音非常清晰，隨即一張韶年女子的臉蛋出現在我的面前，她的容顏皓潔，如池中之靜蓮，如窗間之淡月，柔情綽態，無可比方。她坐在我腿上，兩條柔滑的手臂環著我的脖子，暫破櫻桃，喃喃地在我耳邊低語，語氣中有著難以形容的嗔怪怨嘆之意。恍惚中，我感覺自己的身體也有了反應，一翻身將這個女子壓在身下⋯⋯

# 第三回　秋霖遮驛路

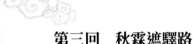

## 第三回　秋霖遮驛路

　　一夜睡得顛三倒四，早上起來的時候，發現外面竟下著小雨，淅淅瀝瀝的。天氣陡然涼了許多，我換上綿衣，洗漱完畢，去堂上吃飯，發現多了一個人。他穿著暗紅色的公服，看樣子像一個縣吏。見了我，馬上緊跑幾步，跪坐在我面前，稽首道：「小吏廣信縣仁義里許聖，拜見刺史君。」

　　許聖，這個名字倒也大氣。我笑著點了點頭，他依舊低頭跪著，嘴巴裡又咕噥咕噥說了一大通，不外乎是一些惶恐拜見的話。這也正常，就身分而言，他和我這個刺史有著天壤之別，如此激動也在情理之中。我讓他不必客套虛禮，坐直身體好好和我說話。

　　他把脊背稍微扳直了一點，抬起頭來，也是滿臉諂笑，雖然這種諂笑令我不喜，但我仍能略去他的諂笑，看出他臉龐的英俊程度。蒼梧還有如此英俊的男子，這讓我有些驚異。我原以為，這裡的每個人，除了中原來的官吏之外，都是短小而黝黑的樣子。

　　我和他聊了兩句，雖然他誠惶誠恐，聚精會神，但我仍發現他的眼珠飛快地掃了兩眼擺在我面前的食物，喉頭也急速鼓了兩下，好像在艱難地吞嚥著什麼。我知道那是涎水。對他這種小吏來說，我面前的食物足以讓他產生這樣的身體反應。亭舍裡供應的食物是嚴格按照身分等級來分配的，像我這種人，一州的刺史，只要亭舍裡有的食物，都必須拿出來。現在我的漆盤上就擺著一隻整雞，半條臘肉，蔥、醬、鹽、豉等調味品一應俱全，甚至連耿夒的盤子裡，也有半條臘肉。而在許聖的面前，卻只有一碗飯，一碗青葵，還有一碗紅紅的，在沿途的樹上就能摘到的果子，調味品也僅有一點醬和鹽，頗為寒磣。他只是當地縣廷的一個普通小吏，秩級不過為斗食，當然只能享受這種待遇。

　　今天我感到有點頭暈，不知道是不是昨晚受涼了，沒有什麼胃口。我把雞撕成兩半，一半給了耿夒，一半放在一個漆耳杯裡，推給許聖：「許掾得無勞苦乎？如果不嫌棄，就請幫我把這些吃了罷，免得浪費。我年紀大了，

食慾不佳。」說著，我還假裝憂傷地嘆了口氣，當然不是真實的，人都有尊嚴，要行施捨，也得委婉一些。

坐在堂上另一邊的龔壽，和他身邊那位陳無智，都不由得把腦袋往我這邊移過來，望著許聖，臉上浮現出一絲豔羨。這也正常，雖然供給我吃的雞肉等物品是他們為我烹煮的，但是，他們自己並沒有享用的機會。因為這些食物都是從縣廷送來的，每樣都有明確的文書記錄，而且它們是怎樣被沿途經過的官吏享用掉的，也必須有文書記錄上報，私自食用將會受到嚴厲的懲罰。想想大家都是圓顱方趾的人，生在世上，命運就是這樣的不同，沒有什麼辦法。

許聖大喜過望，趕忙伏地稱謝，然後也沒有一點猶豫，用手指迅疾鉗住那半隻雞就往嘴裡塞，腮幫子一鼓一鼓的，還偷眼望我，似乎有些羞澀。我怕他不好意思，假裝轉過頭去，和龔壽等人寒暄。龔壽向我解釋道：「使君，這位許聖君，是縣廷的書佐，奉令去外縣遞送文書，順便辦公事的，因為天晚，到我們亭舍歇宿。」他說完，又補充了一句，「使君，沒想到廣信縣的小吏竟長得這般漂亮罷！」

我點點頭，又問：「大概很晚才來罷。」我想起了昨晚做的那個春夢，不由得意味蕭索，我久已不夢見我的阿藟了，這不是說我已經不愛她，二十年過去了，我對她的愛從來沒有減弱。我一直盼望能頻繁夢見她，只是總不能如願。沒想到昨晚在這個偏僻亭舍，卻會突然好夢逐人。那時大概正倚著床欄發呆，不知不覺睡著的，可以肯定，一定睡得很晚。

龔壽道：「使君說得對，許君來的時候，天都快亮了。昨晚又一直下著雨，他把衣衫都淋溼了，我趕忙燃起一堆火，才幫他烤乾。好在我們這裡天氣炎熱，就算淋溼了衣服也不那麼容易著涼。」

這時許聖已經吃完了半隻雞，伏地謝道：「多謝使君的賜餐，使君，下吏還有緊急公務，要告退了。」

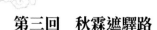

## 第三回　秋霖遮驛路

　　我望著門外，道：「這麼大的雨，你帶了傘嗎？」

　　許聖望著屋外，有些遲疑：「昨天出來時天氣晴朗，沒有料到。」

　　「那就等等罷，你送的文書限定幾時？除送文書外，還有什麼事情？如果不急，可否留下來陪刺史聊聊。」我突然有一種把他留下來的衝動，下著這麼大的雨，反正也無事，不如待在這個亭舍中，欣賞一下風景。

　　這個許聖既然是廣信縣的小吏，長得又順眼，不如留下他聊一陣，只怕可以了解更多的本地風物，這比將來和縣令虛假的攀談更為有用。

　　他馬上叩頭道：「小人所去的縣邑路程一百六十里，限時二十，除了送文書之外，也沒什麼別的要緊事，主要順便採辦一點當地布匹。既然刺史君有令讓下吏留下問話，下吏敢不聽從？」

　　這小吏還頗乖巧，他說昨天午後出發，到今天差不多時間已經過去大半，按時辦完公事是不大可能了。如果沒有特別理由，將在任職紀錄中記上一筆，影響升遷是肯定的，但是如果有我這個刺史命令他留下問話，他不但不會受到上司斥責，還會由於和刺史有過親密交談而受到縣吏們的尊崇。他應該算是命好了。

　　我又和他們聊了一下，雨仍舊沒有停的跡象。我想不停也無所謂，大不了在這盤桓幾日。任尚又喊腹痛，拉了幾泡稀屎，躺在屋裡歇息。他一向體壯如牛，大概是不適應交州的氣候罷。只是一路過來還好，到這裡才發作，有點可惜。

　　這霖雨卻勾起了我對故鄉的回憶，我一時想去望樓上觀雨，於是讓龔壽幫我們拿了幾張蓆子，鋪在望樓的樓板上。我讓龔壽去忙自己的事，只和耿夔、許聖兩人留下一起欣賞雨景。在雨中，遠處的鬱江又是一番景緻，朦朦朧朧，如煙似霧。目光游轉的時候，我看見亭舍的後面是一片山坡，坡上高低坐落著一個個圓形的土堆，雜草叢生，不知是多少年前的墳墓，這種背

景，為雨中的鵠奔亭平添了一絲陰鬱，是誰決定把鵠奔亭建在這裡的？那個當初下令建亭的官吏，一定也是個陰鬱的人。

許聖的精神似乎很不好，雖然滿臉的喜悅，可是顏色卻顯得青白，沒有一絲精神。我讓他坐定，喝些熱騰騰的茶水，笑道：「許掾一夜辛苦了，按照廣信縣過來的路途，你昨天晚上就應該路過鵠奔亭了，怎麼今晨才到？」

他慚愧道：「不瞞使君說，昨天走到半路，感覺有些迷路，東折西折，找不著方向，著急之下，不小心踩空，掉下了山坡，昏死過去。凌晨被雨淋醒，幸好手腳只是擦傷，沒有大礙，但是又餓又睏，幸好發現了這個亭舍。」

我看見他手臂上確實有紅腫的傷痕，想了想，說：「這樣罷，你先去亭舍找個房間睡一覺，公務的事也不忙，將來縣令問起，就說我叫你留下的，他如不信，讓他移書 [18] 給我。」

他再次重重點頭：「下吏聽從使君安排。」

---

18  移書：秦漢法律用語，指官府之間互相發送文書。

# 第三回　秋霖遮驛路

# 第四回　甾吏苦漫遊

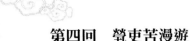

## 第四回　駑吏苦漫遊

喝完兩壺茶，我感覺出了點微汗，身體清爽多了。很多人談起快樂來，都會舉出封侯拜爵、洞房花燭之類俗套的例子，殊不知身體由不適而陡然變得清爽，這種快樂也是值得一提的，因為它在病痛之苦的折磨下突如其來，給人的驚喜更加突兀，雖然人很快也會將之忘卻。

雨仍舊毫無止歇的跡象。蒼梧郡確實多雨，比我的家鄉廬江郡還要厲害得多，整個一天就沒停過。這給了我充足的時間，百無聊賴中，我把整個亭舍都轉了一遍。如果完全依從自己的本性，在這裡當個亭長的確很合我的脾胃。蒼梧郡方圓廣闊，人煙稀少，在大漢也算微不足道的郡，往來公文不多，在內郡一般十里就要置一個亭舍，在蒼梧郡內，距離一般要加倍。除此之外，按照律令，交通不便的山區，亭舍之間的距離可以更加寬鬆。這個亭舍符合上述所有偏僻亭舍的條件，前不靠村，後不著店，靜謐得有點恐怖。在這裡生活，喜好熱鬧的人是會覺得很痛苦的。

白天我坐著沒事，又轉到那個井圈看了看，沒有發現什麼，大概我的眼睛真出了問題。轉累了，又和龔壽對坐聊天，隨意道：「鵠奔亭有沒有什麼特異之處？我總覺得氣氛有點不大尋常。」

龔壽的回答讓我驚訝：「使君說得是鬧鬼的事罷，下吏也曾聽過這種傳說，不過，恐怕都是些無稽之談。下吏在這個亭舍待了兩年了，從來沒發現有什麼異樣。」

他見我不說話，又補充道：「我們蒼梧郡多雨，天總是陰沉沉的，適合產生這種傳說罷！」

這時我又突然想起昨晚的事，為什麼會突然夢見阿薑，倒不是我相信真有什麼鬼神，更不是相信我住的屋子會有問題。也許這種悽惻的風景，和二十多年前阿薑失蹤的那天比較相似罷。鬼神，我不是很相信的，當然也不是完全不信。我平時也談鬼神，因為不想顯得太標新立異。我對鬼神的疑慮，在於看不見祂們有存在的跡象。多年來，我見過無數的人死在官吏的鞭

答之下，卻從未見過有官吏因此遭到鬼神的報復。哪位將軍的立功，不是以成千上萬的士卒枯骨為代價的？也未見對他們的命運有什麼影響。有人還常常舉出吳起、商鞅、白起、蒙恬、項羽的例子，來向我證明多殺傷者不祥的道理，我向來嗤之以鼻。他們的確殺了很多人，如果真有天理的話，他們確實該遭到報應。他們的結局也確實不妙，幾乎都不得善終。可是他們之所以能被後世人記得，只是因為他們不得善終這個結果，而不是因為他們殺戮太多而遭到報應本身。事實上，世間曾經有太多的暴君昏君殺戮無度，也得以終享天年。古往今來，最有名的暴君當屬秦始皇了，可是他就一直活得好好的，至今還被無數百姓奉為神明。人們常常掩耳盜鈴，只記住幾個極端例子來自我恐嚇，完全是庸人自擾。而百姓之所以奉暴君為神明，也是人自身的劣根性所致，我對此一點都不同情。我曾經鞭笞過很多人，他們反而到處稱頌我的不殺之恩；而有些我對之比較客氣的豎子，卻四處說我仁厚得像個婦人。你說人是不是普天下當之無愧的賤貨，當然，我自己和少數人除外。

「鬧鬼的事，我倒沒有聽說過。」我道，「不過，昨晚……」

龔壽望著我的臉，等著我往下說，我突然沒了興致，說：「沒什麼，你去忙你的罷。」

我當然不想對一個山間亭舍的亭長說我妻子的事，儘管我很想把昨晚望外的喜悅與人分享，同時也想把由此而生的疑惑與人共析。傍晚的時候，雨開始漸漸止歇，不久來了兩個穿著賨布[19]衣服的當地百姓，敲門進來，說是載了一些當地產的果子，正巧路過，問亭驛是否需要買一點。龔壽好像很急切似的，揮手叫他們走開，說不買。他們有點不甘心，發現我在庭院裡，看我的衣飾，知道身分不凡，又上來拜見。我覺得他們還比較乖巧，和顏悅色地撫慰了一番，又買了他們一些果子，他們才千恩萬謝地走了。

---

19　賨布：秦漢時湖南、四川一帶少數民族作為賦稅交納的麻製布匹。

## 第四回　䜀吏苦漫遊

　　過了一會，許聖又來拜見，他睡了一天，總算恢復了精神，我見他的臉色比早上好得多。拜見我之後，他聲稱，既然雨停了，還是出發去辦公事的好，免得白耗國家薪俸。我喜歡這小吏的敬職奉公，也不再說什麼，慰勉了他幾句，目送他離開了。

# 第五回　美人來投宿

## 第五回　美人來投宿

　　於是又在鵠奔亭住了一夜，任尚依舊生著病，不過比起先好多了。他挺不服氣，覺得自己身體壯實，沒理由會病倒。我笑他自以為是，又一起聊了一陣子，我回房睡覺。晚上仍舊睡不好，只能盯著銀亮的窗口發呆，大概是大雨初霽，天色變得澄淨，月光出來了。房間的牆壁上全是桑樹淡黑色的影子，不住地搖動，倏忽來去，疾如脫兔，好像怕人去捉它似的。我很想快點睡著，又能夠夢見阿蕙，可是這晚未能如願，只做了一些奇怪碎片似的夢，還有些恐怖。有一個場景是，我回到了三十年前的家鄉，廬江郡居巢縣空桑里的故居，夢中的我還是個七八歲的童子。時間大約是夏日的一個下午，母親又在一戶人家幫傭洗衣，我坐在她身邊無精打采，不時地問她什麼時候可以回家。她終於焦躁了，說還沒影，命我自己先回去睡午覺。我見她還有大盆衣服要洗，一時半刻確實回不去，自己又睏，只好順著他人屋脊和道邊的苦楝樹，躲避著火辣辣的太陽光，一路往回走。穿過自家茅草搭築的廚房，走到堂門前，竟然發現堂上有把掃帚一搖一擺，在自己掃地。我嚇得要命，但可能因為在夢中的緣故，沒有轉身就跑，而是壯膽挑選起一塊石頭扔過去，那掃帚在空中停了一下，好似正在四處張望，又陡然快速移動，倚在旁邊的牆壁上靜止如初。我終於被這個夢嚇醒了，額上滿是汗珠，不住地喘氣，好在望望窗口，已經是濛濛亮，差不多到了清晨。

　　吃飯的時候，任尚說他的病基本好了，他吃了很多飯，又罵罵咧咧，說了一大堆這個鬼地方的不是，竟讓他這樣的人也會生病。任尚尤其對耿夔不服氣，因為他要比耿夔強壯許多。耿夔笑話他外強中乾，他笑耿夔命賤好養。看著他們生龍活虎地相互取笑，我也很欣喜。天氣又是陰陰的，但沒下雨。午後的時候，我們也想出發，可是才駕好車，雨水又滴答滴答地落下來。我望望天色，烏雲像塊厚薄不均勻的破布一樣罩在頭頂上，看來雨一時不會停，此刻道上都是泥濘，行走不易。我的安車雖然也有篷頂，但是碰到大雨，只怕也不濟事。耿夔建議不如再等等看，萬一路上遇雨，只怕任尚再

次生病。我覺得也有道理，只好再次打消了出發的念頭，重又回到亭舍。

因為做了噩夢，心情不好，連說話的精神都沒有。龔壽安慰我道：「使君不要心焦，我們南方的天氣就是這樣，住久了，使君就習慣了。」

他大概以為我是擔憂雨的不停，我望著他那張愜意滿足的笑臉，心情逐漸地好了。人應該知足常樂，像他，雖然這把年紀只是一個亭長，可是似乎從來不抱怨什麼。我喜歡這種不過於熱衷升遷的官吏，乾脆放下身分，和他更加隨意地談起天來，這才知道，原來他在高要縣還是戶富足的人家，透過種橘樹，發了點財。有幾個兒子，都成家立業了，在當地算是望族。高要縣盛產橘，有朝廷設置的橘官官署，這點我是知道的。我於是饒有興趣地問他，既然家境殷實，為什麼會到這偏僻小亭當個亭長，在家裡頤養天年不是很好嗎？

「不瞞使君說，下吏有點迷信，」他有點不好意思，「曾經有個巫師為下吏卜筮，說下吏四十五歲的時候，不能在家居住，必須在外躲避三年，否則會有血光之災。下吏想著與其在外漂泊，不如尋個小吏的差事做做。恰巧聽說郡中的鵠奔亭建在半山，人煙稀少，風景幽深，就乾脆帶著家僕來這裡靜住幾年，既可以躲避災禍，壓塞凶咎，又可以為君上盡點忠心。」

我覺得很荒誕，又不得不被他的真誠所感動。早就聽說越人俗好巫祀，崇信雞卜，現在看來果然不假。對鬼神我雖然一向敬而遠之，有時甚至覺得比較無聊，但也沒有強制別人不信的理由。信仰什麼都不要緊，只要一心向善，忠於朝廷，那就無可無不可。龔壽因為敬順鬼神，因此自願來到這偏僻小亭任職，雖不能說高風亮節，至少也是替當地縣廷解決了一個難題。尋常官吏顯然不會願來這個偏僻地方受罪的。而且，他把自己的僕人陳無智也帶了來當亭父，同時解決了縣廷物色亭父的問題，可謂一舉兩得。

「君在這個荒僻之地任職，會不會害怕？」我想了想，又問道。一般來說，除非孔武有力的壯漢，加之不得已，一般人都會盡力避免去鄉亭任職，

## 第五回　美人來投宿

尤其是這山高靜僻之處，如果讓我在這裡只帶著一個傻子奴僕當亭長，我也會有些不安的。

　　龔壽笑了笑：「多謝使君關心，使君剛來交州，還不熟悉情況。敝地民風純樸，敬奉鬼神，少有劫盜，縣邑內路不拾遺，夜不閉戶。城裡的那些富戶都沒有人覬覦，何況我們這種鄉野小亭呢？何況漢法嚴厲，劫掠富戶倒也罷了，敢攻擊國家亭舍，與謀反無異，誰又會冒著全家殺頭的危險，做這種得不償失的事呢？」

　　這個漢子還真能說的，我心想，他稱頌本地路不拾遺，夜不閉戶，卻沒有歸之於朝廷德化，只說是民風純樸，也讓我快意。那班朝廷的腐儒天天說什麼大漢德化之美，皆當為儒術之功，完全是罔顧事實。德化之美，美在何處？要是真的很美，就不會有外戚跋扈、宦官專權的事了，我這個一向耿直的人，又怎會莫名其妙地被貶到交州？

　　我和龔壽又暢談了一會，直到差不多沒什麼可聊的了，我又和耿夔重新爬到望樓上，看了一會風景，談了談到任後將做的事。雨仍舊下個不停，而且越來越大了，從望樓上看，到處都灰濛濛的，雨絲填滿了天際，極目望去，一片晶瑩剔透，沒有一絲空隙。遠處的鬱江甚至都看不清楚，天色又漸漸黯淡了下來，這時耿夔突然指著下面對我說：「使君，你看。」

　　我們所在的望樓，可以俯視亭舍牆外的大路，如果有可疑人經過，立刻就可以發現；有可疑人敲擊亭舍的大門，更可以事先警覺。按說這個亭舍，應該隨時派一個人在樓上巡視，以備非常。當初建望樓的用意，大概也是為此罷。我猜原先是配備了這個人手的，只是大概如龔壽所說，蒼梧民風純樸，少有賊盜，才裁撤的罷。

　　此刻，耿夔指給我看的是朝著亭舍方向走來的幾條人影，總共四個，包

括一個小孩，兩個女子，加上一個老父。其中那個老父推著一輛鹿車[20]，車上蓋著暗黃色的油布。兩個女子中，粗壯的那個抱著一個小女孩，柔弱的那個，肩上則背著什麼東西。四個人身上雖也披著油布，但裙襬緊貼在腿上，顯然全身都溼透了。雨下得如此之大，那點油布是不足以掩體的。我看見他們的腦袋朝向亭舍，停住了腳步，好像互相商量了幾句，然後推車上坡，來到亭舍前，啪啪啪地敲門。尋常時日，亭舍門白天一直是開著的，今天下著瓢潑大雨，所以連門都懶得開，也算是為了安全。傻子陳無智大概正在燒飯，廚房的煙囪炊煙裊裊，不理會漫天的雨絲。在此荒郊野外，這點人間氣息似乎顯得有些詭異。一般來說，吃完晚飯，聊一會我們就該就寢，躺在床板上，聽著淅淅瀝瀝的雨聲，等待第二天的黎明到來。

在薄暮的山間，雖然有雨聲作為遮擋，敲門的聲音仍特別響而淒清。

這幾個人不是官吏，按照規矩，不應該讓他們進入亭舍。國家設立亭舍，是為了方便過往官吏住宿和文書投遞的，如非特殊情況，普通百姓不享有這項權利。但現在天快黑了，又下著大雨，這麼孤苦伶仃的幾個人，又怎麼能拒之於外呢？

耿夔問我：「使君，是不是放他們進來？」

我正要吩咐他去讓龔壽開門，卻看見龔壽已經撐著一把金黃色的油傘，跑到院子裡，隔著院門大喊：「什麼人，請報上姓名爵位官職，有何公事，可有州、郡、縣官署准許居留亭舍的文書？」

那個老父嘶啞著嗓子叫道：「報告亭長君，小人是廣信縣百姓，原住高要縣孝義里，因為投奔親戚，想遷居廣信縣合歡里，有高要縣廷發給的遷徙文書。小人等不是奸人，請亭長君發發善心，讓小人父女幾個在此歇宿一夜，至於宿食費，小人是一定會給的。」

---

20　鹿車：古代的一種獨輪小車，因窄小僅容一鹿而得名。

## 第五回　美人來投宿

　　他的聲音非常大，我聽得很清楚。我看見龔壽遲疑了一下，又大聲道：「不行不行，不是我曹[21]不講仁義，只是律令規定，非來往官吏，一律不能接待。尤其像我們這種山野小亭，儲存的糧食不多，位置又很險要，不敢隨便留陌生人居宿。」

　　老父無奈地望著身邊的兩個女子，這時，那個肩上背著東西的女子，穿著一身雪白，也柔聲叫道：「亭長君，請開恩放我們進去罷。我曹也知道朝廷律令，只是現在情非得已，朝廷一向愛民如子，特殊情況，也不是不能通融的。我曹帶有一個女童，她已經被雨淋得生病了，請亭長君開恩，妾身向亭長君道謝了。」雖然隔得遠，又有雨聲的遮蔽，她的聲音仍然很清楚，特別好聽，像黃鶯的鳴囀，聽上去年紀不過二十出頭。

　　龔壽撓撓頭，好像頗為躊躇，並把頭轉向我所在的望樓，似乎在徵求我的意見。耿夔也勸我道：「使君，這女子一家可憐，不如讓他們進來避雨。」

　　在這種情況下，我怎麼會做惡人呢。於是我站了起來，攀著望樓的欄杆，大聲道：「龔君，讓他們進來罷！」

　　有了我這句話，龔壽不再猶豫，迅速地打開了亭舍的門，還殷勤地幫他們把那輛鹿車抬了進來。

---

21　我曹：我們。

# 第六回　君心似水柔

## 第六回　君心似水柔

　　於是還得加煮米飯和菜餚。龔壽又燃起一堆柴火，讓他們烤乾身上的衣服，雖然他們攜帶有別的衣服，但在雨水中也已然浸溼。那個小女孩畢竟年幼，受不了涼，不停地打噴嚏，顯然是病了。我又讓耿夒幫忙，煮了一鼎鑊薑湯，先讓她熱熱的灌下去，過沒多久，她就呢喃著睡著了，飯也沒吃，出了一身汗。我想，明天早上應該可以痊癒。

　　他們三個成年人也不住地哆嗦，各自喝了一大碗薑湯。火光下，他們頭上不住地升騰著氤氳的蒸氣，好像三個鬼，馬上就要化成蒸氣，消失得無影無蹤。火光熊熊之下，他們慢慢鎮定下來，頭頂的蒸氣越來越淡，最終消失，他們的人倒還在，臉色逐漸變得正常，唇上也恢復了血色。

　　得知我是新上任的刺史，三個人一個個又驚又喜，睜大眼睛，還以為在夢裡，臉色通紅，忙不迭地向我叩頭。我讓他們免禮，問他們，為什麼會在這樣的天氣走這樣的山路。他們都爭先恐後地回答，誰也不讓誰。在嘈雜的話聲中，我明白了個大概。

　　這家人姓蘇，那個老父名叫蘇萬歲，柔弱的女子名叫蘇娥，是他的女兒。粗壯的女子名叫致富，是他們家的女僕。至於睡著的小女孩，他們叫她縈兒，七歲，是蘇娥的外甥女，長得柳眉杏眼，兩腮紅撲撲的，非常可愛，我初看見她時，朦朧中內心就不由得一動。他們一家人的遭遇也非常可憐，縈兒的父母相繼得病而死，算是孤兒了。致富的丈夫，也在兩個月前得了凶癘，一病而亡。蘇萬歲的妻子，則死於一個月前。這個家族，一年內飛來了這麼多的橫禍，讓他們自己也覺得害怕，認為是碰到了厲鬼，於是聽從巫師的勸告，決定遷居他縣，以避凶災。

　　龔壽的臉登時變得嚴肅起來，我看見他不住地朝身後望，嘴巴裡自言自語道：「這麼不祥的人家，一定是得罪了惡鬼了，為什麼不請人禳解呢？」但他的聲音淹沒在蘇氏一家爭先恐後的發言中。「無智，給我取薑湯來，我

也要飲。」他吩咐陳無智道，又似乎覺得不自在，站起來追陳無智，「等等我，我也去。」他叫道。

「你們帶這麼多繒帛幹什麼？」我發出疑問。他們帶來的東西正攤開在堂上，原來他們鹿車上裝的，蘇娥背的，都是一卷卷繒帛，也已經淋得溼透了。

「啟稟使君，」那個柔弱的女子道，「姐夫家原先是販繒的，我們一家原先就住在廣信，後來才隨姐夫遷居高要。無奈姐夫姐姐身死之後，姐夫的阿兄霸占了姐夫的田宅，將妾身一家趕出家門，只給了妾身一家這些繒作為賠償。妾身這次和父親一起重新遷回廣信，想把繒帶到廣信去販賣，看看能否換得一些錢來維持生計。」

我很喜歡聽她的聲音，雖然她算不上長得特別漂亮，但是膚色光潔，眉清目秀，也算頗有些姿色。我心裡不由得有了憐香惜玉之心，加上平生一向討厭欺男霸女的無賴，當即勃然作色道：「還有這樣的事，告訴我，妳姐夫阿兄的名字叫什麼？待我上任，立刻將他拘來拷問，倘若事情屬實，我必為妳做主，取回你們該得的田宅。」

蘇萬歲趕忙長跪叩頭道：「多謝使君，小人等已經決定移居廣信，這些事忘了也罷，豈敢勞動使君出面。」

蘇娥也長跪道：「使君厚意，妾身銘記於心。姐姐不幸，嫁給姐夫為新婦不久，就雙雙遭病而亡，還好留下縈兒這點血脈。家母因為悲慟過分，也相隨而去。縣人皆說妾身一家不祥，如果妾身一家硬要田宅，旁人都會說妾身一家本性貪婪。妾身主張移居廣信，一則是為了避開眾議，二則也確實不想和姐夫家人有所瓜葛，望使君體諒。」

龔壽接聲道：「小娘子這番話說得在理，人家的東西，不該要就不能要。」他不知什麼時候已經回來了。

## 第六回　君心似水柔

　　我側目龔壽，龔壽有些尷尬，笑了笑，似乎還想說什麼，可是最終沒說出來。我也慰勉了蘇娥一家幾句，也就罷了。陳無智手舞足蹈地把熱騰騰的飯菜端上來，似乎見了年輕女子，他也變得興奮了。我拿出一些錢給龔壽，要他取一些肉食給蘇家人食用，蘇萬歲等三人又是千恩萬謝，好一陣才罷。

　　吃完飯，蘇娥和致富主動幫忙收拾洗滌食具，龔壽幫他們安排了幾間房舍，他們把衣服烤乾，大家也就吹滅油燈睡了。

　　第二天早上起來，雨已經停止，天色卻仍然陰霾，亭舍院子裡的樹木蒼翠欲滴，浸潤著雨水的溼氣。地上的泥土也都是鬆軟的，沒人走的地方，長著一層青苔，蚯蚓東一條西一條地爬在青石板鋪成的亭舍小徑上，顏色暗綠，好像被雨水泡漲了似的，看著讓人噁心。亭舍門前的官道上，闃寂無人，一夜之間，路兩側的綠草都鋪到了路中間，好像許久沒有人經過。鵠奔亭，似乎已經被大漢的朝廷乃至上蒼拋棄了，成了一片隔絕人世的所在。

　　我決定離開了，在這裡待了三個晚上，固然清淨愜意，卻不能讓我忘懷自己的職責。遭貶來到人煙稀少的交州，誠然非我之罪，可是又怎能因此自暴自棄？更不能因此拋卻對朝廷的忠心。真正的能臣，無論到什麼地方，都可以發揮才華，大漢有多少能吏，被派遣到羌胡雜處的邊郡做官，不也贏得了良好的政聲嗎？我又何必不如他們！當年虞詡得罪了大將軍鄧騭，被貶為朝歌縣長，朝歌縣多盜賊，鄧騭此舉，顯然是想借刀殺人。親朋都因此安慰虞詡，虞詡絲毫不氣餒，慨然說：「事不避難，臣之職也。不遇盤根錯節，無以別利器。」在富庶縣邑能做出一點功績，那不算什麼本事；在交州這種貧瘠之地也能贏得百姓擁戴，那才叫非比尋常。

　　我讓耿夔套好車，任尚準備好行李，等早餐完畢後就決定出發。兩匹駕馬似乎也知道即將離開這個地方，顯得非常興奮，不斷打著響鼻，四蹄亂蹬，一副躍躍欲試的樣子。牠們在這裡好像一直不安分，半夜也時常聽見牠

們不安的嘶鳴，也許馬也喜歡熱鬧，受不了這種鄉亭的寂寞罷！

蘇氏一家卻遇到了麻煩，那個叫縈兒的小女孩完全病倒了，她的臉通紅通紅的，額頭發燙，看來昨晚那碗薑湯沒有發揮必要的作用。蘇萬歲父女兩人也有點頭暈，只是沒有縈兒嚴重。只有致富完全恢復，毫無問題。他們最擔心的還是縈兒，三個人急得團團亂轉。我個人懂點醫道，從小讀儒術、法律的過程中，也頗涉獵了《黃帝內經》、《雜禁方》之類的醫書，在我車上就帶了一些草藥，以防路上的不時之需。這一路上，我一直康強壯健，無病無災，這回可以派上用場了。

龔壽按照我的藥方熬了藥，給小女孩灌下去，過了一個時辰，她額上的熱度似乎有所下降。龔壽又諂笑著盛讚我的醫術，蘇萬歲三人也如釋重負，淚眼滂沱地向我表示感激，我耳朵都聽得長了繭，叮囑他們繼續服藥，再服幾劑就可以痊癒；並告訴龔壽，准許他們繼續在亭舍居宿，直到病好為止。龔壽一個勁地滿口答應，要我放心上路。我和耿夔、任尚就乘上馬車，鞭子一甩，兩馬騰蹄，像拋棄一塊爛布一樣，將鵠奔亭甩在了後面。回頭望時，我還遠遠看見龔壽、陳無智以及蘇氏一家三口一直在亭舍前的驛道上目送我們離去，直到我看不到他們的影子為止。

「使君，」耿夔說，「前面陽光燦爛，天晴了。」他的語氣非常興奮，還大大喘了口氣，好像久溺遇救的貓。任尚也大喘了一口氣，罵了一句：「他媽的，南方的雨，真是煩人得很啊！」我斜視了任尚一眼，任尚倒也乖巧，趕忙自我批評：「使君，任尚是個粗鄙漢子，只怕這輩子改不了粗話，辜負使君的教誨啦！」

他還嘿嘿笑了兩聲。

我不喜歡粗鄙的人，就像我不相信窮人會有美德一樣。我認為，只有有閒暇讀書的貴族，才會培養他的道德感，才會有多餘的精力來思考更高尚的

## 第六回　君心似水柔

問題。窮苦不識字的百姓，像叢林裡的野獸一樣，每天從睡夢中一睜開眼睛，腦中縈繞的只有食物。他們的內心像野獸那樣桀驁難馴，一旦管束不善，內心千般的惡就會像湍瀨一樣奔逸而出，為天下帶來巨大的破壞。用律令條文，我自然能約束這種人，但是一旦整個局面失控，律令就成了一堆破竹，我也會束手無策。因此，事先用教化去約束他們，就成為重要的預防。這也是我在肯定律令文法的同時，對儒術稍有一點好感的緣故。好在任尚不屬此列，他語言粗鄙，內心對忠誠和道德的信奉，卻遠高於那些讀書萬卷的儒生，所以，每當想到這個，我就不由得慶幸，去哪才能找到像任尚這麼優秀的掾屬？

# 第七回　廣信簡群吏

## 第七回　廣信簡群吏

刺史府位於廣信縣的西部，和東部的太守府、南部的都尉府遙遙相應，成三足鼎立之勢。廣信縣邑不但為蒼梧郡的太守治和都尉治所在，同時還是交州刺史的治所，這在大漢是很罕見的現象。不，不是罕見，而是絕無僅有，這也足以說明它位置的重要了。城牆是土夯的，一層層密實的夯土之間，可以清晰看見草秸、石塊、樹皮之類的東西。這個地方多雨，但對城牆的侵蝕並不厲害。城邑的範圍不大，周垣三百丈，每面平均約七十丈，南牆明顯長於北牆，使得整個城看上去像個梯子的形狀。這就是三百年前蒼梧王趙光所築的城，三百年間，不知歷經了幾次興廢，顯得那麼黯淡。灕水從北面迤邐而來，鬱水從城南蜿蜒流過，在城西交會，站在城牆上眺望，頭頂著永遠陰沉的天空，感覺鬱水像一條縹碧的緞帶，躺在城牆面前。如此靜謐陰鬱，無聲無息，不知躺了多少年。從趙光來到這裡築城的時候，它就是躺著的罷！它看過了這個地方多少的悲歡離合？人的生命和它相比，是多麼的渺小！

西南的灕水關，在灕水注入鬱水的口上，是西京武帝時設置的，現在仍駐有郡兵。廣信，是交州最重要的城邑。

太守牽召和都尉李直聽說我來了，早就率領一干掾屬在城門迎接，整整齊齊，填滿了城門。牽召的姓氏很奇怪，讓我肅然而起懷古之思。我從不敢看低這些具有奇怪姓氏的人，也許他們才是淵源有自的貴族。相反，那些張、王、李、趙之類的大姓，庸俗不堪者大有人在。牽召見了我，滿臉賠笑地行禮寒暄，顯得很謙卑，也許因為身分讓他不得不然罷。在官秩上，我甚至比他低了不少，他是二千石，我只是六百石。但是，我的身分為刺史，是代表天子來巡狩地方的，他們要尊敬地稱呼我為「使君」。我可以糾察交州七郡所有秩級的不法官吏，對牽召也不例外，他怎麼敢不對我低頭呢？都尉李直，大約五十多歲，身材高大，長著斑白的連鬢髯鬚，看上去頗為威武。他不像牽召那麼低聲下氣，而是不亢不卑，或者，亢多一些。按理說，作為官秩比太守略低一些的

都尉，對太守應當有一些尊重，但是我看不出來。有些邊郡的都尉，仗著自己能帶兵打仗，總要氣勢凌人一點，李直大概也是這類罷。

晚上牽召親自主持操辦豐盛筵席，說是專門為我接風洗塵，這讓我很快樂。其實如果不考慮天氣的因素，到交州來當地方官，是非常得意的。想想龐大的七郡都在我的掌握之中，看看蒼梧郡太守在我面前低聲下氣的樣子，我一直以來的憂鬱之氣霎時消散了。什麼宦官專權、外戚當政，都暫時被我拋到了腦後，我還是想著怎麼在這裡做一番事業罷。交州雖然地方廣大，可是人煙稀少，在洛陽那班公卿眼裡從來就沒有地位，這未必不是好事，至少他們不會來此掣肘，阻礙我的行動了。

堂上還有妙齡女子的歌舞，蒼梧郡的女子大多顏色黝黑，可能因為這裡陽光太熱辣的緣故。女人如果太黑，就顯得老，不好看，所以她們雖然賣力地扭來扭去，長袖翻飛，我卻感覺百無聊賴。院子裡正開著血一樣的刺桐花，當地人稱之為蒼梧花，據說這就是蒼梧郡得名的來由。這些花開得如此嬌豔，比這些女子只怕還更有觀賞性。我又無端想起了蘇娥，那個女子容顏姣好，膚色潔白，在蒼梧郡只怕百里難遇，只是前幾日我見到她時，沒有想到這一點。洛陽的女子雖然不漂亮，膚色之亮澤，卻是讓人怦然心動的。而我家鄉居巢的女子，膚色既白，容顏又麗，在我心目中，只怕是最好。我曾從那最好之中，又挑了一個尤其好的給自己做妻子，然後又無端地失去了。那場痛苦讓我失去了對女人的一切興趣，像個修道的沙門一樣，輾轉活到了今天。

交州刺史府建造得比蒼梧太守府和都尉府都要氣派很多，屋簷向上翻捲的樣子，像青鳥張翅欲飛。天子的使者，在這蠻荒之地也得到了充分的尊重。前刺史已然離職，他辟除的主要高級掾吏比如別駕、治中、主簿等也都識相地跟著他離職了，剩下的是一些戶曹、倉曹、簿曹、部郡國從事史之類的高級掾吏，以及經師、月令師之類的低級掾吏。我首先任命耿夔為別駕

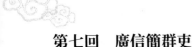

## 第七回　廣信簡群吏

從事，這個官職很適合他，他擅長營構精細的計畫，以後我外出行縣[22]的時候，他就可以負責安排路途保衛、食物供奉等一切瑣事。當然我不會再讓他為我親自駕車，他是我的副手，要自己坐著副車，隨時替我接收百姓的冤情哀告和其他一切需要呈遞到我手上的文書，可以說是跟我關係最密切的掾屬，是我的股肱之臣，而且這個官職一向被視為上佐，是刺史掾屬中地位最高的，讓耿夔當這個官，可謂得其所哉了。至於任尚，我則任命他為兵曹從事，掌管交州的軍事，在一個地方任職，不能控制士卒，那是什麼也做不成的。從職責上來講，作為天子的使者，又在邊州當刺史，也自然不能廢棄武事。任尚對這個任命倒沒什麼不滿，他知道耿夔出身高貴，頭腦縝密；自己徒有幾斤蠻力，不能跟耿夔相比。

安頓下來，我很快進入視事狀態。在洛陽的時候，我雖然不曾掌管中樞，但對天下富庶郡國的情況一向比較留意，知道得還不少；對交州轄下的這些邊郡，卻幾乎一無所知。因為它們每年的貢賦實在不值一提，遇上災年，只怕還要朝廷賑濟。這些郡設置的年代，都在武帝元鼎六年平復南越國的時候，武帝當時採取了比較靈活的治理手段，雖然派遣官吏來管理，仍順應當地民俗，保留了不少地方長老。當時一般中原的士人，都不願來此做官。武帝還特別下詔，規定有士人願意去交州為吏的，中原郡縣必須供給他們車馬財物，同時免去他們家裡的賦稅，使之無後顧之憂。治績考核方面，也可以得到優容，有功可優先升遷。這些措施吸引了一些內郡的官吏，有的甚至全家遷居此地。經過大漢近三百年的治理，如今交州的情況已經有了很大的變化，郵驛亭傳基本完善了。我一路行來，感覺除了人煙少些，其他地方和中原地區沒什麼異樣。交州物產豐富，沿路樹木鬱鬱蔥蔥，水道縱橫，無須過於勞苦，百姓透過採果捕魚，就可以飽食無憂。只是天氣過於燠熱，

---

22　行縣：秦漢時代地方高級官吏巡視屬縣，稱為行縣。

即便秋天也是如此，這點是讓我不喜的。

我來到這裡的時間很湊巧，過不了多久，就到了十月月朔，是蒼梧郡年底饗宴的日子。每年這天，全郡各地的縣邑都會派遣小吏帶著牛酒到廣信城來舉行宴會，太守會親自主持宴會，表彰忠信，黜落奸邪。那是全郡一年中最為狂歡的日子，除了官吏之外，地方上的三老、豪杰、七十以上的老者，都會受到宴會的邀請。普通百姓們雖然不能進入府庭，卻可以在府外集會，觀看典禮，把官吏的喜悅當成自己的榮寵。這種現象我不知道是什麼原因，不過也似乎可以勉強理解，皇帝陛下的貼身奴僕，總是比三公還要得意忘形。同樣，作為生活在廣信城的子民，雖然自己也許蜷居蓬門陋巷，可是究竟勉強算是和刺史、太守、都尉的華屋相鄰，那也會頗有一些自豪罷！

對於全郡的諸多小吏來說，這也是一個值得期盼的日子，他們希望於辛苦一年之後，能在大庭廣眾之下得到郡太守的慰勞獎勉，最好的還可能被推薦給皇帝，擢拔為二百石以上的長吏。可以說一年的希望，就全寄託於此了。

牽召請求我來主持這次郡會，他言辭懇切：「使君身衛王命，駐節敝城，一城百姓都覺得與有榮焉！希望這次十月的盛會，使君能親步玉趾，蒞臨饗會，慰勉士眾，獎拔吏民，則群吏幸甚，百姓幸甚！」

他的話讓我覺得很舒服。如果讓我主持的話，交州其他六郡的太守可能都會派遣官吏前來祝賀，這對蒼梧郡以及他來說，當然是有臉面的事了。雖然他的邀請有其私心，但我也確實想趁此機會露露面，同時認識一下各郡縣的小吏，查問民情，於是也就爽快地答應了。

那天一大早，我就洗漱完畢，整裝來到朝堂，掾吏們已經濟濟排了一堂，低級一點的官吏則都坐在刺史府前的院子裡，院子裡到處披紅掛綵，顯得十分喜慶。而且，讓我感到極為意外的是，除了牽召和各郡派遣的官吏之外，連住在端溪縣的蒼梧君也趕來了。

## 第七回　廣信簡群吏

蒼梧君是當地蠻夷的長老，因為早就率領種人[23]歸順朝廷，對交州的和平穩定有很大貢獻，光武皇帝[24]特別封他為蒼梧君，地位高於漢朝的列侯，相當於諸侯王。他為人一向謙恭，平常居住在封地端溪縣的群玉城中，不大理會地方官吏。朝廷每年都會派遣使者去群玉城慰勞他，送他大量金帛禮物。前一任蒼梧君趙義薨逝的時候，皇帝更是專門派遣御史中丞持節來到蒼梧郡，發郡兵兩千人為趙義的陵墓填土，並贈以車馬、金縷玉衣及其他皇室專用的溫明祕器，蒼梧君下屬的蠻夷種人為此感到極為榮耀，發誓永遠效忠漢朝。現任蒼梧君也已經有四十多歲，他的名字叫趙信臣，長得身材短小，膚色黝黑，身上的漢式禮服剪裁得相當妥貼，腰間的革帶也束得整整齊齊，其上的玉具劍和印綬掛得一絲不苟。由於身材矮小，墨綠的綬帶差不多垂到地上。雖然他其貌不揚，但舉手投足之間仍有著王者的風範。站在他身後的是他的貼身侍衛，大多光著半邊膀子，執盾持矛，虎虎有威。

「不知君侯枉駕敝庭，慚愧慚愧。」聽了牽召的介紹，我緊走上前，對他躬身施禮，嘴裡又說，「敝有王命在身，不能大禮，敬請見諒。」

他笑道：「久聞使君在朝廷剛正不阿，讓權臣嫉恨，是以遭貶。寡人雖僻在蠻夷，也非常敬服使君的為人。想想若不是使君遭貶，寡人也不可能有機會得以親睹使君的玉容。古語有云，塞翁失馬，安知非福。這句話大概也適合使君罷！」

我心裡暗笑，這個蒼梧君看來也曾讀過幾部漢家古書，還知道塞翁失馬的故事。只是用在我身上，還是有些不倫不類。如果按照他的客氣話來理解，我的得禍，導致他的獲福，和塞翁失馬的原意相差很遠了。不過這點也不能強求他，究竟他不是中原的列侯世家出身，能把漢話說得這麼流利，就已經相當不易了。

---

23　種人：種族中的人。

24　光武皇帝：指劉秀，東漢的第一代皇帝。

「君侯過獎了，沒想到敝還有微名能入君侯之耳，實在萬分榮幸。」我心裡實在頗有些得意。

簡單的客套寒暄過後，牽召看了看立在堂上的水箭刻漏，道：「今日天陰，沒有太陽，已經是漏上數刻了，請使君出去主持宴會罷。」

我走出刺史府的大堂，站在祚階上，牽召和李直、趙信臣站在左右副階，我們四個人一起臨視著庭院。剛才站在堂上的高級掾吏，現在也都來到了庭院當中。庭院四周已經陳列好了步障，列好了枰席[25]，官吏們整齊地站在枰席前，仰起脖子，像野鴨一樣看著我們，他們當中有的臉色蒼老，有的還朝氣蓬勃，目光更多的是停留在我的臉上。我這個新刺史，會為他們帶來什麼呢？他們一定在想。因為很多年前，我也經歷過這樣的時刻。

對蒼梧郡去年一年的治績，我並不了解，於是只能按照太守府提供的官吏名籍誦讀了一遍。人是基本都到齊了，其中還真有不少外郡來的官吏。我發表了一番訓導，接著又宣讀一年中考績優等的名單，受到嘉獎的官吏都興高采烈的上來，接受我頒賜的獎品，並由我親自賜酒一爵，飲盡之後，再讓我為他們披上一襲繒袍，撫肩勉勵。獎品是一笥漆器，內紅外黑，繪著渦紋和雲雷紋，油光錚亮，鑑人眼目，都是由郡府專門從蜀郡買來的。對這些獎品，小吏們並不看重，他們最看重的還是這種被天子使者撫肩的榮耀，從他們千恩萬謝的表情我可以看得出來。這也曾是我有過的感覺，在漢朝統治的天下，年復一年，代復一代，人的想法工整齊楚，並不會有絲毫的變化！

然後進行了士卒長矛和弓弩隊的表演，當長矛如林攢刺的時候，從士卒們嘴裡還響起了宏壯的歌謠，我沒大聽明白歌唱的內容，但歌辭中夾雜著的「兮」字，和中原流行的楚歌也沒有什麼差別。大漢的王化是否已經浸漬了交州的每一寸土地，我不敢斷言，但至少在廣信城中，它已經成為百姓們追

---

25　枰席：也就是榻席，可供一人獨坐的矮榻，上面平鋪蓆子。

# 第七回　廣信簡群吏

逐的時尚。弓弩射士的箭法大部分都一般，但基本也合格了。我看見李直臉上露出明顯輕蔑的神色，覺得好奇，不自禁地問他是否看不上這些人。他的回答也有意思：「這些縣卒亭吏，他們也算盡力了。」牽召聽了也笑道：「使君沒有趕上八月的都試，皆是蒼梧郡卒，李都尉親自調教的，那些射士可是百發百中啊！」

怪不得李直這麼輕蔑，不過我倒奇怪牽召為何如此謙卑，怎麼說，他也比李直官秩要高，何必在李面對前低聲下氣。這種情況可不許在我這裡發生，不管李直這個人多強橫，我都要慢慢地把郡兵的指揮權奪過來，慢慢地讓他知道，我才是交州真正的主君。

這時場上發出一陣歡呼聲，原來是一個年輕的郡吏十二箭射中了十一箭鵠的[26]，正舉弓向周圍示意。李直撫鬚笑道：「太守君，令郎箭術可是越來越進步了。」牽召也笑：「這點微末小技，可不敢和都尉君的射士相比。」又對我解釋道：「那位是犬子牽不疑，平日裡也只愛好射箭，不好讀書。」他轉頭對著兒子叫道：「不疑，快來拜見新任的刺史君。」

那年輕人將弓扔下，到階前來施禮，他長得面如美玉，確實儀表堂堂。我誇讚了他幾句，慰勉一番，他高興地退下了。射箭比賽結束，我開始宣布超過合格要求的士卒都可以記上一定的勞績。之後，又頒賜了鳩杖給新增的七十歲老者，這些鳩杖是年初蒼梧郡就向朝廷申請的，經過仔細審核，按照蒼梧郡提供的名單，皇帝下詔有選擇地頒賜給一些德高望重的七十以上的老人。有幸獲得這種鳩杖的人，每年節日期間，將獲得縣廷例行發放的肉酒，這倒在其次，最重要的是，這些老人從此之後，就可以直接闖入縣廷甚至郡府，和縣令和太守平等對話。除了謀反之類的死罪以外，官吏和百姓不得以任何原因侮辱毆打持有鳩杖的老人，否則判處棄市。無怪乎得到我頒賜鳩杖

---

26　鵠的：指靶心。

的老人，個個神氣活現兼如釋重負，他們的家人也不能不對他平增一些尊敬，這種尊敬，或者就是大漢帝國的「孝道」罷。我出自鄉鄙，知道「孝」這種東西，雖然叫得好聽，但在貧苦百姓之間，實際上知之而不能行之，一個兒子在老父面前摔摔打打，勃然作色，那是經常的事，碰到這種情況又能如何？去縣廷告兒子忤逆，固然也能奏效，縣廷將他的兒子判處徒刑，那就更加無人供給他吃喝了。況且鄰里也會指責他不慈。所以多數老人除了忍氣吞聲苟活下去，幾乎沒有別的辦法。但如果這個老人有了鳩杖，情況就會不同，他陡然變成了有權力和縣令對抗的人，稅賦少交一點，縣廷也不敢逼迫，何況年節還有酒肉頒賜，在這種情況下，孝順這個老人，讓他最大限度地活著，就能為整個家族帶來最大限度的利益。人世間，有什麼事是不帶任何功利的，我不知道。

# 第七回　廣信簡群吏

# 第八回　笙歌憶綢繆

## 第八回　笙歌憶綢繆

　　繼而又舉行了鄉飲酒禮的活動，說實話，這點實在有點出乎我意外，沒想到在偏僻的廣信，鄉飲酒禮的奏樂儀式也能得到如此循規蹈矩地踐行。四個過程包括「升歌」、「笙奏」、「間歌」、「合樂」，可謂一絲不苟。我目睹幾個樂工從西階走到堂上，隨即瑟聲響起，樂工開始唱〈鹿鳴〉：

　　呦呦鹿鳴，食野之苹。

　　我有嘉賓，鼓瑟吹笙。

　　吹笙鼓簧，承筐是將。

　　人之好我，示我周行。

　　曲調和我在洛陽聽過的略有不同，渾厚純樸，似乎有西京之風，堂上的瑟工和堂下的笙鐘等樂師，個個膚色黝黑，手指骨節粗大，像極了地裡的老農，真難以想像，如此典雅的樂曲竟出自他們粗蠢的指下。我忍不住悄悄問牽召，請教這些樂工的由來。他說：「使君有所不知，他們的祖先都是武皇帝時期徙居嶺南七郡的中原人，其中不乏犯罪遭貶的世家大族，精通西京儀典，三代的禮樂文明，在他們家族，一向是世代相傳的。」

　　原來如此。我不由得驚問：「既然如此，此前的刺史太守為何不向皇帝陛下舉薦他們，往年孝和皇帝下詔讓中樂府王延壽校訂西京以來失傳古樂，遭到廷臣反對，認為王延壽所奏不合故典，皇帝無奈，只好詔罷。向使交州向朝廷薦此數人，不但可以堵住廷臣之口，對交州官吏來說，也享有舉薦之功啊！」

　　牽召臉上現出一絲難色：「話雖然這麼說，但如果被大將軍[27]駁回，則非但無舉薦之功，反而有妄舉之禍了。多一事不如少一事，無功也就無過，就像使君如此清廉剛直，不也遭貶了嗎？」

　　這句話扯出了我的隱痛，我心頭怒火騰地升了起來，想對牽召或者隨便

---

27　大將軍：指梁冀，官拜大將軍，一向驕橫跋扈，曾毒殺質帝，害死朝中正直大臣無數，他在位時，梁氏一門光封侯者就有七人，其餘卿大夫將校不可勝數，皇帝對他也很氣憤，在延熹二年（西元一五九年）將梁冀滅族。

一個什麼人發作，但實在又找不到理由。是的，如今梁冀專權，飛揚跋扈，鳳凰在笯，雞鶩翔舞，只能謹慎為上。舉薦的人才雖好，如果不給梁冀贈金，肯定也會黜落，而且說不定給安上個「舉薦不以實」的罪名，遭到連坐。梁冀的確無所不能，我自己只因為劾奏梁冀的弟弟河南尹梁不疑而險遭下獄，雖然我是朝廷人人忌憚的司隸校尉，按律有劾奏一切官吏的權力，可是碰到梁冀就只能碰壁，奏章根本遞不到皇帝手上，就被他的爪牙截留。作為官拜大將軍錄尚書事的人，律令在他眼中是可有可無的東西，這個國家還能有什麼希望？

於是我只好緘默不言，這時樂工已經唱完了〈鹿鳴〉，開始唱〈四牡〉：

四牡騑騑，周道倭遲。

豈不懷歸？

王事靡盬，我心傷悲。

庭下站立的士卒開始附和起來，大概觸動了他們的心事罷。他們中有不少是中原的百姓，被徵發到這個偏遠的地方來服役，誰是心甘情願的呢？每一個士卒的家裡，都有老母妻兒在倚門等待著，思念跨越了多少山山水水，他們的親人並不知道，但他們自己卻非常清楚，很遠很遠，來的時候他們已經領略過了。

「間歌」響起的時候，連我也不由得心旌神搖，堂上堂下一唱一和，酬唱依依，宛如朋友相答，夫妻相合，說不盡的溫柔敦厚之意。堂上唱〈魚麗〉畢，堂下笙奏〈由庚〉；堂上唱〈南有嘉魚〉，堂下笙奏〈崇邱〉；堂上唱〈南山有臺〉，堂下笙奏〈由儀〉。我尤其喜歡〈南山有臺〉這首詩，這真是善頌善禱的絕唱，「樂只君子，邦家之基，樂只君子，萬壽無期。」大概只有三代的盛世，才能寫出這樣偉大的詩篇來罷！

當最後的〈關雎〉響起的時候，我又想起了我的妻子。當年我們就是在

## 第八回　笙歌憶綢繆

同樣的樂曲聲中步入青廬、合卺交歡的，那是我心中最深刻的記憶，我想起了我們在床上打鬧的場景，她不過十七歲，我也不過二十一歲。那時我是何等的青春勃發，我們在床上一直瘋鬧了一夜，第二天早上幾乎沒有力氣起床⋯⋯

「使君，開始飲宴了。」牽召把我的思緒喚了回來，他目光驚奇地望著我。我意識到了什麼，趕忙抬袖擦了擦淚珠，走到堂前，下令道：「諸君，現在自由飲宴罷，可以不拘一格，放浪形骸，興盡而止。」於是剛才還肅穆的人群發出了喧鬧聲，又是奏樂，又是投壺，又是玩六博戲，總之吵吵嚷嚷。我也在牽召的簇擁下，進了大堂，開始飲宴。蒼梧君趙信臣就坐在我身邊，這讓我們能很親密地交談。我詢問了他一些祖上的事，得知他原來就是蒼梧王趙光的後代，趙光投降漢朝之後，被封為隨桃侯，爵位一直傳承，王莽時代中絕。光武皇帝中興時，他們族主率領族兵幫助漢朝重新平復了交州，又被封為蒼梧君，至今已經第六代了。我稱頌了一番他們家族的豐功偉績，又談了談上任途中的見聞。他也禮尚往來，稱頌了我的一些功績，看起來似乎對我有一定程度的了解，甚至熟知我一系列的升遷軌跡，知道我原先是居巢縣縣學廝養，隨後辟除為廬江郡太守府決曹史，遷主簿、督郵、五官掾、功曹，以察廉[28]除丹陽令，遷荊州刺史治中從事，以酷暴免職，復拜為丹陽令，遷南郡太守，直到河南尹，司隸校尉，再貶交州刺史。

「久聞使君一向斷案如神，任廬江太守府決曹史時，曾斷過著名的炙髮案；又剛直不阿，任荊州刺史部南郡從事之時，案殺宜城長、編縣令，震驚一郡，可有此事？」他詢問道。

我笑了笑，這些事難為他能打聽到。說起這些往事，又觸動了我剛才的心緒。

我被廬江太守周宣辟為掾吏的時候，才二十歲，霎時間，我的境遇完全

---

28　察廉：兩漢的一種選拔官吏的辦法，「察廉」就是察舉廉潔的官吏，被舉為「廉吏」的人可以升遷。

改變了，如同夢幻一般。第二天，附近幾個里的父老都齎著牛酒，到我家來慶賀。我家的茅屋位於閭里最後面靠近圍牆的角落，地勢低窪，是全閭里最貧困的人家。門前狹窄的庭院院牆用土磚疊成，院子的左側還單獨疊了一個菜園，外糊一層黃泥，牆頭插著一排籬笆，上面纏繞著碧綠的瓠子藤，金黃的瓠子花正在怒放，逗引得蜜蜂在其中穿來穿去，幾個拳頭大的瓠子幼稚地掛在藤蔓之間。院子裡除了幾棵苦楝樹之外，還種著一些葵菜，日日將它的花瓣向著太陽。沒到做飯時間，母親就吩咐我：「去扯幾把葵菜來，我煮了蘸醬吃。」我就老大不情願地走進園子裡拔著那全身滑嫩但是一點也不好吃的葵菜，還惡狠狠地將它的花朵扭斷。葵菜和瓠子，是我童年時的常餐，直到現在我聞著它們的味道就想作嘔。好在那時家裡總會養幾隻母雞，最盛的時候，母雞們接二連三地從雞圈裡奔出來，興高采烈地打鳴，這是牠們下蛋後必不可少的行徑。母親就灑一把米給牠們以為獎勵。雞蛋有時會蒸給我吃，大部分要拿到市集上換錢，積聚下來以備不時之需。直到如今我都很佩服母雞的斂財本領，就是由於童年時的經驗，做官後我每次下鄉巡視，看見養雞的百姓也一向是不吝誇獎的。

　　從來都是門可羅雀的家，一下子來這麼多客人，可想而知根本容納不下，而且我也捨不得讓他們擠破我家的菜園。好在前後幾家貧困的鄰居知道後，都興高采烈敞開門戶幫忙，以方便筵席的鋪陳。幾輛漆得烏黑油亮的軒車，停駐在院子裡，華麗的車蓋與我家那顏色黯淡的、由竹蓆改成的門簾形成鮮明的對比。淺陋的小人乍一看見這種情況，肯定會驚奇得張大嘴巴，信不過自己的眼睛。然而，在儒學盛行的大漢，稍微見過點世面的人都不會為此奇怪。雖然我一直在縣學為人廝養，同窗中不乏驕橫的富戶公子，但稍微有點修養的世家子弟，都因為我平日學業的優異，對我尊敬有加。

　　我同窗中一個叫左雄的，父親名左博，當過縣丞，家資百萬，是當地望族。左雄本人一向才高，讀書十行並下，過目不忘，為人也很倨傲，但在我

面前，卻從不敢略有驕色。空閒時他還經常駕車來到我家，和我暢談律令和儒術。每次來的時候，他總是春風滿面，向我傾瀉他新悟出的道理，可是在聽了我的見解之後，又逐漸轉為悵然，等到出門登車回家，已經變得神不守舍。後來我聽閭里父老傳說，有一次左雄回家，他母親就氣恨道：「看你這副樣子，是不是又跑到那洗衣嫗家裡去了？每次你去了回來，都是這副沒有精神的模樣，我屢次告誡你不許去，你總是不聽。那洗衣嫗的兒子就算才高，可是家貧如洗，你又怕他作甚？」他父親倒是開明，勸解妻子道：「何家那童子，以後絕非凡庸，他母親現在幫人洗衣，只怕將來有一天，大家求著為她洗衣也不可得呢！」左雄也對他母親嘆息：「阿翁說得對，我每次去找何敞，總以為苦學數旬，大概可以比得過他了。哪知見面一談，這數旬間，他的學識比我又不知長了多少倍，真是瞻之在前，忽焉在後啊，唉！」

　　這些傳聞讓我有些得意。我一向認為左雄讀書有個問題，勤奮有餘，思考不足，也就是孔子說的「學而不思則罔」罷。所以他雖然以富家能蒐羅到更多的書籍，卻不如我苦苦讀爛一本，汲其精髓。現在我終於成功了，應驗了左雄父親的話，他那天特意讓僕人扛了一整頭豬，數缸美酒，專程來為我祝賀。

　　母親的臉興奮得通紅，站在門前，不知所措。已有里中的老嫗紛紛上前圍著她，說些稱讚巴結的話。她不是一個善言辭的人，稍微見了生人就很局促，現在她終於不需要局促，終於熬出頭了。一個太守府的決曹史雖然秩級不高，可是在郡府掾屬中已經算是高等，按照一般升遷程序，一個人在太守府做官，必須從小史做起，透過幹、循行、書佐、守屬[29]等幾級，才能當上諸曹吏，獨當一面，而周宣一開始就任命我為決曹史，這種恩遇，是不多見的。他這麼看重我，一般百姓怎敢不傾力巴結？

　　我看著母親被水浸泡得發黃的手，暗中熱淚盈眶，趕忙背過身擦掉。從

---

29　小史、幹、循行、書佐、守屬，都是漢代低級小吏的名稱。

今之後，我不要再讓她勞苦，不要她再為任何人洗衣。她生性忠厚，幫人洗衣從不耍奸使滑，即使是冬日寒冷的時候，也可以一個下午浸泡在屋後的池塘冷水之中。好在她的手從不因此生凍瘡皸裂，這大概是上天的眷顧罷。她從不讓我沾冷水，我的手卻每冬必凍，通紅通紅的，像血饅頭一樣，握不住筆管。想到我這回去了郡府，從此冬天也能坐在和暖的房間裡做事，手不會再凍，心裡就跳出一陣一陣的快樂，像脈搏一樣。

那次筵席還有個天大的喜事，讓我永遠不能忘懷。在喝完幾爵酒之後，左雄的父親特意把我叫到面前，開門見山，就說要把他的女兒左薑嫁給我為妻。我當時大吃了一驚，懷疑他是不是喝醉了，抑或在逗我開心。旋即我相信了，這不是取樂，我的地位和身價已經全然不同。雖然左家家資百萬，他本人也當過縣丞，但那算什麼，我現在是太守府的決曹史，才二十歲，青春年少，過不幾年升到功曹史，乃至升到縣令，甚至最終升到太守都不是不可能。我有這個信心，他也應該有。

我興奮得心怦怦直跳，我知道這不是做夢，因為人在做夢的時候，是從來不會懷疑自己是否在做夢的。它都是直來直去，不管快樂還是憂傷，都是在陡然的夢醒之後得到證實。我很想把母親叫到房間去好好問問，讓她告訴我，我的父親乃至大父，生前到底積過什麼陰德，當然我更想和母親一起分享這個喜悅。我要告訴母親，自從三年前見到左薑後，那個女子就一直是她兒子夢中日思夜想的人，只是她兒子平時從來不敢表露。

左家也住在居巢城中，和我家只相隔兩個里，之前受左雄的邀請，我曾經去他家造訪過幾次，但從未見過左薑露面，直到那個春日的下午。

那天大約是日仄時分，我從縣學燒完飯打掃好一切回家，路過左雄家所在的高陽里，順便去找左雄借書，進門時，見院子裡闃寂無人。我有些猶豫，又渴望看書，不想白來一趟，於是直接上堂，誰知突然從旁邊廚房裡竄出一條黑狗，兩眼噴射著炯炯凶光。我當即呆住了，牠盯著我看了片刻，感

## 第八回　笙歌憶綢繆

覺我應該是個好對付的人，於是迅疾向我撲來。那狗長得既大，我又素來怕狗，嚇得哇哇怪叫，轉身往院門狂奔。這時聽見樓上傳來一聲清叱：「阿盧，回來。」那狗聽到喚聲，倏然停步。我嚇出一身冷汗，抬眼向樓上望去，見一個小女孩輕盈地站在那裡，年可十二三歲，倚著欄杆對著我笑。她頭上盤著鬆鬆的雲髻，兩縷垂鬟遮住兩邊的臉頰，臉頰潔白，上身穿著一件粉紅色的短襦，下身穿著一條綠色的縠紋長裙，衣袂飄飄，宛若神女，我一下子看得呆了。

「你，是不是叫何敞？」她的聲音真好聽，嬌慵柔媚，在我耳中不啻仙籟。我在鵠奔亭見到縈兒的時候，之所以會那麼關心，大概就跟陽嘉元年三月庚辰日仄時看到的這個畫面有著莫大的關係罷！

我望著她，眼睛一眨也不肯眨，只知道不斷地點頭。

她還是盯著我笑，又道：「你來找我阿兄罷？他陪我阿翁阿媼去縣廷了，縣令家有喜事，請他們去饗宴呢！」

「那，妳怎麼不去？」我聽見了自己稚嫩的聲音。

她道：「我不喜歡那種場合，評頭論足的。你既然來了，就不要走，陪我玩玩六博罷。」她竟然對我發出邀請。

我一陣眩暈，這個小美人請我陪她玩六博，那自然千願萬願！我都不知道怎麼措辭，只是重重地點頭。她喜道：「那你等我下去。」說著轉過身離開了欄杆。

我呆呆站在院子裡的屋堂下、門檻間等她。那隻叫阿盧的狗仍一直望著我，不離不棄，還不時地狺狺低吼，擺出一副恐嚇的表情。我頭皮發麻，感覺度日如年，好不容易，聽見樓梯上環珮叮噹，她下來了，抱著兩個漆盒，道：「你來屋裡罷，我們坐著玩。」又轉面叱狗：「阿盧，下去。」那狗不甘心地朝我喚叫了兩聲，搖晃著蓬鬆的尾巴，垂頭喪氣地轉到屋後去了。

我跟著她走上堂，心裡七上八下，跳個不停。她招呼我坐，放下了漆盤，直接走到後堂，鼓搗了一陣，為我端上來一壺熱騰騰的茶，又幫我倒上，我這個大孩子手足無措地看著她做這些，竟然不知道幫忙。她斟好茶，對我盈盈一笑，才打開漆盤，拿出一個六博棋盤和十二根竹籌，嘴裡還不忘招呼我：「你別拘謹，快喝茶……我叫左蠆，你知道罷？」

我激動地端起杯子，喝了一口水，茶香沁入心脾。我點點頭，又搖搖頭，鬼知道她叫什麼名字，左雄又沒跟我說過。我又偷偷瞧她的臉蛋，瞧一眼又趕快飛開目光。她倒不在意，繼續整理棋盤，說：「像你這樣博學的人，六博一定也玩得很好。」

我心裡又是一陣驚跳，她說我博學，看來對我還真有些了解了。是左雄告訴她的罷，我心裡暗喜，嘴上卻說：「豈敢，我只是會玩一點。」其實六博我倒是經常玩，這遊戲也不需要什麼技巧，擲瓊[30] 還要點運氣，但我就是愛玩。

「你要白還是黑？」她睜大眼睛問我，那種好像驚詫的表情尤其可愛。

「都可以。」我回答。要白棋還是要黑棋，都沒有什麼重要，關鍵看誰先走第一步。

最後的決定是我執黑，讓她先擲瓊。可惜的是，我們才下幾步，就聽見院門哐噹響了一聲，一輛輜屏車馳到了院子裡，透過前堂的門，我看見馭手下車，掀開車的後簾，前六安縣丞左博夫婦兩個人，和我那位同窗左雄相繼走下車來。左蠆嘆了一聲：「真不巧，阿兄回來了。」隨即就站了起來，疾走到堂前去迎接家人，我也趕緊站起來，隨她趨到門口。

那天向左雄借了兩卷書，我就回了家，腦中不斷回味左蠆和我說的每一句話，一種莫名的興奮和騷動溢滿了整個心胸，一下子覺得喜悅，一下子又覺得失意，一下子想她哪句話有深意，一下子又懷疑自己哪句話說得不夠得

---

30　瓊，相當於今天的骰子。

## 第八回　笙歌憶綢繆

體。回到家，吃飯的時候，我也忍不住跟母親提到左薔，當然語氣是漫不經心的，好像只是順口說說。沒想到母親卻知道她：「你說左家那女孩，好像挺美的是罷？」

我道：「母親你怎麼知道，我看著還不錯，不是很美罷。」

母親看著我的眼睛：「我幫人洗衣，見臨近幾個里的阿媼，很喜歡議論曾經見過誰家的男女公子，還議論誰家的公子和女孩英俊漂亮，最後都推左家那女孩為第一。」她又望了我一眼，好像也漫不經心道，「要是你將來有出息，能娶到這樣的女孩做妻子就好了。」

我臉上頓時發起燒來，感覺母親似乎看出了我的心思，她雖然大字不識一個，但猜測人心理的能力卻非常之強，經常讓我驚嘆。我趕忙用其他的話岔開，但那天晚上，我輾轉沒有睡著，左薔的影子怎麼也驅散不掉，或者說我不忍心驅散。我幻想了種種和左薔在一起的場景，我一廂情願地讓她愛上我，然後我們又因種種原因產生誤解，最後我總是對她說：「可能是我配不上妳，妳該嫁一個更有錢的公子。」之後我被自己感動得流下淚來，我希望她看見我的淚水會心軟，重新回到我的身邊；或者她本來就離不開我，不管誤解怎樣，最後她總會屈服。就算暫時不屈服，將來她也會為之後悔，錯過了像我這樣愛她的優秀男子。為了自己幻想的愛情場景流淚，不獨獨是那天晚上，而且成為我後來樂此不疲的一種享受！

白天由此經常會沒精打采，有時想她想得痴了，也會忍不住找藉口去左雄家，然而去了幾次，竟再沒見到左薔。我當然不好意思問左雄，生怕他誤會我想高攀，我只是暗暗想，假如有一天真的能夠發跡，能娶到左薔為妻，那讓我當天死了也願意。光武皇帝說：「仕宦當至執金吾，娶妻當娶陰麗華。」我沒有那麼高的願望，如果不當官能娶到左薔，人生就已經沒有白活。可是我也知道，在大漢的天下，像我這樣的家境，不當官就什麼也沒

有，又怎麼能配得上左薑？婚姻，真是何等功利的事，有怎樣優秀的女子，就該嫁怎樣優秀的男子。一旦身分相差遠了，夫妻之間也不會長久。光武皇帝如果一輩子只做執金吾，那麼，他和陰麗華一生都會夫妻和美；可是後來他成了皇帝，她也只有被拋棄一途了。

　　我的思緒總是像風一樣，自己也抓不住，好在最後還能夠凜然回到現實，想到這樣思念實在太無意義。緊要之務還是該操心自己的學業，光慕戀人家就像平地欲起樓閣，毫無可能。我一次次這樣告誡自己，可恨腦子不聽使喚，總會不由自主去想。我愛極了左薑，要得到她，只能想辦法脫於貧賤，這點倒不難，我對自己有信心，可是真的要快，要是她已經長大成人，而我還是貧賤如故，所有的思念都會變成對自己的嘲笑。我都不知道那天在周宣面前長篇大論，是不是有對左薑的慕戀給了我勇氣的因素在內！

　　現在，我終於成功了，不需要我厚著臉皮請媒妁去提親，左博竟然主動說要把左薑嫁給我。天哪！這幸福來得突然又不突然，上蒼待我何厚！

# 第八回　笙歌憶綢繆

# 第九回　蠻侯說盜墓

## 第九回　蠻侯說盜墓

和左薑成婚，是我生命中最幸福的時光，可惜這種幸福只如電光般閃了一瞬。那之後我官運亨通，幾乎連年不斷地升遷，短短十幾年，從一個人人鄙棄厭惡的蓬戶童豎，變成了一個連列侯貴戚都束手懾息的司隸校尉，有如此的榮寵，我都找不回那樣的快樂。我也有的是機會接觸美貌的女子，可她們都不能像左薑那樣，在一個風和日麗的下午，以她風姿綽約的神仙之姿，牽動我少年時純真的情懷。我早已變得老氣橫秋，看什麼都不合時宜，終於觸怒了權貴，被貶到了這遙遠的邊郡。

「使君，蠻野之人不知忌諱，如果寡人有什麼話說得不夠妥當，讓使君有所不快的話，還望使君見諒。」蒼梧君的話把我從往事中喚醒了，我依稀察覺到自己眼角溼漉漉的，忙抬手拭去，嘴上應道：「君侯多心了，我不過因為君侯的話，想起了少年時的一些事，多少有一些感慨罷了。」

蒼梧君的臉色變得鄭重，道：「沒想到使君是個如此多愁善感的人 ——總之還是寡人的不是啊！」

我道：「請君侯不要客氣，我們換個地方說話如何？」

我們走到樓閣上落座，蒼梧君道：「既然私下談話，我想，我們就不需客氣了。我今天之所以特地趕來廣信參加這場盛會，一方面是因為久慕使君的聲名，知道使君剛直不阿，多謀善斷；一方面的確是有事相求。」

我看著他嚴肅的面孔，暗暗奇怪，像他這樣的封君，在這個地方可以說是呼風喚雨，朝廷派來的刺史、太守都要看他的臉色，還有什麼需要我這個新來的刺史幫忙的？

他繼續道：「使君大概不知道，漢興以來，蒼梧君這個爵位傳到我，已經經過了六代。家父在六年前病歿，當時皇帝陛下特意派遣使者持節護喪

事，並賜予東園溫明祕器 [31]，黃腸題湊 [32]，發郡兵二千穿復土，可謂榮寵無比，像我這樣的蠻野小君，心中的感激之情是可以想見的。不過去年我偶然發現，家父的陵寢竟然已經被盜。盜賊從陵園外打了一條隧道，穿越陵園外牆進入墓室，神不知鬼不覺，將家父的隨葬寶物盜得乾乾淨淨。就連家父的遺骸也被盜賊從玉棺中拉出，脖子上縛著繩子，一直拖到陵寢前室，骨骸散落了一地。我親眼看見這個場景，氣得五內俱焚，當時就派人到廣信，稟告前刺史竇光。誰知竇光不但不理，反委婉說我有監守自盜的嫌疑。我一怒之下，派人乘郵傳馳到洛陽，上書皇帝陛下，請求皇帝陛下為我做主。幸得陛下聖明，詔書徵回竇光，派來了使君。我打聽到使君的經歷之後，非常喜悅。我想，有使君這樣的能吏幫忙，一定能為我曹申冤了。」他說到墓被盜的時候，臉色變得紫脹，顯然是悲痛憤怒已極。

　　他這番話讓我大吃一驚，作為一個朝廷大吏，如此重大的事，我竟然毫不知情。我萬萬沒想到前刺史竇光之所以在我接任之前就離職而去，原來是早早接到了朝廷的徵書；也萬萬沒想到自己來到蒼梧，還要承擔這樣的一個責任。我立刻意識到了這件事的嚴重性，交州雖然沐浴大漢王化兩三百年，究竟和內郡有些不同，通常那些對於內郡很尋常的律令，在這裡就顯得苛刻，執行不下去。這裡的人，似乎對律令有一種天然的反抗性，這當然有他們不識王化的原因。像這樣的一件事，如果處理不好，惹得蒼梧君生氣，由此導致他的族人造反，那自己這個刺史就當得不合格了。駐紮在廣信縣的漢兵雖然有兩千多人，看似兵力強盛，且裝備精良，訓練有素，可相對於整個州的人口來說，究竟還是少數。要是惹得當地人起兵造反，只怕我仍僅剩

---

31　東園溫明祕器：皇家作坊生產的葬具，東園是少府所轄官署，專門製作皇室葬具。溫明，一種嵌有銅鏡的面罩，殮屍時覆在屍體臉上。

32　黃腸題湊：葬具名，在棺木之外以黃腸木（黃腸即柏木之心，其色黃而質地緻密）緊密累疊而成外槨，題湊指以木條累疊相嵌，其端皆向內聚合，聚成屋的四阿形狀，為漢代皇帝及諸侯王特用葬具，東漢多用黃色的石條代替。

## 第九回　蠻侯說盜墓

下倉惶逃竄一途。到那時，我很快會被檻車徵回朝廷，斬首洛陽市。我霎時明白，為什麼自己會被突然貶到交州，表面上他們誇獎我是能吏，擅長治劇郡[33]，實際上卻是借刀殺人。竇光那個人我雖然不認識，但我聽說他一向擅長諂媚，每年都要將合浦郡的珍珠，像稻米一樣送給大將軍梁冀，梁冀當然不會懲罰他。

我知道自己落入了圈套，可是怎麼辦？難道我能向洛陽哭訴，請求給自己換個官職嗎？我靜下思緒，心中又莫名升起一絲驕傲。想我何敞也不是平庸之輩，這點事未必就難住我了，而且我應該對得起蒼梧君賦予我的信心，他對我之前的治績如此瞭如指掌，稱讚有加，我豈能讓他失望？那不是證明我徒有其名嗎。如果我捕獲了盜墓賊，一定能讓他盡掃悲憤，以他這種身分，只要肯向朝廷請示對我進行嘉獎，那我重新回到洛陽就不是什麼難事。不過，我心裡仍有些緊張，這也是每次我將接手一件新獄事之前的固有感受，我既自信自負，又擔心天不佑人，雖然我認為只要細心努力，就很難會有做不成的事。但是萬一，這件事就是辦不成呢？

「君侯放心，這件事我一定努力，想方設法為君侯捕獲賊盜。不過在此期間，希望君侯能撫循族人，維持交州的太平。」我想了想，艱難地吐出了上面的話。

蒼梧君喜道：「還是使君通情達理，其實我也不強求使君，如果使君能夠盡力，即使不能捕獲賊盜，我也會心懷感激，無話可說的。只是前刺史竇光所為，實在讓我和族人們憤懣。我曹雖然身為蠻夷，卻也並非不講道理，使君在交州待久了，就一定能明白的。」

我心底瞬時輕鬆了起來，看來他確實厚道，並不要求我一定成功。沒有這種壓力，反而有助於我的沉潛思考。盡力而為，那是我的風格，有什麼難

---

33　劇郡：指治安特別不好，難以管理的郡。

的。我道：「君侯怎麼會發現前蒼梧君陵寢被盜的呢？」

蒼梧君道：「這個說來也很偶然，有人在集市出售玉器，我府中的僕人發現有一個玉壺像是先君所有，之前已然殉葬了。故此懷疑陵寢慘遭盜掘，我當即趕赴寢園查看，才發現果然如此。而那個出售玉器的豎子卻逃得無影無蹤，線索因此中斷，讓我好生鬱悶。如果使君能捕獲賊盜，不唯先君的在天之靈，我和一家老小都會對使君感謝不盡的。」

「哦，我想去陵寢內勘探一下，不知可否？」我提出了一個請求。

他欣喜道：「無任歡迎。」

# 第九回　蠻侯說盜墓

# 第十回　端溪訪塚丘

## 第十回　端溪訪塚丘

　　我隨著蒼梧君來到端溪縣。蒼梧君家族的陵寢就位於端溪縣附近的七星岩下，我還是第一次看見這麼豪華的陵寢，不愧為一個封君。整個陵寢位於地下五丈多深，簡直就是用巨大的石塊砌成的一個宮殿，宮殿用層疊的長條石封住，每塊石頭都有上千斤。盜賊在長條石的端部鑿了牛鼻形的凹槽，然後用粗繩穿過凹槽將條石拉出，可謂費盡心力。我向來不願接觸墳塋之類的場所，以為陰暗不潔，那些匿名的盜賊們當初在這狹窄的墓穴中繁忙操作之時，難道心中不會有一點恐懼嗎？

　　整個墓室有前堂，有後寢，有東西耳室 [34]，還有廁所和浴室。每塊石頭都打磨得平平整整，而且用陰線和浮雕的手法鐫刻著中原流行的畫像。這些畫像按照不同的功能，敘述著不同的內容。比如說，構成前堂的四塊，南面兩邊對稱鏤雕著窗櫺，窗櫺下浮雕著神荼、鬱壘的畫像，這是傳說中兩個捉鬼的神靈，有了祂們，鬼怪就不敢進屋（為什麼人自己成了鬼反而怕鬼，這點我想不通）。後寢的牆上則刻著伏羲女媧、牛郎織女，以及蕭史、弄玉吹簫自樂的畫像，也符合寢房的風格。一條條黃色的長石整整齊齊縱向堆砌在寢房的四周，都是一頭朝內，環護著正中的一具玉棺，雖然豪華，在燈光下卻顯得幽暗慘淡。我轉身看著蒼梧君，道：「請君侯多點起一些蠟燭，將室內照得越亮越好，我要好好勘探一下。」

　　蒼梧君解釋道：「寡人雖貧，倒還不在乎幾支蠟燭。只是石室中狹小，點多了蠟燭會令人窒息。」

　　我想，這大概是蠟燭的火焰氣味濃烈，讓人不能呼吸的緣故，於是說：「也罷，這兩支蠟燭也勉強夠用了。」

　　舉著蠟燭，我蹲在地下一寸寸搜尋，墓室中的空氣非常潮溼，黃腸石看上去也都溼漉漉的。整個墓室都鋪著地板，下葬時間雖然過去了僅僅六年，

---

34　耳室：主墓室兩旁的小屋子，因像耳朵一樣而得名，功能主要用來儲藏隨葬器物。

地板卻已經腐爛得差不多了，處處可見黑洞，露出下面碩大的空心磚。被盜之後，墓室沒有經過整理，基本保留著原樣。地板上灑滿了殘碎的玉片，可能來自墓主身上的金縷玉衣。連接玉片的金絲都被盜墓賊抽走了，玉片品質一般，他們知道不值什麼錢，懶得理會，但是隨身入棺的玉珮、玉璧之類，因為玉質優良，做工精美，他們倒沒有客氣，將之席捲一空，放置在玉棺附近的一些銅質和玉質的食器、酒器，也同樣沒有倖免。我搜尋了一遍，什麼像樣的東西都沒有，唯一有點價值的是我從地板的朽洞裡發現的半枚玉珮，玉質晶瑩剔透，雕琢之精緻也非同凡響。從它的形狀推測，大概是一條龍的尾巴部分，但是端口處相當齊整，不像是在混亂中猝然踩斷的，臨近斷口處，還可看出有兩個均勻的細孔，非常奇怪。

我將它遞給蒼梧君，蒼梧君驚喜交加，嘖嘖連聲：「應龍佩，它是先君最喜歡的一件玉珮，當年整塊玉從一個和田商人手中購得，先君特意招募了中原工匠，費了五年功夫方才琢成，先君平時都捨不得拿出來，只在重要場合，需要穿朝服時，才偶爾佩戴。可惜有一年，先君不小心將它摔在地上，從尾部摔斷，後來又找了一箇中原工匠，用黃金打製了一個環鉤，將斷裂處接續起來。你看，斷口處的這兩個細孔，就是為了方便黃金環鉤的嵌入而雕鏤的。先君臨終時，囑咐我一定要將它殉葬，沒想到會遭此厄運。這尾部一截，大概是盜賊搶掠的過程中，將玉珮再次從環鉤處扯斷掉落的罷。」

我又把那半截玉珮放在手上把玩，心裡也連呼可惜。墓室裡的確非常狹窄，我藉著蠟燭光細細看著四壁，突然大吃了一驚，我看見刻在壁上的神荼、鬱壘突然對我咧嘴笑了一下，笑容相當詭祕。他們守候的石門之間，飄出一個女子，披頭散髮，全身裙襦雪白，迎頭向我懷中撞來，我不由自主地怪叫了一聲，將手中蠟燭一扔，退後了兩步。雖然墓中寒涼，背上冷汗倏然冒出，蒼梧君趕忙扶住我道：「使君，你怎麼了？」

## 第十回　端溪訪塚丘

　　墓室中更黑暗了，我覺得呼吸不暢，使勁晃晃腦袋，發現壁上神荼、鬱壘的畫像紋絲未動，心想自己剛才可能眼花了，又不好意思跟他說剛才的所見，只好回答道：「沒什麼，只是有點氣悶。」

　　蒼梧君道：「墓室狹小，點上蠟燭更是熏人。使君剛才又蹲在地上太久，可能導致血脈癱結，不如暫且出去透透氣？」

　　我想也沒什麼可以發現的，於是點頭答應。一行人簇擁著我到了前堂，這裡感覺好一些，我駐足看了看，也沒有發現什麼，只有筵席几案尚在，雖然色調已經黯淡無光了。蒼梧君解釋道：「我只把先君的遺骨重新殯殮了一下，其餘的東西概未動過，就希望它能保持被盜後的原樣，方便使君勘察，以發現線索。」

　　我點點頭，又順便走進兩邊的耳室。耳室比主墓室還要狹小，勉強能直起腰，頭頂幾乎貼著耳室壁了。我發現一個奇怪的現象，尋常陵寢的耳室都是儲藏器物的，但是這兩個耳室中，各放著兩具漆棺。我詢問地望著蒼梧君，他知道我的意思，說：「使君可能有些不解罷，我們蒼梧的葬俗和中原頗有不同。先君歿後，幾個夫人哀痛不勝，相繼自殺以殉先君，寡人於是把她們棺殮，破例隨先君一起安葬於此。」

　　他的語氣中有一種掩飾不住的驕傲，好像這四個女子能葬在此墓中是一種殊榮。這算什麼殊榮？一個人死了，厚葬薄葬又有什麼意義？我向來不信人死後可以升天的說法，也不相信死人還能繼續享用隨葬的車馬財物。人無論貴賤，死了就都是一樣的。螻蟻尚且貪生，不到萬不得已，誰又會自殺？那四個薄命的人，多半是被迫殉葬的。當今聖天子地位尊崇，比他一個小小的蒼梧君高貴何啻百倍，可是也從不曾逼迫婢妾殉葬。

　　「這些棺木裡的葬具沒有被盜嗎？」我問，因為我看見一具棺木的蓋上有明顯的斫痕。

他道：「當時全部被打開，裡面的隨葬物品一盜而空。我覺得這樣讓棺蓋大開，對四位太夫人不敬，才讓人合上的。」

「屍骨沒有遭到損壞罷。」我問了一句，我知道有些盜墓賊喜歡凌辱女性屍體。

他遲疑了一下，生硬道：「還好，沒有。」

我又舉燈在地上認真照了一遍，這次在棺木後面發現了一支鎏金的髮釵，尾部打製成鳳鳥形，從做工看，似乎算不上如何精緻。我把金釵遞給蒼梧君：「這是府中的嗎？」

蒼梧君的臉色似乎有些異樣：「應該是罷，大概是賊盜洗劫棺中隨葬物品時，不小心遺落的。」

# 第十回　端溪訪塚丘

# 第十一回　金釵訊巧匠

## 第十一回　金釵訊巧匠

我在蒼梧君住的群玉城玩了兩天，如果單純是來遊玩的話，那就太舒服了。群玉城的景色好得令人不可思議，整個城建在半山之上，距平地起碼有十幾丈，聳樓桀構，重檐疊榱，填塞山脊。駐足樓頂，面前白霧繚繞，若在天上。城前的山腳下是片大湖，湖水深碧，看一眼都能消人清暑。湖的一側則是怪石嶙峋的七星岩，蒼梧的山，表面都是樹木碧綠蔥蘢的，獨有這座山顏色黯淡，呈青黑色，上面不均勻地鋪了一層矮小的灌木，好像巨大的盆景。岩下湖畔則堆積著雪白的碎石，湖水時復蕩漾，愈增其素淨。上下黑白交相輝映，炫人眼目。偶有野人吟謳迴旋山間，恍如天籟。我撫摸著群玉城的城牆，吹捧道：「君侯家族真會選地方啊，如此美景，只怕神仙來了，也不肯離去。」

蒼梧君似乎也很得意：「我請了幾個你們中原的文士來題詠，他們一致幫我的城取名為群玉城，說是西王母在崑崙山上所築。」

「完全當得起這個嘉名。」我撫摸著欄杆，欄杆石色碧綠，上灑著星星點點的黃色斑紋，像黃蠟一般，摸上去清涼滑膩。

「使君大概不知道，我這群玉山上的石頭，琢成硯臺可謂佳品。」蒼梧君好像懷才不遇似的嘆道，「可惜你們中原人只知道燒瓦磨墨，那瓦硯粗糙得像農夫的手掌，再好的筆豪，也經不住這樣的消磨啊！」

我笑道：「既然如此，使君為何不雕琢一塊，獻給皇帝陛下？如果皇帝陛下喜歡，還怕你這石頭無人欣賞嗎？」

蒼梧君擠了擠眼睛，搖手道：「不好不好，只怕皇帝陛下用得暢快，下詔拆了我的群玉城。我剛才只是開個玩笑，使君千萬要對之保密啊！」

唉，他雖然四十歲了，卻像個孩子。我跟他繼續談起正事，要求他多給我一點時間，我一定會竭盡所能，破解這起盜墓獄事。他握住我的手，又恢復了成人的模樣，道：「只要使君費心，我倒不拘早晚。我只怕你們的官吏虛與委蛇，只知道要錢，不肯真正辦事。」

我大笑：「如果這件獄事不破，我一文錢也不要君侯的。」

兩天的好吃好喝款待之後，我離開了端溪。回廣信的路上，我一直在思索這個案件，聽龔壽說，蒼梧郡路不拾遺，民風純樸，而且土人大多是蒼梧君的族人，誰會跑到端溪去盜墓呢？眼下案件要有所進展，大概只有寄託在這半截玉珮身上了。我拿著那玉珮發了會呆，思緒又走開了，像疾風般被刮到了二十多年前，在左家的院庭內，我凝神聆聽左薑環珮叮噹下樓時的情景。這個情景讓我百思不厭，沒有這種體驗的人，絕不能有所理解。那曾經讓我多麼迷醉的歲月！人活在世上到底為了什麼？自從我失去了阿薑之後，就時常這樣想。我的眼淚又流出來了。

我原以為阿薑就是我那天下午見到的樣子，出生於官宦人家的她，從小受了儒術的薰陶，知道敬順長輩，體貼夫君。是的，這一切她都無虧，這個十五六歲的女子，展現了和她年齡絲毫不符的婉順溫淑，只是當我們私下在一起的時候，她就展露出她性格中的另一面，有時會不經意地嘲笑我：「我從未見過像你這麼邋遢的人呢。」

剛開始聽到她這麼說，我還不在意，像我們這種蓬門蓽戶出身的人，不是喜歡邋遢，而是沒有不邋遢的本錢。我們買不起那種精美的桃枝席，鋪不起那種精美的櫟木地板，用不起那種華麗的楠木几案，當入眼的一切東西都是那麼粗糙時，心也便變得那麼粗糙了。阿薑，這樣一個富貴家庭出身的人，怎麼能理解我們這種人的生活！

當然我並不生氣，反正她已經是我的妻子了，說說又怎樣，於是也揶揄她：「當年鮑宣鹿車載妻回鄉，人家妻子也沒嫌鮑宣邋遢啊！」

鮑宣是渤海郡人，出身貧苦，從小跟從大儒桓榮學習經義，桓榮對他非常欣賞，把自己的女兒少君嫁給他，並贈送很豐厚的嫁妝，鮑宣卻拒絕了，並對少君說：「妳這人生來富貴，錦衣玉食，我不敢高攀。」少君道：「家大人以先生德行修明，所以讓賤妾侍奉先生的起居，只要先生不嫌棄，一切

## 第十一回　金釵訊巧匠

唯命是從。」鮑宣於是笑道：「妳能這麼想，那就太好了。」桓少君於是把華麗的衣飾全部摒棄，穿著粗麻短衣，和鮑宣一起挽著鹿車回家，剛拜見完鮑宣的母親，就提著甕去汲水。這種仁孝的名聲傳遍大漢的天下，朝廷曾編成《列女傳》，命令天下鄉學把她作為表率宣教，左藟自然也不會陌生。

她用手刮著自己的臉蛋道：「羞不羞，你又不是鮑宣，人家最後可當了司隸校尉。」

我笑道：「妳怎知我以後就當不到司隸校尉？」

「你就自吹自擂罷，要我像少君那樣，你先當上司隸校尉再說……對了，等你當上司隸校尉，我們就有的是僕人，哪用得著我親自汲水？」

「正因為現在沒有足夠的僕人汲水，所以才要妳學習少君啊。」我嘴上雖然這麼說，心裡卻軟綿綿的，這樣嬌嫩的妻子，才二八年華，我怎麼捨得讓她汲水，不過是嘴巴上打趣罷了。

她也笑了：「你要是真疼我，這些事就該自己做。或者就讓我父親贈給我的僮僕去做。父親把我嫁給你，可不是給你當箕帚妾的，你要是鮑宣那樣的人，我死活也不嫁。」

「我是怎樣的人啊？」我追問她。其實像鮑宣這樣矯情的人，著實有些無恥，自己這麼貧困，偏偏還假裝清高，讓嬌妻跟著自己受苦。對類似故作姿態的儒生，我一向鄙視之極，他們遵循的所謂道德，很多都狗屁不通，不過是一種沽名釣譽的手段罷了。鮑宣讓新婚的妻子去汲水侍奉他老娘，可能就想博取個「孝」的名聲罷。我一向認為，「孝」這種東西，比起其他道德來，尤其經不起推敲。對自己的母親，我一向是很尊敬的，如果能夠，我會盡一切能力去讓她喜悅，這是很自然的一種感情，一個狗屁「孝」字根本就概括不了它。難道，一直將我撫養大的人，我需要別人來教導我怎麼去尊敬她嗎？我的父親早就死了，對於他，我沒有一點懷念，這大概就是儒生們所說的不孝罷。可是，我並不為此有一絲的負疚，反而覺得儒生們如喪考妣

的醜態十分滑稽。我就是這樣認為，有時候我很自信，因為我的感覺常常不會錯。

「你有些方面不錯，不矯飾，真誠，但就是有一點，不懂得疼愛人、照顧人。」她道。

啊，她的話讓我驚訝，怎麼會這樣，我自問雖然不是能夠捨生取義的人，但不乏深厚的同情心和對強橫的憤恨。「你自己不知道罷了。」她說，「有時我說，我的肚子有點不舒服。你就會輕描淡寫地說，誰沒有個肚子痛的時候。雖然我真很痛的時候，你會很慌張很體貼，可是你之前的話和行為，卻還是讓人心寒。」

我默然了，這大概是的罷。因為家貧，雖然母親也關心我，但不能像那些富家子弟那樣，被照顧得無微不至。記得每次在縣學宮，一旦下起雨來，很多同窗的父母或者家僕就帶了傘來接送，我是從來不指望這些的，只能站在窗前等候雨停，或者科頭跣足跑回家去。一個從小沒有享受過愛的人，自然也不懂得愛別人。連噓寒問暖，有時都覺得是酸文假醋，而這些，在阿薔這樣出身，這樣從小就受到僮僕環繞保護，受到父母關懷煦嫗的人看來，是再平常不過的事。

我一路就這樣想著舊事，想著案情，看著風景，第二天就回到了廣信。進了刺史府，天色都黑了。耿夔還在署裡做事，這次去蒼梧，我只帶了任尚，把耿夔留在府裡。他見我回來，趕忙過來拜見，向我稟告了我不在的這些天有些什麼公事，大部分是小事，只有一件都尉府的文書，還算比較重要。

「拿文書給我看。」我對耿夔道。

文書的內容也沒什麼特別，是合浦郡遞交的關於今年改採珍珠數量，以及如何向洛陽輸送的簿冊，需要我這個刺史審核。我看了一下，發現今年輸送的珍珠數量為五萬顆，對這個數字我沒有什麼概念。在洛陽的時候，我曾經聽說過合浦輸送珍珠的事，具體情況卻不了解，無從比較。於是我讓耿夔

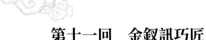

## 第十一回　金釵訊巧匠

找來幾個老成掾吏，詢問此事始末。那幾個掾吏說，今年的數量比往年增加了一萬顆。我不由得皺起了眉頭：「為什麼要增加？」掾吏們當然答不上來，建議我發文書詢問合浦太守張鳳。又說張鳳雖然只是太守，卻和大將軍梁冀有著親戚關係，我應該客氣點。雖然這些話讓我不喜，但知道他們也是為我好，也就不說什麼了。

我把簿冊批覆了一下，問了幾個問題，吩咐明早送到合浦，然後屏退眾人，和耿夔說起這次去端溪縣的所見所聞，問他有什麼看法。耿夔想了想，道：「下吏以為，可以盤查一下全郡的玉器工匠和金銀匠，問問是否有人見過那半枚玉珮和那支金釵。尤其是那枚玉珮，雕琢得如此精美，只要稍有經驗的工匠寓目過，就一定不會忘記。」

這個方法我也曾思索過，只是覺得希望不大，原因正在於耿夔所說的理由。玉珮如此精緻，又只有半枚，一般玉器工匠見了之後，確實很難忘記。賊盜也不是傻瓜，豈會想不到這層？又豈會輕易拿出去買賣？我於是搖搖頭，道出了自己的疑慮。

耿夔仍舊堅持：「夔在洛陽的時候，聽說玉匠和盜賊一向狼狽為奸，盜賊盜得玉器，經常透過玉匠銷贓，蒼梧郡的玉匠，未必就會比洛陽謹願些。」

「既然如此，那些玉匠又怎肯出賣和他們狼狽為奸的賊盜呢？」我道。

耿夔笑道：「那就要看使君的手段了。」

我也笑了：「也好，那你明天就把廣信縣的玉匠和金銀匠給我全部找來，盤問一下再說。」

# 第十二回　天涯多侶儔

## 第十二回　天涯多侶儔

　　第二天朝陽初上，金燦燦地射入府庭，耿夔就報告說，把能找到的人都找來了，應該沒有遺脫。我進完早食，來到刺史府堂前。院子裡大榕樹下已經坐滿了人，個個眼光木然，也不互相說話，像一群呆鵝。耿夔大叫一聲：「使君到！」那些鵝都慌忙立起來，緊走慢趕地跑到我面前，好像我送來了飼料。他們滿臉堆媚，拱手彎腰道：「小人拜見使君！」

　　我語氣和婉，跟他們客套幾句，開始進入正題：「作為初來交州的刺史，剛才是我和諸君之間的家常言談之歡。現在，我要和諸君談國家律令。想問諸君幾個問題，諸君必須一一老實回答，倘敢撒謊，被我查出，將全部下獄。」

　　他們立刻收起了剛才還肆意張揚的諂媚笑容，面面相覷，不敢說話。庭院四周都是披著紅色軍服的士卒，執盾持矛，形容嚴肅，這種威勢足以震赫他們。我現在的身分是一州刺史，只要我願意，連縣令都可以收捕，何況這些普通百姓。如果我要殺他們，只要隨便給他們安個罪名，他們豈會不知道厲害。

　　耿夔在一旁補充道：「我想諸君大概還不了解我們使君的治事風格。使君當年為丹陽令的時候，丹陽百姓間流傳有四句歌謠，叫做『寧見乳虎穴，不入丹陽府。嗟我何明廷，安可逢其怒』。我們使君一向仁厚待人，但最恨身受矇蔽。二十年來，凡是膽敢欺騙使君的人，幾乎都有死無生，諸君切切不可輕慢。」

　　工匠們的臉色轉而變得驚恐。我在丹陽任縣令的時候，百姓中確實流傳過這麼一首歌，但既然他們私下也稱我為「明廷」，想必認為我至少不算昏庸罷。我捕人入獄，一般都會先查到確鑿證據，不是重獄，我一般不親自過問，所以一旦經我的命令入獄者，能活著出來的就不多。但我最後也因為這首歌遭到揚州刺史的劾奏，差點下獄治罪。幸好當時已經升任三公的周宣為我辯冤，皇帝派使者專門下來查了我的案牘，發現我並沒有枉殺一個，頂多有點不夠寬厚罷了，也就赦免了我，只讓我免職家居。我走後不久，丹陽縣秩序大亂，縣決曹掾的兒子強姦殺害一名平民女子，女子之父兄親戚去

縣廷喊冤，反被誣陷為攻擊縣廷，縣令縱卒將其父親打成殘疾，母親打成瘋癲。由此引起公憤，百姓齊聚縣廷，焚燒府庫，縣令遂上書郡府，要求派郡兵鎮壓。郡守不敢自專，文書請示朝廷，在周宣的提醒下，朝廷才想起我的功效，重新啟用我為丹陽令。我到任後，百姓都夾道相迎，哭訴新縣令的顢頇無恥，新掾吏的胡作非為。我下車伊始，當即繫捕了前縣令任用的大批獄吏，審訊之後全部下獄，按照罪行輕重一一處置，殺了十多人。丹陽百姓大喜，很快重新恢復了夜不閉戶、路不拾遺的景象。

現在，面對這群工匠，我覺得還是應該恩威並施，畢竟殺了他們也沒什麼用處，關鍵得從他們嘴巴裡掏出有用的東西。我對他們說：「諸君放心，只要不欺矇刺史，刺史是不會虧待諸君的。」

工匠們連連下意識地點頭，像雞啄米一樣。

讓我沮喪的是，玉匠們看過那半枚玉珮之後，在誇獎的同時，都表示從未見過。他們個個拍著胸脯發誓，憑著他們做這行十幾年的敏銳，如果見過類似精美的玉珮，一定會記憶猶新。從他們的目光中，我看不出什麼破綻，他們的表情基本都算真誠，看來確實是一無所知。我只好叮囑他們，如果有一天真的碰上了，一定要主動報告，刺史會重重有賞。

那支金釵倒意外有些線索，其中一個金匠肯定地說，曾經有一個高要縣的富戶，委託他打製一批金器，其中就有這支金釵。我按捺不住興奮的心情，問他是否有可能記錯，他說絕對不會，因為他當時按照自己的習慣，在這支鳳形金釵的頸部刻上過自己的姓氏，說著他指給我看。

在陽光下，我看見那鳳釵的頸部果然有一個細細的篆書「折」字，我問他：「你姓折，這個姓氏倒怪。」

他道：「不瞞使君說，小人的大父[35] 姓張，因為有功被封在南陽郡的折

---

35　大父：祖父。

## 第十二回　天涯多侶儔

縣，官為司隸校尉，後來得罪了大將軍鄧騭，下獄死，子孫族人被貶蒼梧。先大父為官時，因殺伐敢任，得罪了不少豪強大族。我們族人來到蒼梧後，怕人尋仇，乾脆改以祖父的封地『折』為姓氏，如今全族人都以為富人打製金銀首飾器物為生。」說著他不住地慨嘆。

沒想到這麼一位貌不驚人的工匠，他的大父也曾是朝廷的列侯，當真讓人信不過自己的耳朵。我知道交州一向是罪犯流放之地，這些罪犯有些並非普通百姓，而是中原的世家大族，沒想到輕易就被我遇見了一個。觸動了他家族的隱痛，我感覺有點不好意思，同時又有一點親切，因為他大父也當過司隸校尉，也因為得罪權臣遭貶，想到大漢江山如今被一夥外戚、宦官肆意糟蹋，忠良齊遭陷害，流放邊地，我就氣沮不已。我平常還時時感嘆自己的經歷如此跌宕，比起他們來，我那點不幸又算得了什麼？

「你能不能記起來，這個叫你打製金釵的富戶是誰？」我請他進屋，和顏悅色地問他。

「使君，我得回去找一下。」他說，「一般大宗的委託，我自己都會有記載的，因為這樣可以清楚自己到底賺了多少，讓自己快樂一陣。」

可憐的工匠，我想時光要是倒退五十年，他們一家肯定還僮僕滿院，錦衣玉食，除了官俸之外，每年都有折縣豐厚的賦稅作為補充。如今卻淪落到連賺了一筆小小的金器加工費都能快樂半天的地步，實在讓人不得不感嘆世事的滄桑變幻。我點點頭，道：「那好，你回去立即查一下，我等你消息。任尚，你親自駕車，帶這位折君回家一趟。」

折金匠受寵若驚，腰彎得像引滿的弓一樣，真怕他突然對我嗖的彈出一支箭來。他道：「使君太客氣了，小人自己跑去何妨。」

我擺了擺手：「折君不必客氣，我和君都是中原人，理應相互幫助。」

庭中的其他工匠都用豔羨的目光望著折金匠的背影，我也目送他們離開，又把其他工匠請到堂上，道：「剛才我已經說了，諸君如果看到了另外

半塊玉珮，一定要立刻來府報告，我不會虧待諸君的。另外，我對諸君說的話，萬萬不可透露，連自己的妻子也不能講，否則絕不輕饒。此事涉及朝廷大計，諸君絕對不可輕忽。」我又把耿夔叫到身邊，對他耳語道：「你對他們講講我治理吏民的方法，讓他們萬不可心存僥倖。」

耿夔於是把我在丹陽的那些事又講了一遍，還提到我剛去丹陽上任的時候，名聲就已經傳遍了天下郡國。丹陽縣廷有個叫水丘北的廷掾，仗著自己是丹陽大族，一貫趾高氣揚，往年新縣令上任，他都假裝辭職。新縣令到縣，必須先去他家拜訪，請他回去做事，否則他就指使在縣廷做事的其他故交，故意製造事端，干擾縣令治政。因為他財大氣粗，新縣令無奈，都只好去屈尊請他。我初到任後，也有書佐提醒我這件事，我一聽就勃然大怒：「難道少了張屠戶，就吃混毛豬？少了他，我就當不成這個縣令？」書佐尷尬地走了。第二天，我一早起來開門，發現門前吊了一具屍體，而且手腳全部被砍斷，顯然是哪個本地豪強，想給我來個下馬威。我勃然大怒，氣得兩手發抖，但強自按捺怒氣，假裝不慌不忙走到屍體前，和屍體耳語了一陣，周圍掾吏都看得莫名其妙，過了不久，我又假裝含笑離開屍體，好像知道了祕密，斷然下令道：「快，立刻去把水丘北一家給我捕來。」我的命令幾乎是吼出來的。

掾吏們都被我的吼聲嚇得抖了幾下，縣廷的門下督盜賊掾當即率領縣吏，包圍了水丘北家，像捆蚱蜢一樣，將他家裡主要男子捆成一串，全部牽到縣廷。我要水丘北老實交代屍體的由來，他矢口否認，說自己對此事毫不知情。我也不跟他囉唆，下令將他拖出去痛加捶楚。這世上的人，除了耿夔等少數之外，大部分是不打不乖的。我剛發出命令，有一個老年掾吏又上來耳語，勸我收回成命，因為水丘氏是當地巨族，如果他所有族人都起來藉此鬧事，只怕會起亂子，影響穩定。我一掌拍在案上，怒道：「立即發縣廷少內弓弩卒，將他族中五服之內的男子全部捕來，有敢抗拒者，當即格殺。本

縣令平生最快意的事，就是殺光那些欺壓百姓的豪猾。」

　　這個掾吏嚇得趕忙伏地請罪，堂下的水丘北也知道不妙，當即叩頭如搗蒜，承認是自己找了一具道旁屍體，斬斷了手腳，故意吊在我的門前，想看看我怎麼收場。現在事情既然敗露，他已經知道縣令的厲害了，請求縣令饒他一命，今後一定誓死報效。其實我起初只是猜測，也不知道是否就是水丘北做的，只是不滿他如此猖狂，所以要先打他一頓再說。現在他既然承認，我也沒必要過於逼迫，畢竟我查過他的底細，除了狂妄之外，尚無什麼大惡，有時還樂善好施，賑濟閭里窮苦貧民，於是我下令：「放了他。」

　　水丘北千恩萬謝，從此對我果然忠心耿耿，我在丹陽為官三年，把丹陽的不法賊盜一網打盡，導致路不拾遺、夜不閉戶，還多虧了水丘北家族的幫助！當然，我也沒少給水丘北好處，朝廷下令舉薦地方親民良吏時，我都推薦水丘北；徵發徭役，我也常常免脫水丘北家族的男丁。對我好的人，我都不會知恩不報，這是我的行事作風。

　　堂上的工匠們聽了耿夔的描述，都諾諾連聲，相繼回去了。我一直等到日光過午，任尚才帶著折金匠回來，看到他們滿臉沮喪的樣子，我就感覺不妙。果然，折金匠見了我當即跪下稽首：「時日曠遠，實在無法找到，萬望使君恕罪。」

　　我剛才的期待頓時煙消雲散，心中失望已極，我把眼睛轉向任尚，任尚趕忙道：「折君剛才確實找遍了全家的每一個角落，據他老婆說，前不久把五年前的木牘全部當柴燒了，一般他們只保留五年內的記錄。」

　　我心頭慍怒，撫著几案，半天說不出話來，好一會才恨恨地自語：「官府的公文一般保留十一年呢。」但我也知道，不可能以官府的制度來約束他們，現在能怎麼辦呢？只好把這件事暫時擱置，再努力尋找其他線索。

# 第十三回　忽報群蠻亂

## 第十三回　忽報群蠻亂

　　一連幾天，我坐臥不安，吃飯睡覺都在思索這件獄事，也理不清眉目。這天覺得心煩意亂，就和耿夔穿上便服，踱到集市上散步。廣信真不愧是交州最繁庶的城邑，東西兩集都是熙熙攘攘的人群，東集主要賣日常生活用具，木桶、酒柸、食盒、縑囊什麼的；西市則基本上是食用品，有稻米、豬肉、魚蝦和其他各種稀奇古怪的食物和水果。蒼梧的人真是什麼都敢吃，那種渾身斑駁的穿山甲，也在市場上活剮，剝開皮，還可以看見一些肉蟲在紅彤彤的肉上蠕動，我差點嘔了出來，趕忙轉到賣果子的攤上。水果琳瑯滿目，很多在中原都不曾見過，有一種西瓜大小渾身長滿尖刺的東西，他們叫做榴槤，據說相當好吃，我卻覺得氣味難聞。突然我發現一個攤上的攤主有些眼熟，他看見我，趕忙招呼：「這位先生，買點芭蕉罷，又甜又軟。」我笑問他怎麼賣，他有點驚訝道：「聽口音，先生不是本地人罷，看上去好像在哪見過……對了，你不是在那個奇怪的亭……」

　　耿夔已經打斷了他的話：「你認錯人了，我們今天才到這裡，此前從來沒來過蒼梧。」我這時也想起了，這個人不久前是在鵠奔亭見過，我當時還買了他一些水果。我正欲回應，耿夔拉了拉我的衣角，低聲道：「使君，這裡人多嘈雜，如果出了什麼意外，下吏可擔待不起。」

　　他說得也是，一個州刺史，穿著便服在大庭廣眾之下暴露身分，不唯玷汙朝廷官儀，也不大安全。我也只好支吾兩句，和耿夔笑著走開了。一路又踱回刺史府，我對耿夔說：「這個小販也真有趣，說在什麼奇怪的亭見過我，那個亭有什麼奇怪的？」耿夔笑道：「像他這樣的小販，只是略通之無，能學會幾個簡單數字記帳就不錯了，『鵠奔』兩個奇怪的字，他哪裡認得？當然只好說奇怪的亭了。」我哈哈大笑：「這倒也是。」

　　回到刺史府，和耿夔繼續飲茶聊天，剛歇息了一會，有太守府的小吏求見，說剛收到一封郵書，要呈遞給刺史。郵書內容是合浦郡的土著蠻首領巨先率種人造反，進攻當地縣廷，殺死了合浦縣縣令。合浦太守張鳳卻捨城逃

跑，撤退到合浦北面的朱盧縣等待救援。我匆匆看罷郵書，大驚失色，自己貶到交州來任刺史，才上任不久，什麼政績還沒有，就碰上這種事，這不是禍不單行嗎？

我當即讓小吏立刻找來太守牽召和都尉李直，一起商量對策。兩個人很快來了，牽召猶豫道：「這個，其實不關使君的事。據說此次巨先的造反，仍是因為當地太守秉承前刺史的意志，要求向朝廷進貢合浦的珠寶，加上今年在原來數目上又增加了一萬顆，當地人負重不堪，是以起來反抗 —— 這種事，在我們這裡，是經常發生的。」

「照君這麼說，還是官吏所逼了。君有什麼計策可以退敵？」我想起了不久前批覆的有關此事的文書，還沒等到合浦的回覆，沒想到就已經發生了這麼大的亂子。

牽召道：「事已至此，只有稟告皇帝陛下，請他來定奪了。」

真是昏庸的太守，此去洛陽兩千多里，等到郵驛奏報來回，只怕交州已是滿目瘡痍。我轉頭問李直：「都尉君有什麼計策？」

李直遲疑道：「下吏暫時沒有什麼好的想法，大概只有先靜觀時變，待時而動了。也許合浦太守張鳳自己能撲滅反賊。」

牽召點頭表示贊同：「按照律令，太守都尉不能出郡界，我曹也無能為力！」

李直望了牽召一眼，似乎有些不快。我馬上明白了他的意思，李直不能率郡兵出界，我卻是可以的，合浦郡也是我這個刺史的管轄範圍。如果我藉此機會，要求李直將郡兵直接交給我指揮，他將不好拒絕。而牽召說的這句話，顯然可以看成給我提示，他當然有所不快。不過我倒不想這麼做，一則這種時候奪取李直的兵權，他肯定會有所怨恨；二則妄動刀兵，即使順利平叛，也得不償失，殺人一千，自毀八百，這個道理我不是不知道。何況蒼梧郡兵雖精，畢竟人數不多，率領他們出擊合浦，也說不上有百分百的勝算。

## 第十三回　忽報群蠻亂

萬一平叛不成，反和叛軍曠日相持，傳到洛陽，只怕會出事端。何況聽牽召剛才所說，巨先造反並非無緣無故，而是積怨已久，無處抒發所致，如果加以慰撫，只怕可以事半功倍，於是我搖搖頭：「既然是官吏所逼，激起土人造反，又何必發兵，我可不想重蹈樊演的覆轍。」

樊演也曾任過交州刺史，十多年前，州內象林蠻造反，樊演征發九真、交趾兩郡郡兵前去鎮壓，不料士卒多為當地人，不願意遠征，加上又同情反者，因此集體嘩變，反攻蒼梧。樊演差點死在叛軍之中，皇帝聞訊，檻車徵樊演回洛陽，同時派遣新刺史和太守，發荊州兵，懸明賞購，好不容易才平定叛亂。現在情況如初，我怎麼能蠢到重蹈覆轍，那是我敵會做的事嗎？

「那使君準備怎麼辦？」牽召道。

我道：「我要以新刺史的身分，親自去曉諭賊盜，告訴他們，這件事可以和平解決，我會想辦法減少珍珠的貢賦。」

任尚嚇了一跳，在旁大聲道：「那怎麼行，賊盜野性難馴，無法無天，萬一對使君不利⋯⋯」

我打斷了他：「你也得跟我去，就這樣罷，事不宜遲，今天下午就走。」

我們稍微準備了一下，就開始出發，從水路沿江東下，日夜兼程，一路所見風物，多為生平未曾夢見的奇景，有時行在空曠的綠波之上，兩岸青山蒼翠欲滴；有時在狹窄的河曲滑行，岸邊素石照眼，宛如雪堆；有時穿越在陰暗的叢林之中，頭頂枝葉蒙茂，不見天日；有時站在舟上，原隰彌望，草木蔥蘢。然而一路都絕少人煙，讓人嘆息。

七天之後，舟馳到了合浦郡的朱盧縣，下船上岸，發現縣邑中空空蕩蕩的，好像鬧了鬼，各個閭里中，只有幾個老弱縣吏守著一些老弱的百姓，青壯男子一個也見不到。我查看了兩個閭里，直接馳到縣廷。一個老牢監坐在門口打著瞌睡，口水流在亂蓬蓬的鬍子上，顯得很可憐。任尚把他叫醒，得知我是刺史，他趕忙顫顫巍巍地站起來，口齒不清地報告說，合浦太守張鳳

已經徵發了全城青壯百姓，以及其他縣發來的援兵，去攻打盤踞在合浦縣的叛蠻了。我問了他幾句，感覺問不出什麼有價值的消息來，他的官話口音很重，很難懂，牙齒所剩不多，還漏風。我命令任尚去找一些糧食，立刻上船繼續向合浦縣進發。老牢監人倒挺好，一直苦苦相勸，要我們不要去，說是危險。我拍拍他的肩膀，撫慰了幾句，直接出城上船。三天後，我們差不多就來到了合浦縣近郊的風陵津，好在津渡還有幾個小吏守候，我們棄舟上岸，換了幾匹馬向合浦城進發。才馳上縣邑城郊的青原，就望見前面高坡上煙塵蔽天，等到爬上山坡，俯瞰坡下人頭攢動，互相追逐，正在進行一場廝殺。坡上兩邊草叢中躲著幾個百姓，被我的貼身騎吏們揪了出來，帶到我的面前。他們的年齡都比較大，背著行李，面色黝黑，似乎也是當地百姓。我訊問了他們幾句，知道廝殺的雙方就是張鳳的士卒和叛亂的蠻夷。

任尚止住我道：「使君，不如上山先觀成敗，或許張鳳這次就全殲賊盜了。」

我想，如果張鳳能夠全殲賊盜，那倒也不壞。至於後面的事情怎麼處置，待戰事結束後再說。於是我點了點頭，打馬馳上旁邊的山丘，在山丘上，可以更清楚地俯視下面的戰場。雖然我做官已經二十多年，但大而真實的戰事，還是第一次看到。我望見那些螞蟻一樣的人群大多兩兩相對，糾纏在一起，從他們的穿著很容易分辨哪邊是蠻夷兵，哪邊是漢郡兵。蠻夷大多披頭散髮，衣衫襤褸，形同乞丐，手上的武器也形制不一，或者為長矛，或者為鋤頭，或者為當地百姓割椰子用的短刀；漢兵則皆著玄甲，戴黑紗冠，著赤幘，長矛、有方、弓弩齊備。由於近搏，弓弩已經發揮不了作用，著玄甲的螞蟻和衣衫襤褸的螞蟻你退我進，惡鬥正酣，雖然隔得有些距離，我仍能感受到場上的血腥之氣，雙方不斷有螞蟻倒下。我還看見漢兵陣地上有一架駟馬高車，頂著黃羅傘蓋，蓋下一個穿著玄服的官吏正在指手畫腳。他旁邊的鼓車上，兩個赤膊的漢子正在奮力擂鼓，鼓聲震天之下，似乎漢兵仍舊

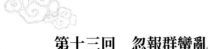

## 第十三回　忽報群蠻亂

漸漸處了下風。很快，我又聽見了一陣忽哨聲，正在酣鬥的漢兵疾速向己方陣地收縮，衣衫襤褸的蠻兵追了上來，等候在駟馬高車兩側的弓弩兵迅疾站起，向蠻兵發射弓箭，漫天的箭雨飛入對方的陣地，很快，跑在最前面的蠻夷兵紛紛倒下。後面的蠻夷兵見勢不妙，轉身撤退，在陣地上整裝待發的漢軍騎卒打馬迅疾衝了出去，手持弓弩追射蠻夷兵，像獵殺兔子一般。那也許不能稱為蠻夷兵，因為他們沒有盔甲，甚至連像樣的武器也沒有，他們就是一群兩條腿的兔子。這場景霎時喚起了我腦中久遠的回憶，一時熱血噴湧，童年時在居巢縣親歷的一件事如在目前。

　　我的家鄉居巢縣一向以多湖聞名全郡，除了煙波浩渺的巢湖、白湖和寶湖之外，還有一些中小湖泊像藍的鏡子一樣嵌在各個閭里之間。我自小居住的閭里後面就有個不算小的湖，鄉人稱為碧釵湖，湖水縹碧，一到夏季就荷葉半塘，芙蕖出水，邑中的年輕女子都喜歡盪舟其中，採蓮嬉戲。荷葉密密麻麻的，比人還高，間或點綴著幾朵紅白暈染的荷花，裊娜可愛。採蓮舟一進荷花叢中，就會沒入不見。好在鴛鴦、野鴨等水鳥的時時驚飛，能暴露她們的行蹤。我也常在這湖中游泳，有時摸些螺螄，有時撈些菱角，有時跟著舅舅捕些魚，煮來解饞，這個湖為我們鄉人帶來了太多的樂趣。但是有一個夏天的清早，情況卻變化了。

　　對那個清晨最清晰的記憶，就是天氣悶熱，每次回想起來，我都感覺到一種被扼住了喉嚨般的窒息。正是早食的時分，我才剛剛睜開惺忪的睡眼，母親就急匆匆跑到我床前，說再也不要去碧釵湖裡玩耍了。我揉著眼睛，不明白她的意思。她說，官府派來了大批士卒，帶著武器，要捕捉在湖裡撈魚的人，說著急急出去了，扔下一句：「你在家待著，別跑出去，我去找你舅舅回來。」

　　我自然待不住，像青蛙一樣彈了起來，偷偷跟著母親跑到湖邊，果然湖

岸邊到處都是戴著黑紗冠和赤幘的士卒，氣氛凝重。他們全身披掛，腰間掛著環刀，手上毄著弩箭，大聲對著湖中吆喝。碧波蕩漾的湖中，起伏著一個個的人頭，還有散落在湖上的露著白肚皮的死魚，東一條，西一條。這種情況是以前我們習見的，每當天氣悶熱的日子，湖中的魚就會因為呼吸不暢，密密麻麻地將青黑色的頭浮出水面，而最後總有一些魚會因窒息死亡。那時，周圍閭里的貧苦人家就會下湖去撈這些死魚，富人向來是不屑吃這種魚的，他們鍋裡有的是市場裡買來的新鮮魚蝦。今天也是這樣的天氣，怎麼突然跑來了這麼多士卒呢，為什麼突然不許撈魚了呢？

「給我射箭，這幫刁民，不給他們點顏色瞧瞧，是不會知道厲害的。」我看見一個戴著單梁冠的官吏下命令。

嗖嗖嗖，箭矢稀稀疏疏，像剛下的暴雨點一樣射向湖中。湖中起伏的人頭突然發覺官府是來真的，嚇得面如土色，紛紛舉起雙手大喊：「饒命，小人這就上來。」同時奮力向岸邊游去。我仔細搜尋那些人頭，很快在其中發現了舅舅。我的心怦怦直跳，想張嘴大聲喊他，但看見縣卒們一個個凶狠的模樣，又不敢，怕他們打我。而且我看見母親也擠在岸邊的人群中，焦急地望著湖中，很顯然，她也正在尋找著舅舅。

舅舅一向強壯，也擅長游泳，很快他爬上岸來，全身溼漉漉的，一絲不掛，胯間一片漆黑，陽具像一條死了的泥鰍，軟軟地垂在兩腿之間，讓我詫異。他手上還揣著一尾魚，這副滑稽樣子，要是平常閭里的婦女見了，一定會跟他打趣，拿他的陽具說笑，而今天，所有的婦女都對他的生殖器視若罔聞，整個人群鴉雀無聲，她們面色驚恐，簇擁著各自的丈夫和孩子，小聲催促著朝自己所在的閭里走去。我舅舅混雜在他們當中，但是一個聲音叫住了他：「站住，那豎子，就是你，快把魚放回去。」

舅舅漲紅了臉：「這是條死魚。」

## 第十三回　忽報群蠻亂

　　喊住他的士卒道：「死魚也歸皇帝陛下所有，你這死豎子，烏頭黑殼，哪配吃魚？趕快給老子放回去。」

　　「可是往年都可以隨便捕的。」舅舅有點不甘心，他很喜歡吃魚，我們買不起肉，能吃得上的葷腥也只剩下魚了。見他這麼倔強，母親急得要命：「還給他們罷，快，還給他們，我們不吃。」說著去奪舅舅手中的魚。

　　那個戴著梁冠的官吏走過來，二話不說，舉起手中的劍鞘，對著舅舅劈頭就是一下，喝道：「什麼往年不往年的，這魚被你弄死了，你得賠十條活魚。」

　　舅舅躲閃不及，只聽到沉悶的一聲，他的臉被劍鞘掃中臉頰，當即哀嚎起來。我從來沒有見過這樣悽慘的哀嚎，也許殺豬比較像，但那不是人。我當即嚇得大哭起來，透過淚水，我看見舅舅突然像發了瘋一樣撲向那個官吏，但是官吏身邊早竄上來幾個士卒，劈頭蓋臉將他打翻在地，還不罷休，又七手八腳在他身上猛踹，像擂鼓一樣，發出沉悶的咚咚聲。母親大哭著上去攔住士卒，並許諾一定賠十條活魚錢，他們還不住手，最後終於打夠了，才悻悻地扔下舅舅揚長而去。

　　舅舅被打成嚴重內傷，雖然遵醫囑喝了幾罐陳尿，保住了性命，卻從此做一點粗重的工作就呼呼喘氣，像拉排囊一樣。由於心情不好，這種情況還一直壞下去，這個往日健壯的青年男子最後竟要仰仗拐杖才能走稍微長一點的路，沒有哪家肯將女兒嫁給他。母親有時難受，也責備他當時應該聽話把魚還回去，或者至少忍住開頭一下重擊，乖巧一點，就不會被打成這樣。我覺得母親的話說得有點冷酷，誰知舅舅並不生氣，也連連自責當時太衝動。後來舅舅一直鬱鬱寡歡，鄉里的女子就是這樣實際，嫁人，一定要看男子的身體狀況，如果一個男子飯量如牛，篤定中選，否則就不成。事實上天意變幻莫測，許多青壯之人，往往暴病而亡；而看似羸弱之人，卻常常得至壽考。然而，這樣的例子誰會在意，誰去想得那麼周全？

從那件事之後，碧釵湖邊一片靜寂，別說撈魚，就是採摘蓮蓬都不可。我們只能遠遠望著那縹碧的湖水和青翠的荷花叢發呆，不知道為什麼會鬧成這樣。過了幾年之後，我才明白，原來這普天下的山澤湖海，都是皇帝陛下的私產，裡面出產的任何物品，不管樹木靈芝，還是野獸魚鱉，都歸皇帝的私人管家少府直接管轄。此前碧釵湖可以讓百姓進去嬉戲，是因為先帝仁厚，把部分池澤賜給百姓，那年今上卻下詔收回，所以才發生士卒以弓弩射湖事件。

多年以後，我腰下繫著六百石官印回到少時的閭里，拜會鄉親，和縣令通好，指使人將往日打傷我舅舅的官吏和奴僕全部投入居巢縣牢，用土袋壓斃。看著他們七竅流血而死，我才長舒了一口氣。那時，我的舅舅終因久病悒鬱自殺多年了。

而今，這些漢兵射殺蠻夷的樣子，和我幼年時那天清早的感覺是何等相似，我頭腦中熱血一湧，兩腿一夾馬腹，就衝了下去。我聽見任尚在後面喊：「使君，快停下，那邊危險。」可是，我絕不會回頭。

也許是我下山的馬蹄聲驚動了張鳳，很快有幾騎向我奔來，大聲喝道：「什麼人？有奸人，快給老子下來。」有一個騎卒還乾脆彎弓朝我射了一箭，箭矢從我耳邊掠過，雖然並沒射中，但我躲避時身體一歪，失去了平衡，很不情願地從馬上栽下，一陣劇烈的疼痛讓我的半身失去了知覺，我趴在那裡不敢動，生怕一翻身就會把疼痛輸送到其他部位，恍惚中我聽見任尚叫了一聲：「使君！使君！」接著，又聽見箭矢破空之聲，我知道那是任尚發射的鳴鏑，幾乎是同時聽到一聲慘呼，大約張鳳的一個騎卒被任尚射中了，從馬上掉下，並沒有死，不住地哀嚎。我倒有點奇怪，任尚的箭法很好，凡是被他射中的人，多半是貫頸而過，少有活口，看來因為是自己人，他還是留情了。我帶著的那十幾騎則大呼小叫：「快停下，這是交州刺史何使君，你們

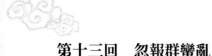

## 第十三回　忽報群蠻亂

敢傷害天子使者嗎？」但就是沒一個人下馬來扶我，像任尚那樣忠勇的士卒總是少見的，這於我並不新鮮，我也不怪他們。

好在他們的呼喚還算管用，張鳳的騎卒們立即勒住了馬匹，驚疑地望著我，任尚趕忙跳下馬，把我扶了起來。我忍痛站穩，從腰間掏出銀印，高高舉起：「交州刺史何敞，請你們張府君前來相見。」

騎卒們愣了一下，面面相覷，料想他們原本看不真切，如今我就在他們面前，官服銀印，足以讓他們不能懷疑我的身分了。很快，他們突然紛紛下馬，七嘴八舌地喊道：「不知使君駕臨，死罪死罪。」其中一個更是跑到我面前跪下叩頭：「下吏剛才以為是叛賊奸細，所以發了一箭，萬望使君饒命，下吏家中還有八十歲老母，如果使君要殺下吏，老母將無人奉養。」說著，他竟嚎啕大哭。

為什麼每個人求饒都要帶著家中老母，這也許就是孝道禮義已經深入人心罷，乃至成為一種乞命的無恥手段，但我又何必跟這些可憐的愚民一般見識。我望了那個受傷的士卒一眼，他的手臂上插著一支箭，還跪在地上，臉上滿是痛苦的神情，看著我的目光像湖上的波光一樣閃爍不定，我轉過頭不看他，揮了揮手：「不知者不怪，帶我去見你們張府君，命令他們，立刻停止追殺百姓。」

那騎卒的黑色大腦袋像夯地一樣，拚命點頭，轉身撒腿就跑。

# 第十四回　一語釋怨尤

## 第十四回　一語釋怨尤

「使君，他們不是百姓，是叛亂的賊盜。」聽了我的要求，張鳳不服氣。

我大怒道：「穿著如此襤褸的賊盜，比乞丐都不如，就算是賊盜，你怎麼忍心去殺？」我很知道自己為什麼這麼大的火氣。

張鳳顯然被我的嗓門給嚇到了，他的肉體顫抖了一下，旋即連聲道：「來人，給我鳴金，給我鳴金。」

鐘聲噹噹當地響起，正在追射那些蠻夷的漢兵紛紛圈馬回來。我見張鳳有些拘束，緩和了語氣，對他道：「蠻夷和內郡百姓不同，皇帝陛下一直下詔說要羈縻治之，不可用強力懾服，否則，雖然可以僥倖取勝於一時，卻不能獲安寧於永遠，蠻勢只怕會越來越興盛啊。」

張鳳張著碩大肥厚的嘴巴，半天閉不上，好像我的話是何等的不可思議。但我馬上發現，他的不可思議是因為什麼。

我身邊的士卒突然接二連三地驚呼起來，一個意想不到的事情突然發生了，從合浦城門的左邊湖岸處，突然湧出大群打著赤腳的蠻夷兵，如螞蟻一樣絡繹不絕，大約有上千人不止。接著，合浦城門大開，城中也衝出了大隊蠻夷，他們口中喊著古怪的口號，一時震天作響。張鳳的腦袋早就轉了過去，嘴巴一直大開。湖邊的蠻夷兵仍舊朝著我們所在的方向緩步而堅定地前進，他們每個人也都殼著弓弩，弓是當地人自己製造的桑木弓，交州各郡的百姓對稼穡不甚在意，加上天氣和暖，物產豐饒，餓了可以採摘野果，也可以進山射獵，所以大多不愛耕作，喜愛並精通射箭。雖然他們的弓力比起漢弩來相差較遠，但由於射術嫻熟，威力也不可小覷。此刻，他們突然散亂地跑了起來，一邊跑一邊發箭，箭矢如蝗蟲一樣飛入漢兵的陣地，好像示威。雖然離我們所在的位置尚遠，但士卒們已經趕忙用盾牌圍住張鳳，張鳳破口罵道：「該死的豎子，還不快去護住使君，管我幹什麼？」

聽到這句話，我心中升起一陣暖意。張鳳在這時還不忘討好我，顯然比

較懼怕我向長安劾奏他的罪行，不過我不在乎，就算他是做給我看的。在這個世間，很多時候，誰不是做戲給人看呢？如此危急時刻，他肯做戲，已經是很難得了。

士卒們也立即在我身邊圍了一圈，我道：「先別慌，讓我看看再說。」

我撥開他們，朝前面望去，這時漢兵紛紛撤退，剛才的獵人現在自己變成了獵物，張鳳著急地對我說道：「蠻夷勢大，請使君先行暫避，讓我殿後。」

我搖搖頭：「不用，還是你先撤罷，讓本刺史來處理這件事。」說著我執轡上馬，對任尚道：「跟我來，我要親自去招降他們。」

任尚嘴上雖然不住地勸我，行動卻並不遲緩，他知道我為人固執，我認定的事，誰也勸阻不了，就算是我心愛的左蠱，也拿我沒有辦法。我想起了二十多年前，左蠱曾經對我說的最後一句話：「你總愛自以為是，剛愎自用，覺得自己的看法一定是對的，其實怎麼可能呢。只不過，我是說不服你的，將來的事實也許會給你教訓罷。」過了不久，左蠱就失蹤了，我再也沒見過她，而她勸阻我的事，我現在還沒有明白，也許我已經明白了，只不過至今也不敢承認。

我為什麼不改過呢？沒有辦法，有的人天生就是這樣的，他改不了。

此刻，我馳馬瘋狂向前馳去，張鳳手下的士兵在後面大叫：「快護住刺史君！」任尚等幾十騎夾護在我的周圍，他們一邊奔馳，一邊吶喊：「停止射箭，停止射箭。」同時都將自己的武器遠遠扔到地上，很快我們都赤手空拳馳到了陣前。

大概是注意到我身上的裝束非同一般，又聽到任尚等人的呼喚，蠻兵們停止了射箭，接二連三地停住了腳步，並紛紛朝一個頭領模樣的人身邊聚攏，簇擁著他。那個人高聲問道：「大官，請問尊名。」他站立的身體微微欠了一下。

## 第十四回　一語釋怨尤

　　我感覺有點異樣，他左手握著長矛，右手執盾，身後還背著弓和箭壺，腰間繫著一根紅褲帶，非常滑稽，褲帶上別著一柄磬折形的短刀。和其他蠻兵一樣，他也打著赤腳，裸露著上身，皮膚黝黑，頭髮梳成髻子，像一個小鼗鼓，垂在後項上。很瘦，顴骨高聳，前胸兩側的肋骨歷歷可數，可當算籌。身材也並不高大，但顯得精幹有力。他的聲音怪腔怪調，顯然漢話說得並不純熟，但竟然還會使用尊稱，真讓我慨然嘆息，我敢肯定他曾經是一個良民，對漢家官吏一向有著天然的恭敬，既然已經造反，面對敵人時卻還不忘欠身，可以想見他之造反，是多麼的忍無可忍了。

　　「我是交州刺史何敞，不久前到任，諸君突然叛亂，是想給敞一個下馬威嗎？」我朗聲道。

　　這個漢子臉上顯出驚訝的神色：「大官，真是新來的交州刺史何伯鸞？」

　　他的話也讓我感到驚訝，這麼一個蠻夷的漢子，竟然連我的字都知道。我點點頭：「正是本刺史。」

　　他遲疑了一下，又道：「那，使君會如何處置我們？」

　　我心中一喜，看來這個賭注算是押對了。我懇切道：「無所處置，只希望諸君賣刀買犢，回家耕作，為君父之忠臣孝子。」

　　他愣了：「我們已經殺了縣令，焚燒了府寺。」

　　「亡羊補牢，還不算晚。府寺可以重建，人不可再殺。如果君肯罷兵，所有的事情，刺史都會秉公處理。我雖然不是什麼大官，這些承諾還是可以做到的。君既然知道何伯鸞，何伯鸞絕不會負君。」

　　他臉上露出喜悅的神情，向左右一望，對所有的蠻夷兵大叫道：「這是我曾經對你們說過的何使君，他來為我們申冤了。」接著，他換了一種語言，轉身嘰哩呱啦地對蠻夷們喊著什麼，我看見蠻夷們臉上神情變幻，時而狐疑，時而喜悅。突然，這個漢子再次轉身，將手中的矛一扔，緊步走到我

面前，躬身拱手道：「使君，總算見到了，這次一定要為我等百姓申冤啊。」好像這是一個表率，一時間，他身後的所有蠻夷都背上弓箭，躬身對我施禮，嘴巴則說著一些不懂的話，從語氣聽來，不外乎是訴苦。

我站在那裡，鼻子一酸，眼淚就流出來了。沒想到這些剛才還驍勇蠻橫的賊盜，一下子變得如此老實恭敬。我在洛陽的時候就知道，交州和荊州的蠻夷經常造反，而常常換一個太守或者刺史，就能轉歸平和，這是什麼原因呢？顯然愚夫都知道，然而朝廷竟然屢屢不能以此為戒，真可謂後車屢覆了。

我跟著他們進了合浦城，經過一陣重譯[36]的交流，我才知道，這些蠻夷雖然不通漢文，對中原的各個官吏卻都很關注，只要稍微知名的，他們都要千方打聽。一旦有他們認為的良吏派到交州，就會群聚慶賀，慶幸能過幾年安穩日子。而我就是他們一直認為的良吏之一，他們對我在中原的為官經歷瞭如指掌，知道我為人清廉，敢對抗權貴。這次聽說我已經到廣信，就想去找我訴冤，希望能撤回多徵收合浦珍珠的命令。因為珍珠是合浦郡百姓的性命，合浦不產穀物，靠著透過商賈向鄰郡交趾賣珍珠換穀物過活，如果全收歸朝廷，就難以為生了。但太守張鳳卻阻止他們去廣信鳴冤，並繫捕毆打了一些為首者，讓他們忍無可忍，於是在一個清晨突然發難，殺死縣令，進攻太守府。張鳳聞訊，倉皇逃竄到朱盧縣，發檄徵發附近縣的士卒反撲合浦，剛才的這場戰事中，一開始張鳳占了便宜，但附近的蠻夷聽說情況，立刻趕來增援，如果不是我及時趕到，張鳳的軍隊肯定要被全殲了。

我勸慰道：「諸君的苦楚我全知道，請諸君放心，合浦珍珠的事，本刺史會立刻上書皇帝陛下，請求蠲除，至少也要減免，不過諸君攻殺縣令之事，做得未免過了。」

---

36　重譯：輾轉翻譯。

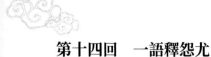

## 第十四回　一語釋怨尤

　　領頭的漢子就是這次起兵的首領巨先，他叩頭道：「使君如果能免除珍珠貢賦，巨先情願以死謝罪。」

　　說出這樣話的人，怎麼能稱為蠻夷？中原士大夫如雲，天天搖頭晃腦地讀聖賢書，能夠如此捨生取義的，只怕也沒幾個。我道：「此事也不能全怪你們，本刺史會請求詔書，將你們一併赦除。只要本刺史在交州一日，諸君就一定可以安居樂業。」

　　縣邑裡一陣歡呼聲，巨先道：「多謝使君哀憐，小人立刻重新修築毀壞的縣廷和其他府寺，使君讓小人做什麼，小人絕無二意。」

# 第十五回　上奏免珠賦

## 第十五回　上奏免珠賦

　　我在合浦待了幾天，看著巨先率領種人忙碌地修築先前被他們砸爛的府寺。他們做得很賣力，沒幾天就把一切整理得粲然齊備。這期間我和巨先談了幾次，發現他並不是我一開始想像的那樣，對漢人官吏有著發自內心的恭敬。他的恭敬，與其說是自覺的，不如說是無奈的，這讓我很吃驚。我質問他：「你們這些人不慕王化，沒有文字，不知道詩書禮樂，永遠生活在昏瞶黑暗之中，不覺得可怕嗎？你大概不知道，犍為、永昌等邊郡，有多少蠻夷都聯合向皇帝陛下上書，要求率種人內屬，成為漢朝郡縣，正式廁身為大漢禮樂文明家族的一員，皇帝陛下還未必肯答應，現在你們已經沐浴在皇帝陛下的德澤之下，為什麼還不肯珍惜呢？」

　　巨先悶聲道：「使君，其實我們想過我們自己的生活，不希望漢人來參與。也許你們漢人是有文明禮樂，是生活得比我們清醒明白，可是在你們到來之前，我們捕魚採果，撈珍珠，養鳥獸，飽食終日，引吭而歌，也過得非常快樂。你們漢人官吏一來，無休止的賦稅更徭，搞得我們居無寧日。如果使君肯設身處地為我們想想，就會理解我們了。」

　　「那你為何對我如此恭敬，見了我就扔掉兵器投降？」我奇怪道。

　　「沒有辦法而已。」巨先道，「即使我們殲滅了張鳳軍，漢人兵馬源源不斷地開來，我們的結果只怕更慘。所以活在世上，最佳既然不可求，不得已求其次，只能期望像使君這樣的良吏多多來到我們交州當刺史和太守了。」

　　屈辱的無奈，他說得也許有一定道理罷。我嘆了口氣，要是在內郡，聽到這樣悖逆的話，我肯定會大發雷霆的，然而這幾天我親眼見到他們生活的困苦。我去過他們的村寨巡視，巨先家中男子甚多，居處生活算是種人中好一些的了，但我進屋之後也不由得駭異。牆壁都是土墼壘成，裡面的床帳案几等用具顏色晦暗，不知道傳過幾代；房頂梁椽則是長木橫架，樹木枝椏尚在，幾乎沒有做任何斧鑿的加工；更令人嘖嘖稱奇的是，可能由於此地過於溼潤，房梁上還長了青綠的苔蘚地衣以及說不清名目的藤蔓植物，鬚髮纍纍

下垂，叫人簡直不敢相信這是生人的居處，整個屋子就像是一個剛打開的墓葬。那些家具什物的色澤，和出土什物的色澤沒什麼兩樣。我不由得落下淚來，又走訪了其他幾戶，比巨先家尤為窘困，矮小的土墼房屋，前後都是泥濘獨麓，簡直不能下腳，和野獸的窩沒有什麼區別。想起這些，我確實無話可說，只能辯解道：「難道皇帝陛下一點好處也沒給你們嗎？」

「倒也不能這麼說，至少教會了我們種桑、養蠶、織布，有時碰上新年大赦，皇后太子冊封，還會普賜錢帛酒肉……要是漢家官吏都像以前的周宣太守那樣廉潔奉公，我們又何必舉兵造反。我等雖是蠻夷，卻也並非不知道好壞。」他嘆氣道。

我陡然欣喜起來：「君不知道，我就是周太守的門生故吏啊！」

他一點也不驚訝：「小人早就知道了，否則也不會確信使君的為人，又怎敢陣前扔掉武器投降？」

原來如此，他們還真是有心人。為人處世，最珍貴的還是忠信。能得到別人信任，比什麼都強，又怎麼能不盡力把事情做好，以對得起那份信任呢？這也算是回報一種特殊的知遇之恩罷！我又道：「你們既然愛戴像周府君這樣的官吏，而且承認因為他學會了採桑養蠶織布，這說明我中原的禮樂文明，對你們也不無裨益，又怎麼能說我們來之前，你們也過得很快樂呢？刀耕火種，生食魚鱉，渾然不知禮樂，這又算什麼快樂？」

他默然了一會，道：「那為什麼你們漢人不可以只教給我們養蠶織布、文字技巧，而不搶奪我們的珍珠、強收我們的賦稅呢？漢人官吏的貪婪，帶給我們的痛苦，遠甚於那些利益啊！這樣的禮樂文明，又文明在哪裡？」

我不知道該怎麼說服他，我不知道他怎麼可能過得快樂？然而，他的話似乎也不是毫無道理。有些事我還得慢慢想想，從本質上來說，他肯定是錯的，至於錯在哪，時間會給予說明。

事後我和張鳳商量了有關蠲除或者減免合浦郡珍珠賦稅的事，見我說服

## 第十五回　上奏免珠賦

了群盜投降，平息了事端，張鳳也很歡喜，但對蠲除合浦珍珠進貢的事仍有異議：「使君，不是我等貪冒，乃是大將軍向皇帝陛下吹噓，說合浦的珍珠如同天上的繁星一樣閃爍，使君如果能說服皇帝陛下，我等又何必和他們起刀兵之爭呢？」

我道：「據說府君和大將軍有故舊之交，只要府君肯向大將軍進言，我想沒問題的。」雖然大將軍梁冀這個人，我想起來他就感覺噁心，可是沒有辦法，他就像橫亙於獨木橋上的一泡熱騰騰的大便，躲無可躲，避無可避，除了掩鼻而過，實在別無他法。

張鳳沉默著不說話，我又道：「我也只是能勸說蠻夷們於一時，萬一他們再次行險造反，我想府君雖有大將軍為之緩頰，只怕也難免詔書譴責罷。方今朝廷多事，羌人多叛，實在不想交州邊郡再起釁端啊！」

這句話觸動了他，他果斷地說：「那好，請使君上奏皇帝，我寫封書信向大將軍告白。」

我也答應了他，立刻上書皇帝，奏報這場變故，又告誡張鳳，詔書未下之前，千萬不可再逼迫百姓下海採珠。做完這一切後，我乘車馳回廣信，準備透過郵傳把奏章向皇帝報告，卻在端溪縣碰到了朝廷派來的使者賈昌。

賈昌是我在洛陽的熟人，這次奉皇帝陛下的命令，特地來端溪看望蒼梧君的。這次他幫蒼梧君送來了金縷玉衣，雖然現在的蒼梧君不過四十多歲，正值壯年，可誰能料到自己的壽命呢？預先準備總是必要的。見了洛陽來的故人，我非常高興，把在合浦發生的事告訴賈昌，請求他務必向朝廷請求蠲除珍珠的進貢。賈昌爽快地答應了，然後我們開始研究盜墓案，我說了這件獄事的困難以及我此前做的工作，同時表達了一定要窮究下去的決心。和賈昌長談了半夜，第二天，我們揮手告別，我回廣信縣，他則繼續趕往蒼梧君所住的群玉城。

端溪縣離廣信很近，一天時間就到了。進了城，我讓任尚回家休息，自己直接來到府裡。見耿夔和牽不疑正在庭中射箭，見了我，耿夔興奮地拋下弓，說已經透過郵傳，先行知道合浦招降成功的消息了，沒想到我回來得這麼快。牽不疑也上來賀喜：「使君不費一箭一矢，就讓叛賊束手，使我曹練習箭術，都覺得無用武之途了。」他還真會說話。耿夔打趣他：「那你剛才還贏我這麼多？」牽不疑倒不謙虛：「若是往常，只怕贏得還多。」耿夔道：「你也只能贏我，若跟我的兄弟任尚相比，只怕沒有勝算。他不輕易出手，一出手箭矢必定貫頸而過，絕無生還。」牽不疑吐吐舌頭：「這麼厲害，那他還是不要出手得好，以免殘害生靈。」又說了一陣子，他拱手向我告辭。我欣然望著他的背影，對耿夔道：「這位牽公子不錯，怪不得能讓我的耿掾屈尊與交。」耿夔大笑道：「使君更加知人，才能找到下吏這樣的標尺。」

　　我們又笑談了一陣，說起在合浦的事，耿夔樂觀地預測道：「這次造反平息得如此成功，皇帝陛下一定會對使君另眼相看，也許明年就會召使君回洛陽，重任司隸校尉。」

　　我卻開始對在這裡做官，越來越感到有興味。在朝中當司隸校尉，使貴戚斂息、權臣側目，固然痛快，可不能盡興，遇上真正的跋扈之臣，總是無可奈何，還會為自己帶來禍患。反倒在這遙遠的蒼梧，我感到了一陣盡情馳騁的快意。我擺了擺手：「如果不把蒼梧君墓被盜一事查清，我有什麼臉面回洛陽。」

　　耿夔好像想起了什麼似的，道：「使君你不說我險些忘了，前天一位玉器匠人來拜見使君，說他可能發現了應龍佩的另外半枚……」

　　我一口水噴到地上，跳了起來，「那還等什麼？快，把他叫來。」我扯著嗓子喊。

　　耿夔嚇了一跳：「好，我馬上去叫。」

## 第十五回　上奏免珠賦

我在堂上來回走著，興奮得不行，但又懷疑有誤，福無雙至，這麼容易就發現應龍佩，明神對我未免過於眷顧了罷。正在胡思亂想的時候，院子裡馬車的轔轔聲一下子戛然而止，接著遙遙聽見耿夔聲音傳來：「使君，使君，我找到他了。」

我還要擺擺官架子，假裝毫不經意地靠著憑几，默不作聲地擦拭著自己的佩劍。只聽一陣腳步聲由遠到近，我低沉著嗓子道：「來了。」

耿夔道：「來了。」他也許在暗笑，私下裡，我和耿夔向來是嬉戲打鬧，不大講究什麼上下尊卑的。可是在公開場合，外人都覺得我像鐵面刺史，和掾吏之間的君臣之分，絲毫也不可踰越。我認為這是必要的，君要像個君的樣子，作為臣的掾吏們，才會永遠對我保持敬畏，才能令行禁止，威可克愛。

「把情況細細告訴使君罷。」耿夔道。

我瞥了一眼那人，他長得身材粗短，面容瘦削，其他倒沒什麼，只是兩個眼睛極大，看上去像銅環一般，和臉形不大相稱。說話時的神態照例有下等人臉上固有的乖巧，這也難怪，如果有機會，這世上的每個市井小民都可能成為一個佞臣，我想。然而，這確是沒辦法，人都想出人頭地，役使他人，要做到這些，就必須學會諂事上官，細摩上意，他們又何嘗做錯了什麼？

「拜見使君。」他跪坐在席上，腦袋微微前傾，雙手據地。

我撫慰他道：「請起。敢問，君叫什麼名字，聽說君發現了另半枚應龍玉珮？」

他忙道：「有辱使君下問，小人姓田，也沒什麼正名，自小便被鄉里喚作田大眼。」

我差點笑出聲來，田大眼，果然名副其實。我忍住笑，讚道：「好名字！」

他不好意思道：「使君見笑了，小人認為，上天有好生之德，像使君這

麼尊貴的人，就該長得這麼威儀不凡；而小人這樣的窮賤之命，就該形象猥瑣，好在上天賜給小人一雙大眼，雕琢玉器時，可以看得鮮明些，免得壞了客人的材料。」

我終於忍不住笑了起來，還真會拍馬屁，但又何嘗不透露著蓬戶小民的辛酸，我誠懇地說：「只要君能夠幫助刺史斷了這件獄事，刺史敢保證，君不再會是窮賤之命。」

他趕忙伏地叩頭：「那使君就是小人的再生父母，小人這裡先拜謝了……小人知道使君信賞必罰，所以自從使君上次說要小人等留意類似的玉珮之後，小人每天下午一做完要做的事，就去城中走街串巷，收購玉器，希望能有所發現。起先小人花了大半個月時間，幾乎走遍了廣信縣的每一個閭里，都無所獲，想著只有去別的縣碰碰運氣，卻不料蒼天不負有心人，最後一次走訪合歡里時，在一個官吏身上發現他佩戴著半枚應龍玉珮。」

「真的？」我驚喜的語氣有助於加強他的成就感。他果然眼睛熠熠發亮，好像點燃了一般：「是真的，使君，那個官吏據說是郡府的一個書佐。當時他懶洋洋躺在院裡晒太陽，小人問他有沒有玉器可賣，他說沒有。但小人一眼瞥見他衣袋下掛著半截玉珮，根據小人的經驗，那絕對是另半枚應龍佩。」

我道：「後來呢？」

他道：「小人半開玩笑地指著他的玉珮，勸他賣給小人。他好像大夢初醒的樣子，說我差點忘了它，就叫小人近前，摘下玉珮給小人，要小人仔細看看，猜想一下那塊玉珮的價值。小人不需要仔細端詳，把那半枚玉珮一接過，就肯定自己絕沒有看錯。那半塊玉珮，和使君先前給小人看的半塊，完全可以拼合。珍貴玉質那種奇特的溫潤感覺，根本不可能魚目混珠，它們是天生的兄弟，小人敢用自己的腦袋擔保。」

我笑了笑：「腦袋是不能隨便用來擔保的，刺史也不會收取這份擔保。」我喝了口水，又催促他：「然後呢？」

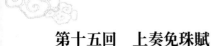

## 第十五回　上奏免珠賦

他哑了哑嘴唇，滿臉堆笑道：「使君，能否也賜茶一杯給小人，剛才小人急忙跑來，有些渴了。」

我吩咐耿夔給他倒了杯水，他卻不接，眼巴巴地望著我的手：「小人斗膽，就想要使君手中那杯。」可能怕我生氣，又趕忙補充道：「小人聽說，如果能有幸沾過貴人的手澤，來世就可成為貴人。」

我的不快立刻煙消雲散，誰能拒絕一個可憐人的哀求呢，何況他這麼乖巧。我直接把手中半杯水遞給他，他受寵若驚地接過，仰首喝了下去，抹抹嘴巴，接著道：「太謝謝使君了！從來沒想到世上會有使君這樣好心腸的大官！」

「繼續說正事罷。」我揮揮手，打斷了他。

他堆笑道：「是，是，那官吏問小人自己那半截玉珮價值幾何，小人以為他不懂玉，就怯怯說了個數目，誰知他突然大怒，叫小人滾開。小人是個做工匠的，怎敢得罪官吏？所以嚇得趕緊走了。」

「這個官吏叫什麼名字，你還記得他家的道路罷？」我問。

「那當然，否則怎敢來使君門前討打。」他答道，「我出門之後就四處向人打聽，知道了這個官吏名叫何晏，是本郡太守屬下的書佐。」

何晏，這個名字不錯，而且是跟我同姓。我自言自語道：「看來，此人是知道那塊玉珮的真實價值的。」

田大眼趕忙道：「小人一開始看他對那塊玉珮毫不經意，好像小人提起，他才記得自己有那玉珮似的，所以判斷他不懂玉，看來是小人武斷了。」

「嗯，很好，」我站了起來，對耿夔道，「立即繫捕何晏，將他帶來見我。」我又面對田大眼：「君要為此事作證，不用擔心，就算弄錯，也沒有人敢報復君。」

田大眼喜道：「有使君這句話，小人萬死不辭。」

# 第十六回　右曹乃故囚

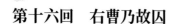

## 第十六回　右曹乃故囚

很快，我就與何晏見面了，他很年輕，不過二十歲左右，長得也英俊漂亮，在蒼梧相當難得。蒼梧本地土著大多皮膚黝黑，有些雖然也還算白，五官相貌卻和中原不類，比如上次見過的許聖。而眼前的何晏，雖然說不上有多白，甚至比許聖還略有不如，但他的眉目骨骼絕不類本地土著。我心中對他陡生好感，問道：「聽說你有半枚玉珮，和我這半枚相仿？」我把手中的半枚玉珮舉起來。

他看上去有點恐慌，跪坐在席上微微顫抖，望了望我，又望了望我手中的玉珮，搖頭道：「小人從未有什麼玉珮，不知使君為何這麼問？」

「叫你來這裡，當然不是想給這枚玉珮配對這麼簡單。我就是那樣說，你也未必信，是吧？」我乾脆直截了當。

他不說話，我細察他的表情，除了恐慌外，似乎沒什麼異樣，很多小吏見了大官，恐慌也是時常出現的，這倒說明不了什麼。我又道：「我手中這半枚玉珮，是蒼梧君墓中失竊的，我奉皇帝陛下詔書，急需找到另外半枚，如果你肯老實交代，我一定不會過於難為你。否則，本刺史就只好得罪了。」

他縮著脖子，顯得非常可憐，依舊道：「小人從未有過與這類似的玉珮，無從交代，請使君明察。」

「喚田大眼。」我道。

田大眼從屏後轉了出來，見到何晏，立刻道：「就是他，小人敢用腦袋擔保，他唇邊有粒小痣，就算小人記得面貌有差，這粒小痣卻是不會錯的。」

何晏抬頭看著田大眼：「我從未見過你，你怎麼能如此胡說八道？」又把臉轉向我，「請使君千萬不要相信他的誣陷。」

我心裡差不多明白了七八分，笑對何晏道：「他只是認你，為何說他誣陷，豈不心內有鬼？」

「使君也說了，來這府中，絕非什麼好事，何必要心內有鬼？」他辯解得倒也不錯。

看來這個何晏還是塊死硬的石頭，以前一般到這個時候，我就要準備用刑，但是對他，我奇怪地有些躊躇。我左右張望了一下，想問問耿夔的主意，他卻抱著一卷簡冊，低聲對我道：「洛陽來的郵書，關於合浦珍珠的事。」

我奇怪道：「奏告我才剛剛讓郵傳送出，怎麼可能就有了報文？」

他道：「使君一去合浦，牽太守就將事情上報了，當時還特意讓我看了郵書，盡多溢美之詞，洛陽的報文，就是對他奏告的回覆。」

我有些擔心，當時我還沒順利平叛，不知道朝廷會有什麼處置。我思忖了一下，對耿夔道：「這個人，這件事就交給你了，你給我好好訊問。不過，最好不要對之有所捶楚。」

耿夔笑道：「使君當年對下吏，有對他的一半心腸就好了。」

我也笑了：「不打不相識，你這麼說，看來還是對我有所怨懟啊！」

他點頭道：「確實如此！十一年來，一日都不曾忘記！」說著大笑。

這個豎子，說笑起來總是這麼出人意料的曠達。捫心自問，我大概曾經確是個心腸冷硬的人，也許童年的困頓生活，讓我對他人產生了怨恨。只是碰到耿夔後，知道什麼是寬厚善良，才略略改變了自己的做法，油然羞愧自己的為人。想起來，那是我擔任荊州刺史部南郡從事時候的事，距今已經十一年了。之前我在廬江太守周宣屬下任事，一共做了七年，周宣對我越來越喜歡，奏請朝廷拜我為丹陽令，順利成功。那時我才二十七歲，就已經是六百石的大官；為丹陽令不久，因為被揚州刺史劾奏為酷暴，被免職家居。不久又由周宣推薦給荊州刺史劉陶，劉陶很信任周宣，當即辟除我為荊州刺史部南郡從事。不久，南郡太守岑宣因為被人告發貪贓，劉陶就派我去南郡視察。當時南郡太守府的倉曹掾，就是我現在的這位得力掾屬耿夔，我查

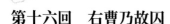

## 第十六回　右曹乃故囚

了查他管的帳簿，沒有發現什麼問題，但我覺得他有造假的可能。對貪官我一向嫉之如仇，那時年輕氣盛，又得到劉陶的鼓勵，自然膽氣很壯。我直接把耿夔投入江陵縣獄，準備用嚴刑給他一個下馬威。經驗告訴我，任他什麼人，只要一動刑，沒有不屈服的。可是沒想到在耿夔這裡，居然碰了壁。我派遣的獄吏把耿夔打得全身潰爛，他竟然還是堅持說沒有造假，那時我還沒見過如此死硬的人，這無端激發了我的自尊心，我覺得應該想一些新的刑罰來治治他了。

　　也許我真是個很殘忍的人罷，然而認真思量，似乎又不像，記得小時候，我連昆蟲都不忍心殺。閭里的童子在夏天有幾樣樂趣：玩金龜子，黏蟬，抓蜻蜓。金龜子背上披著亮閃閃的兩片殼，有的紅，有的綠，上面稀疏點綴著一些斑點，牠們喜歡黏在穀樹上，尤其是那種能結鮮紅果子的雌樹。我經常每隔幾個時辰，就跑到屋後去，看穀樹上有沒有停留新到的金龜子，一旦有，就偷偷溜過去，併攏五個手指撲住，大呼小叫地喚母親。母親就會找來一根麻線，幫我把牠繫在金龜子的頸間。剛抓來的金龜子飛得很猛，左突右突，想脫離我的控制而去，可是終不能如願，慢慢的，牠也知道自己是徒勞，變得老實了，再也不肯飛。這時候，如果是閭里其他的童子們，就會把牠放在正被火熱的太陽曝晒的石板上，牠急促地在上面奔走，終於覺得燙，又不得不奮力飛起來，憤懣不已，最後被折磨得奄奄一息。他們就這樣弄死了一隻又一隻的金龜子，我從來都不肯效法，只要牠不願在我手中飛之時，我就毫不猶豫剪斷麻線，將牠放了，再去捕捉新的。我真的不忍心看牠那樣可憐，牠們被我繫住脖子飛來飛去的時候，如果胸腔裡有足夠的血，是一定會激憤得噴出來的。然而，我們這些童豎們的暴行，從來沒有被閭里的父老們制止過。他們覺得天經地義，對動物是這樣，對人難道又會有什麼本質的不同？

蟬的命運最不好，一旦被我們抓住，牠幾乎就沒有活路。牠身子胖大，翅膀透明而薄，不像金龜子那樣善飛，用麻線繫了牠的脖子也委實寡然無味，於是大多數童子就把牠直接塞進灶膛煨熟，再黑乎乎地掏出來，掰斷牠的下半身填進嘴裡，臉上露出滿足而愚蠢的笑容。每次看到這種情況，我就會走開，我覺得他們的行徑也過於殘忍。傍晚草叢裡滿是金黃色的蜻蜓，那是一種非常精靈的小動物，白天尋常時候，稍微走近牠，就會驚得牠閃電般飛去，然而在夕陽的餘暉下，牠們雖仍像平常一樣立著，卻早早地進入了夢鄉，隨手就能捕住一袋。童子們常常撕掉牠們一半的翅膀，再釋放牠們，牠們再也飛不起來，撲打著一側的翅膀，在地上打圈，童子們看得不耐煩，一腳踏上去，踩成肉泥，只剩下殘碎的翅膀七零八落地黏在泥土上，猶自熠熠閃著光。這也是我做不出來的，我常常是白天就將牠們放了，像我這樣的人，算是天性殘忍的人嗎？然而，什麼時候，到底是什麼時候，讓我變得比那些閭里的童年夥伴還要殘忍？他們中的大多數，現在已經學會日出而作，日落而息，變成了純樸的農夫，而我不得不在陰森森的牢房裡，拷打一個個我認為是貪贓枉法的人。是誰使我變得這樣毫不心軟？我也不知道。

　　對待人，自然不能像對待金龜子、蟬和蜻蜓那樣隨心所欲，但要說相差有多大，卻不見得。不勞我想，一個獄吏就喜滋滋地向我獻計道：「從事君，把烙鐵燒紅，命令他自己挾住，不信他扛得住。」我不置可否。他認為我同意了，吆喝下屬立刻將一柄斧子燒紅，要耿夔夾在腋下，哪知耿夔卻哈哈大笑：「這種小伎倆就想讓老子誣陷好人，做夢。死豎子，不要著急，把斧子燒久一點，這樣老子更痛快。」獄吏罵道：「先讓你嘗嘗冷的，看你受得了受不了。」說著夾起通紅的斧頭，塞在耿夔腋下。只聞到一陣撲鼻的焦臭，令人欲嘔，耿夔的聲音毫不費力地衝破焦臭：「老子說了不夠熱，難道你這死豎子耳朵聾了。」獄吏大怒，把鐵斧抽回，再夾到爐火上，另一個獄吏死

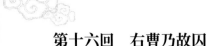

## 第十六回　右曹乃故囚

勁拉動排囊鼓風，剛才還青色的鐵斧迅疾又變得鮮紅欲滴，好一會，獄吏罵道：「這回還喚冷，老子就服你。」又將鐵斧猛地按到耿夒胸脯上，耿夒慘叫一聲，暈了過去。我以為他這回該服了，然而一盆水潑過去，他卻仍是大笑：「涼快得讓老子睡著了，也不早早喚醒老子，老子都餓了。」又把給他的牢飯踢開，道：「老子既然有肉食，何必食藿？」說著挑選起地上被燒爛的皮肉就往嘴裡送。獄吏目瞪口呆，望著我，請我示下。我讚道：「好一個豎子，還有什麼辦法對付？」獄吏想了想說：「如果從事君不介意，就用馬糞熏他，怕他不叫饒！」

獄吏找來一個破舊的大缸，將耿夒蓋在大缸下，又找來一些馬糞，點火燃燒，一時間刺鼻的臭味填塞了整個房間，我們都覺得窒息，趕忙退出了獄室。我那時突然想，只要被覆蓋在大缸下的耿夒叫饒，不管他肯不肯指證太守，我都會饒他的性命。可是他一聲都不吭，我心頭憤怒難當，如果連這麼個小吏都治不了，那我這個部南郡從事做得也太失敗了，也辜負了劉陶的委任，我說：「等明天去收他的屍罷。」

第二天，我和獄吏走近獄室，看見馬糞都燒完了，大缸下一點動靜都沒有，我示意獄吏將大缸搬掉，誰知剛搬開一半，就從缸下條然伸出一隻黃黑的手爪，緊緊抓住我的腳脖子。我嚇得差點尖叫起來，奮腿亂蹬。耿夒哈哈狂笑，滿臉也都是馬糞的黃色，圓睜雙目大罵道：「死豎子，怎麼不加馬糞，叫火滅了。老子熏得正舒服，還沒過夠癮呢！」我慍怒地望著獄吏，獄吏忙解釋：「往常犯人被馬糞一熏，九死一生，沒想到……這豎子肯定是馬變的，不怕馬糞。」我抬手推得他趔趄：「早幹什麼去了，連個驢馬都分辨不出來？你們這些該死的豎子，難道就這點伎倆？」

事實上我知道他們的伎倆很多，那時候我已經當了十一年的官，耳濡目染，對官府的事不可謂不熟悉。有的獄吏對酷刑非常有創造性，甚至把各種

刑罰加以總結，編成簡冊，在各郡間廣為流傳。所以天下郡國的刑罰，可以說都是互通有無的。獄吏挨了一掌，羞憤交加，發狠道：「這個馬變的豎子，既然爪子厲害，讓下吏廢了它。」說著命令兩個囚犯：「你們兩個，快給老子去找些柴火，挑一片地，給老子燒它幾遍。」

這是例行公事，一般來說，庭院裡的土都比較鬆軟，燒過之後才會變硬，他們顯然是要對耿夔使用「耙土之刑」。果然，兩個囚犯架起柴火，火焰燒得熊熊的，熄滅之後，他們掃去灰燼，留下一片黑黃色的地面。獄吏還特意用竹籤刺了幾下，顯得很滿意，對我說：「從事君，下吏使出吃奶的力氣，也只能劃出一點淺淺的印痕。」我道：「很好，那就施行罷。」

按照獄吏的命令，兩個囚犯把耿夔架過去，按住他的雙手，掰開十指，迅速地在每根手指指甲縫中插上一枚短小尖銳的竹籤，命令他用手指耙土。這種刑罰連我也看不下去，只好走開，隔著兩扇門戶聆聽院中的動靜。孟子說：「是以君子遠庖廚也。」這話真是有道理的，其實這是另一種掩耳盜鈴，為什麼大家會取笑後者呢，大概因為前一種殘忍，到底無關於自己痛癢的緣故罷。

我聽見院子裡傳來獄吏喝斥的聲音：「你們幫幫他。」大概是耿夔不肯聽從命令，接著院中傳來一陣陣尖利的呻吟聲，聲音並不大，顯然耿夔在極力忍受著痛苦，卻讓我更加汗毛直豎。我乾脆跑到了院外，拚命搖晃著腦袋，試圖忘記剛才聽到的一切。過了好一會，獄吏走到我身邊，一張胖臉上滿是怯怯的神色，道：「從事君，他，還是不肯說啊……說不定這豎子是真的冤枉。」我也沒有責怪他，跟著他回到院子裡，虛張聲勢地說：「怎麼樣，還不肯交代嗎？」我感覺自己突然變得那麼失敗。

耿夔的兩個手掌鮮血淋漓，指甲全落。他坐在地上，喘著粗氣，滿額頭都是汗水，歪著腦袋斜眼看我，不發一言。我道：「再不說，就在你嘴裡灌上一缸鹽水，把你的腸子全部漚爛。」我也不知道自己為什麼說出這樣奇怪

# 第十六回　右曹乃故囚

的話，這是我有一天從夢中得來的，我夢見自己小時候沒吃的，隔壁的鄰居老嫗突然提一罐雞湯來給我。非常奇怪，這家人仗著自己兒女多，經常欺負我家，把母親壓得抬不起頭來，怎麼會好心給我雞湯喝？但我實在害了饞癆，什麼也不願想，二話不說捧著罐子往嘴裡灌，才發現像鹽罐打翻在嘴裡，鹹得我大叫著吐了出來。那老嫗大怒，搶過罐子就砸碎在我頭上，譏笑道：「就你們母子這癩皮狗樣子，不三不四，也想雞湯喝。你們啊，只配喝喝老嫗我的陳尿。」這時我氣醒了，似乎腦殼上還隱隱生痛。我從床上一躍而起，恨不能馬上駕車回到家鄉，把鄰居那家的房子全燒了，人全部抓進牢房拷打，尤其是那個可惡的老嫗。當然，這個念頭一閃而過，後來我有能力時也沒有這樣做。只這個夢卻一直黏附在腦中，平生經歷的事忘了不少，唯獨這個夢不能。每當我考問自己，你還能記起多少小時候的事？這個夢一定首先跳出來，屢試不爽。除此之外，記憶最深的還有十幾歲時在路旁看到的一泡陳年大便，風晒雨淋之下爛成了蜂窩狀；還有經過學堂路上那個賣蔥花餅的矮子，每天早上，母親都給我一枚五銖錢，買一個餅當早食。我為什麼記得這些亂七八糟的東西，而不是其他，天知道！矮子賣的餅真香，後來我有豐厚的俸祿，卻再也買不到那麼好吃的餅。我一度尋訪過那個矮子，想把他帶到洛陽去專門為我做餅，這個人卻消失了。據說他因為和人口角，殺死了一個無賴子，被流放到西北去戍邊。他的妻子也不得不跟了去受苦，只是那些邊疆的戍卒這回有口福了。

　　當一個人專心致志於某事的時候，任何一個微小的念頭，都可以讓它和某事發生聯繫。有一次我躺在床上睡不著，再次憶起這件事的時候，突然就萌生一個想法，要是哪天審訊犯人時，讓他們都灌上一罐極濃的鹽水，或者乾脆把整團的鹽塞進他肚子裡，那會怎麼樣？我小時候下過水田，從田裡出來時，腿肚子上常常會黏上幾隻肥大的水蛭，扯下來用鐮刀去剁，怎麼樣也

剁不死，但是撒一把鹽在牠身上，牠就很快縮成一團，在鹽水中化為膿水。鹽這麼厲害，灌進人肚子裡，誰又吃得消？當然，我並非真的想這麼做，只是嚇嚇耿夔，既然他不怕受刑，死總該怕罷，而且是這種痛苦的死法。

哪知耿夔張開血淋淋的手，突然指著我破口大罵：「何敞，你這庸碌愚蠢的呆子，一貫酷暴無義，你要殺老子便動手，要老子誣陷君父，寧死不能。老子就算是死，也要糾集群鬼把你殺了；如果有幸不死，也會將你大卸八塊。」

望著他憤激的樣子，我恍然明白，我是真的看錯人了。如此忠直的漢子，怎麼可能是維護貪吏的人？他的太守一定是被人誣告的。我愣了一下，大喝一聲：「壯士！來人，給他鬆掉腳鉗。」

這裡究竟是江陵縣獄，幾個獄吏好像早期待我這麼下令，當即樂顛顛跑上去，幫耿夔鬆了刑械。我又讓獄吏找來醫工，好好幫耿夔療傷，之後我和耿夔推心置腹地交談，越來越覺得他這人精明強幹，而且人品正直。於是我向他保證，如果太守有冤情，我一定會幫忙上報刺史。他說：「太守對我並沒有多器重，他來上任的時候，我已經是倉曹掾了。他貪汙與否，我也不敢保證。但是，至少我這裡的帳簿，完全經得起查驗。要我誣陷別人，我做不到，哪怕那個人確實很壞。」

他這番話讓我大受教益，世上有幾個人能做到這點呢？我們喜歡一個人，對他的任何過錯都會姑息；憎惡一個人，對他的任何優點都視若不見。公正對待每個人，就算我這個自詡廉正的人，也完全做不到。我自恨和耿夔相見太晚，回到漢壽縣[37]，我向劉陶解釋了事情的來龍去脈。劉陶似乎有點不快，好像我包庇了太守。我把耿夔的話複述給他：「也許這個太守確實有問題，但關鍵是，我沒有找到證據劾奏他。」劉陶雖然勉強同意我的說法，

---

37 漢壽：當時的荊州刺史治所。

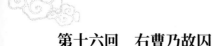

## 第十六回　右曹乃故囚

但仍舊不滿意：「至少他的名聲不好，我必須奏請皇帝免掉他的官職。不過，看在那個耿夔的面子上，這件事我不想窮究。」

最後的結果是，南郡太守被免職，耿夔作為他的掾屬，也一併黜落，免歸田里。他本人就是江陵人，此後我奉令巡行南郡的時候，路過江陵，一定會去和他相晤，言談盡歡。一年後，我被朝廷重新徵拜為丹陽令，我問耿夔，願不願跟我一起去，雖然按照籍貫方面的規定，我無法辟除他為正式掾屬，但可以讓他當師友祭酒這種清貴的閒職。我相信有他在我身邊，不但可以少犯很多錯誤，而且內心覺得踏實。不過以前他當過太守的倉曹掾，也許不肯屈尊效力在我這個縣令手下，我自己也有點不好意思。我試著向他提出的時候，果然遭到他的拒絕，不過他的理由是對仕途不感興趣，因為太凶險。他母親也不想讓他去，因為她深知兒子耿直，在仕進上是沒有前途的。我只好作罷，過了幾年，我因為在丹陽縣治績高等，竟然被升遷為平原相[38]，才當不到半年，竟然又升遷為地位重要的南郡太守，回到了江陵，似乎我跟江陵有不解之緣。這時耿夔的母親已經去世，他的妻子也不知什麼緣故，突然得暴疾死了，只剩下他一個人和兩個家僕。我請求他當我的主簿，這個秩級雖然仍是百石，地位卻比他當初擔任的倉曹掾重要得多。他這幾年在家鄉可能過得也不如意，因為丟了官，族中人丁又不興旺，鄰里都欺負他家。有一日天雨牆壞，他準備糾工來修，卻被鄰居一家阻止，說壞牆垣故地是他們家的。他氣得茶飯不思，也無可奈何。這次他族叔迫切要求他答應我的辟除，說可以為一族人提供保護，加之兩個家僕也極力慫恿，他也就照辦了。果然，到任之日，他乘著軒車回家，發現自家院子裡已經跪了悍鄰家的十幾條精壯男子，太陽懸在他們頭上，熱辣辣的，他們的汗水像潑了洗澡水一樣淋漓而下，身體卻絲毫不敢動，見了他，一齊伏地口稱「掾君」，請求

---

38　平原相：平原國的國相，最高軍政長官。平原國下轄九個縣，在當時的郡國中，屬於小型。

赦罪。他要他們起來，他們卻聲稱，除非他接受他們的謝罪，否則寧願晒死。他不由得仰天長嘆，人生於天地之間，想捐棄世俗，是不可能的。世間這些人實在是多麼的勢利啊！

雖然耿夔是我掾屬，關係卻在師友之間。後來我官運亨通，一直升任司隸校尉，最後貶到交州，耿夔都再也沒離開我。我屢次覺得對不起他，曾經想透過察廉的方式，舉薦他去外縣當個縣令，他卻揮揮指甲殘缺的手掌拒絕了，對於做官，他好像沒有太大的欲望，當個百石的卒史，有吃有喝，他就很滿足。我也暗暗內疚，上次對他用刑太過，使他肌體多少有點損害，尤其是手指，新長出的指甲歪歪扭扭，非常難看，按照殘毀之人不能做大官的律令，只怕我舉薦也會被駁回，於是也就罷了。大概是因為安慰自己罷，有時我問他：「你可能不知道，我當初為何會那樣拷掠你，除了劉使君的囑託，要我一定要拷掠出結果之外，還因為我生平最痛恨貪墨的官吏。」

「可是那樣的官吏，是殺不絕的，雖然我並不是。」他回答。

這也是我一直思考的問題。「為什麼殺不完呢？」我問他。

他倒挺老實：「我也不明白，不過我想，主要還在於誰來治理百姓，和百姓自己的意願無關罷。我曾經奉府君的命令，去屬縣巡視，有時也訪詢百姓，問當地官吏孰廉孰貪，孰賢孰不肖，百姓都能說得頭頭是道。可是，誰又會像府君這樣，時時派掾屬去體察民瘼呢？官吏只要諂媚好上司，上司就睜一隻眼閉一隻眼，百姓哭訴哀告又於他何損？所以說，貪官其實是殺不完的。」

「那君的意思是，只要百姓對官吏有選擇的能力，貪汙就能杜絕？」我道。

「當然，」他點頭道，「可惜百姓或者愚昧，或者凶悍，或者懦弱，或者奸詐，聰慧而剛白的人百中無一，他們自己管不好自己，只能讓官吏代勞，所以他們飽受貪官蹂躪，也只能怪他們自己了。」

## 第十六回　右曹乃故囚

　　我不同意他的看法：「『若此無罪，淪胥以鋪。』[39] 愚昧而剛暴的百姓，活該受懲；謹願而忠厚的百姓，卻不該遭受同樣的命運。貪官或許殺不完，但是，殺一個總少一個，除非你有更好的辦法。」

　　他搖頭：「我當然沒有更好的辦法，我只能選擇不去殺別人。」

　　我道：「可是有時，你會被逼得產生仇恨，因為正是那些人使得天下不太平。何況，如果你不當官，有殺別人的能力，你的鄰居會跪在院子裡向你請罪嗎？」

　　「是的。」他答非所問道，「有時是忍無可忍，除非死了，死了就不會有這麼多煩惱。」

　　我沉默了一會，道：「其實，上次我拷掠你的時候，你很清楚，太守是有貪冒罪的。你為什麼要那麼護著他？你並不是通常人認為的那種所謂節義之士。」

　　他有些不好意思：「府君原來早就知道，我從來不想當什麼節義之士，只是覺得，出賣主君是不好的。再說，我也確實沒有證據。」

　　這句話讓我感慨萬分，確實，這世上很多欺世盜名之徒，天天嘴巴裡喊著道德仁義氣節，碰到利益當頭，無不紛紛現出醜態。爾虞我詐，巧取豪奪，見利忘義的事，基本上都是他們所為。而像耿夔這樣的人，雖然對氣節兩個字不屑一顧，臨大節卻不可奪，真可謂浩然君子啊！有些畜生的心口不一為什麼會如此厲害？那些無恥之徒，上天為什麼要把他們生下來？祂的好生之德到底展現在哪裡？這些，我想不清楚。

---

39　《詩經・小雅・雨無正》裡的話，意思是無罪的人，因為遭受有罪人帶來的災禍，相繼受害。

# 第十七回　滑舌翻奇事

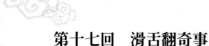

## 第十七回　滑舌翻奇事

　　耿夒審訊何晏期間，我忙著處理合浦縣造反的事情。我需要把事情的前後經過，原原本本向朝廷奏報。這份奏疏很難寫，既要全面推卸自己的責任，又要適當伐耀自己的功勞，還必須讓朝廷俯允，免去合浦縣的珍珠進貢。這種事，交給任何一個掾吏我都放心不下，只能我親自處理。我寫奏疏時有個習慣，誰也不許打擾，所以整個期間，我都把自己關在室中，任何人來拜見都不許通報，連食物都要由窗口遞入。第三天下午，我終於把奏疏全部謄清，仰面倒在床上，像屍體一樣攤了許久。走出屋室，望著院中的陽光，我感覺眼睛發花，有點天旋地轉。好一會我才平靜下來，喚來郵卒，把奏疏鈐上刺史印，命令郵傳晝夜送到洛陽，然後睡了一覺。醒來之後，已經是第二天中午了，我覺得無比神清氣爽，泡了一壺茶，命人把耿夒召來，我要看看他對何晏的獄事審理得怎麼樣了，畢竟除了合浦造反事件之外，這件盜墓案最為重要，我不可能不掛懷。

　　「他好像有點狂易，說的話驢唇不對馬嘴，但可能是我孤陋寡聞，也許他說的是真的。」耿夒很快就來了，坐在我的對面，他的神情有些呆滯。

　　我奇怪地望著耿夒：「怎麼個狂易？」

　　耿夒道：「他說，那半塊玉珮，他也不知道怎麼來的，好像就在一天早上突然繫在他衣帶上，鬼使神差。」

　　「胡說八道，豈有此理。」我拍了拍憑几，「這算什麼供狀？」

　　「使君勿怒，聽我複述完再怒不遲，這件事著實有些神奇呢！」耿夒道，「何晏招供說，有一天，他奉太守掾屬的命令，到西鄉去送一封郵書，回來時，走到半道，天色已經有些晚了，兩旁都是密林，陰沉沉的。他一邊急急趕路，一邊擔心找不到亭舍可以過夜。很快月亮也升了上來，照得路上亮晶晶的，他幾乎放棄了住宿亭舍的打算，決定走到哪算哪。尋常時候，這樣的夜路他也不是沒走過，從來不害怕，但是那天心裡有點七上八下的感覺。而

且，走著走著，他突然發現迎面來了一輛輜屏車，四匹怒馬騰飛。他想，不知是哪個官宦富戶，這麼晚還出行，就避讓一旁。誰知那車馳到他面前，突然停下了，車簾子一掀，從窗口露出一張熟悉的年輕女子臉孔，喚他道：『子安，是你嗎？』子安是何晏的字，那聲音也頗熟悉，他定睛一看，發現原來是自己從前的鄰居阿娥。曾經，他和阿娥兩人很要好，他很小的時候就在縣廷當小史[40]，阿娥就經常來找他學認字，他教阿娥《倉頡篇》、《急就篇》、《論語》、《孝經》等書，後來年歲漸長，兩人情愫暗生，阿娥的母親也察覺了，漸漸不讓他們來往。再後來，阿娥的姐姐嫁了一位富商，她們全家都跟著姐姐，搬到別的縣邑去居住了，從那以後，兩人再也沒有相見，沒想到今天在路上能夠重逢。」

我覺得這樣說下去還算有些趣味，問道：「然後呢？」

耿夔笑了笑，繼續道：「何晏也脫口道：『妳是阿娥？』那女子點點頭，神態千嬌百媚。以前她就頗有姿色，但和這時相比，卻是大大不如，何晏不由得看得呆了。」

我笑著打斷他：「千嬌百媚，何晏看得呆了，這些話難道也是他和你講的。」

耿夔笑道：「複述總不可能一模一樣。」

「請繼續。」我笑道，他講起故事來，往往喜歡耍弄文辭，我無意跟他糾纏這個問題，而且我知道他的人品，無傷大雅的增飾言辭是有的，無中生有的羅致罪狀卻絕對不會，所以我沒有什麼不放心的。

耿夔繼續道：「那個叫阿娥的女子就問：『子安，這麼晚你為何單獨在官道上行走？』何晏回答她：『唉，豈不懷歸？畏此簡書。如此月夜，誰不想回家休憩，而在路上奔波呢？還不是因為王事靡鹽，無法可想嗎。』」

---

40　小史：小抄胥，相當於現在政府機關裡職位低級的文職人員。

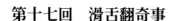

## 第十七回　滑舌翻奇事

我突然感覺心裡一震，喃喃唸道：「豈不懷歸，畏此簡書……這幾句詩，也是你自己增飾的罷？」

耿夔搖搖頭：「冤枉，這幾句詩，可真是照樣複述，一絲不差。使君難道忘了，這阿娥當年喜歡何晏，就因為何晏擅長吟詩作賦啊。」

「嗯。」我感覺鼻子一酸，點點頭，「好的，我再也不打斷你了，你繼續罷。」

耿夔道：「那女子道：『天色晚了，我看你也趕不回城中，不如隨我歸家一晤。家父母和家姐都時常惦記你呢。』當時天空月色皓朗，何晏心想，如此良夜，怎能辜負？況且相隔時日久遠，還真的頗想一晤，不如跟隨她歸家，於是答應了。上車後，他發現寬敞的車廂中，只有阿娥一人，湊近看去，阿娥比之當年確實尤為好看得多了。他心頭鹿撞，舉止局促，兩人在車中殷勤敘舊，不覺馬車已經到了她家門口，這時天色已經完全黑了。有幾個僕人開門，輀屏車馳入一個高牆院落，門前兩樓高聳，一看就知道是富家之室。下了車，庭上野花姹紫嫣紅，在燭光下也歷歷在目。阿娥將他引進一間宅子，穿塾過廊，進了後室。室中妝辦整潔，輕塵不飛，纖羅不動，兼著紅燭高照，佳人在旁，何晏不禁心迷神醉，不知今夕何夕。侍僕又陸續端上美酒佳釀，水陸八珍，兩人隔案對飲，互為酬酢。一時酒酣，何晏問阿娥近年來狀況，阿娥說自從母親帶著她搬遷，和姐姐同住之後，近幾年跟著姐夫販繒，贏取了大利，故而建築了這高堂美廈，紫闥玉堂，僱傭了僮僕數百，每日椎牛釃酒，彈箏搏髀，歌呼嗚嗚，好不快樂。兩人愈說愈覺親近，阿娥又問何晏娶妻與否，何晏答曰尚未。阿娥又目遞橫波，何晏則魂與色授，不知不覺，兩人就躺到了一起。也不知過了多久，有僕人起來侍候何晏沐浴，浴室銅壺盛湯，蘭香馥郁，阿娥也親自來為他搓澡，纖手凝脂，心折骨驚。突然，聽到堂外吱呀聲響，有人來了。」說到這裡，耿夔突然叫道：「聒噪半天，口乾舌燥，請使君賜茶。」

我笑道：「聽到酣時，你卻停了，難道你是郭大耳，還要刺史賞錢再繼續？」郭大耳是洛陽說唱的俳優，善說鬼神趣聞，每五日一開市，在旗亭說書，觀者如堵，名聲傳遍公卿之間，最後連皇帝陛下也有耳聞，召他入宮說唱。公卿王侯有筵席盛會，也無不以請到他為榮。他雖然轉瞬成了富戶，卻絲毫不傲視同儕，堅持每五日在旗亭說唱。說起郭大耳，雖不能說天下無人不知，至少在洛陽是無人不曉，所以耿夔也忍不住笑了：「使君，下吏不是想要賞錢，確實口渴。」

　　耿夔喝完茶，繼續道：「何晏兩人正在沐浴，忽然聽到外面有人叫道：『阿娥！阿娥！』何晏有些驚慌，阿娥笑道：『我母親回來了，沒關係。我們出去見見罷。』何晏驚訝道：『妳母親素來瞧不起我，我現在這樣，怎敢去見她？』阿娥道：『那是什麼時候的事啊，現在絕對不會了。我曾經對她說，除了何子安，妾身誰也不嫁。今天你既然來了，正好可以向她當面提親。』何晏道：『提親要請媒妁，哪有自己親自提的。』阿娥道：『大行不顧細謹，等媒妁來，有如白頭。何郎千萬不可錯過今日。』何晏只好出去，心頭忐忑，孰料阿娥母親見到他，果然眉開眼笑，問道：『何郎別來無恙，許久不見了，叫老婦時常掛念。』何晏大吃一驚，當年做鄰居時，阿娥母親絕對不是這種嘴臉。因為阿娥生得美貌，她希望女兒將來能嫁得一個富貴人家，極為反對女兒和何晏交往。後來大女兒嫁了一個外縣的販繒商人，過不幾年，這老媼乾脆賣掉舊屋，全家隨大女兒一起去住了。如此勢利的老媼，今天怎麼像換了個人？他正在驚疑，誰知老媼突然招手門外，呼道：『老翁快過來，以前我們家隔壁何嫗家的何郎來了，看，幾年不見，長得是何等俊美。』何晏越來越驚疑，只見門外僮僕擁進來一個肥胖老者，身穿絲質袍服，頭上戴著帩頭，正是阿娥的父親。他樂呵呵向何晏招呼，何晏突然想起一件事，當年阿娥家搬走之前，她父親已然病重不治，奄奄一息，為何今天還能活著，而且康健如此？他轉念一想，大概是有錢能請得良醫救治，所

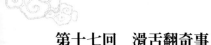

以保住了性命。何晏於是上前對他跪拜行禮，兩人寒暄一會，門外又嘰嘰喳喳，大概來了數人。」

「這回我猜中了，應當是阿娥的姐夫、姐姐，以及他們的女兒。」我笑道。

耿夔點點頭：「使君猜得不錯。果然是他們三人，何晏見了他們，也趕忙見禮，他們也都十分熱情，給予何晏相當禮遇。何晏和他們聊了會，就去逗他們的女兒玩樂，這個女兒當年和他也頗熟悉，時隔數年，卻好像昨日才見，一點不怕生，和他嬉戲打鬧。不過，他心中突然升起一個疑團。」

耿夔說到這裡，臉上突然閃過一絲恐怖，身體也不由得蜷縮起來，這是我從未見過的，我不由得心頭一緊，問道：「你怎麼了，身體有恙？」

耿夔搖搖頭，道：「不是，只是因為何晏心中升起的那個疑團，讓我好不心悸。」

「什麼疑團，有如此可怕？」我感到奇怪，「你的臉色都變了。」

耿夔強笑道：「何晏突然想到，這個小女孩當年和他玩樂時，還不過三四歲，如今數年過去，身材似乎絲毫未長。雖然嬉戲打鬧一如當日，而舉止動作，總覺有些不大妥貼。」

「豈有此理。」我不屑地笑笑，「難道這小女孩是鬼不成？何晏為了逃脫罪責，想編套鬼話來讓我們相信，這種伎倆，實在太不高明了。」我這時已經猜到何晏想編什麼故事，頓時覺得索然寡味。

耿夔道：「我剛開始也這麼想，不過何晏說到這裡的時候，臉上表情之驚懼，絕非可以裝出。我真希望，他的表演技藝已經遠超郭大耳。如果不是，那著實有些恐怖。」他的聲音都有些變了。

郭大耳確實擅長說唱，口齒便捷，尤其講故事時，模仿故事中各人語氣，唯妙唯肖，說到高興處，欣喜之態可掬；說到恐怖處，真若白日見鬼；

說到憤怒處，頭髮似乎可以豎起；說到悲傷處，瞬間能夠涕下。不要說長安旗亭中婦女孺子，就連公卿將相之家的婦女，也皆為之動容。郭大耳的技藝是並世無雙的，難道何晏也有這種本事？我以前審訊的盜墓賊中，可從來沒有這般厲害的角色。

耿夔見我不說話，問道：「使君還要聽嗎？」

我笑道：「當然要聽，不然怎麼斷這件獄事。」

耿夔道：「看使君的面容似乎索然寡味……過了不久，一群人該寒暄的也寒暄完了，夜色越來越深邃了。阿娥父母和姐姐、姐夫都勸何晏早點休息，他們也要安歇，於是個個告別，拋下他們回了自己房間。何晏感到奇怪，他們為何不幫他另外安排一個房間，難道默許他和阿娥同宿？這時阿娥過去關門，再幫他寬衣解帶，兩個人跌倒羅帳，又極盡溫存……事後何晏感覺不勝乏睏，很快沉沉睡去。半夜醒來，何晏覺得口渴不已，於是點燈倒茶，突然發現帷幕後的牆上畫著大幅的壁畫，壁畫的內容，使君猜是什麼？」

我心裡突然又升起一團火：「我不想猜，快說。」

耿夔也不賣關子了：「原來是關於小吏送葬，主人拜見泰山府君[41]，駕龍升仙的內容。」他的嗓子有點顫抖，雖然我已經猜到，但內心猶且不免有些驚愕，因為他的表情讓我覺得，何晏對他說這番話的時候，肯定唯妙唯肖，足以讓他堅信為真。我不由自主地複述了一句：「升仙圖？」

耿夔點頭道：「是的。他說，其中一幅壁畫上畫著一個人駕著九條龍的雲車，在天上馳騁。九條龍顏色各不相同，尤其是中間一條龍是五彩的。這讓他當即感到心膽俱裂，這種升仙圖，一般只出現在墓室中，當地官吏富戶建造墓室時，經常請工匠繪製的。他心中狂跳，回望帷帳，阿娥仍在熟睡，他腦子裡一瞬間電閃雷鳴，想起了剛才腦中的諸多不解之處，為什麼會在野

---

41　泰山府君：秦漢的人認為，人死後都會魂歸泰山，地府由泰山府君管轄。

## 第十七回　滑舌翻奇事

外道上突然遇見阿娥，為什麼阿娥的母親那麼熱情，為什麼阿娥的父親沒死，為什麼她的外甥女身材高度沒有絲毫變化，為什麼他們會留他在阿娥房中，毫不介意。對，有鬼，他們一家肯定已經死了，而他自己，今晚來到了鬼窟。可是，這個墓室為何如此豪華，他們雖然有錢，又怎麼可能住上如此豪華高等的墓室？他的第一念頭是逃跑，可是念頭甫出，卻發現兩腿發軟，根本挪不開腳步。他不想死，於是摘下頭上的髮簪，擲向阿娥的床邊，嘴裡誦讀咒語，這是他從本地流傳的《詰咎書》上學來的，是專門對付鬼怪的方法。也許這些祖先累積的方法和咒語果然有用，他很快鎮定了下來，感覺恢復了行動能力，抬腿想跑，可是又擔心吵醒女鬼阿娥，只好輕手輕腳挪到門邊，打開房門，然而，就在這個時候，阿娥在後面喚了他一聲：『何郎，你要去哪裡？』」

雖然明知是假，我仍舊被耿夒的複述吸引了，他講得真是跌宕起伏，懸念不窮，我由衷誇獎道：「我以前還真沒發現，你簡直可以媲美郭大耳的說書才能了，跟著我當掾屬，實在有些吃虧。」

耿夒笑笑，繼續道：「何晏嚇了一跳，好在他急中生智，找了個藉口說：『我突然有些腹脹，大概是剛才飲酒太多，需要出門方便一下，妳繼續睡罷。』」

「這算什麼好藉口，房間裡難道沒有馬桶嗎？」我奇怪道。

耿夒道：「使君有所不知，原來何晏有個毛病，拉屎一定要去屋邊野地，在馬桶或者在溷廁中拉，都很不習慣。這個怪毛病當初傳遍閭里，周圍鄰居盡人皆知，阿娥也不陌生。所以聽何晏一說，阿娥也就理解道：『這麼晚了，我這裡你也不熟，不如我陪你去罷。』」

「哈哈，女鬼纏身，想跑都不能，看他怎麼辦。」我不由得叫了起來，又立刻很羞愧，我還真把斷獄當成聽故事了。

耿夔笑道：「大概使君要失望了。何晏自然要百計勸說阿娥，自古女人誰不吃男人這套？在他的哄勸下，阿娥答應讓他一人去，只是要他快去快回。他滿口答應，開門穿過堂上，又顫抖著打開堂門來到院中，還好，院中一片死寂，沒有僕人守衛。那些姹紫嫣紅的花草，在月光下猶自隱約可見，又有螢火蟲上下翻飛，不怕露重翅溼。他還能聞到露水的清香，但是毫無欣賞的興致。他一邊不停唸著咒語，一邊像飛一樣跑到院門口，推開大門，面前是一片平原廣闊，在月光下泛著銀色的光澤。他不再遲疑，立刻撒腿狂奔，周圍的草叢不斷在腳下掠過，也不知道跑了多久，直到最後實在受不了了，才癱在地下，呼呼喘氣。這時，他發現天色熹微，回望草叢蒼茫，一無所見，前面不遠處，則微微展現亭舍望樓的輪廓。他二話不說，又跑到亭舍前，披頭散髮地瘋狂敲門。亭長安置了他，他在舍中稍微歇息，又一口氣爬到亭舍的望樓上，遙望自己剛才跑來的方向，依舊是叢林草莽，杳無邊際，昨晚所見的高堂美廈、紫闈玉堂，果然渺無蹤影，他確確實實是遇到鬼了。」

　　我搖頭不語，突然想起一件事，也不由得有點心驚：「你剛才說，何晏看見其中一幅壁畫上，畫著一個人駕著九條龍的雲車，九條龍顏色各不相同，尤其是中間一條龍，青黃白黑赤，是五彩的？」

　　耿夔道：「是的，使君怎麼了？」

　　我心中當即把何晏的玉珮和蒼梧君的墓室聯繫起來了，因為耿夔剛才描述的，正是我在蒼梧君的墓室裡看到的。那棺室的牆上確確實實畫著掾吏送葬圖、主人拜見泰山府君圖和駕龍升仙圖，尤其是九龍中間一條是彩色的，讓我印象尤深。我尋常不曾見工匠這麼畫過，記得當時還問蒼梧君，這樣的畫法可有什麼寓意？他說，不知道什麼寓意，但他們族人傳說，五彩的龍代表五行，更容易引導靈魂升天。

## 第十七回　滑舌翻奇事

　　這個何晏，肯定就是盜掘蒼梧君墓的盜賊了，我心裡想。在京師的時候，常聽見官吏講一些過往獄事，其中不少是盜墓案。京師多王公巨卿，北邙山上墳塚纍纍，不知道下面埋藏有多少石砌宮殿，宮殿中也不知道有多少金銀玉帛，自然更不知道讓多少盜墓賊為之垂涎不已。中都官每次捕獲盜墓賊，那些盜墓賊都會編個類似的故事圓謊，說什麼自己以前曾救過某人，前幾天突然在路上遇到一故交，將自己帶進一個華麗宮室做客，主人發現自己正是以前的救命恩人，於是嫁之以愛女，贈之以金帛。後來一夢而醒，發現昨日所住的宮室，竟是王公貴戚之塚墓，而他們所贈的金銀細軟，卻尚在手中。官吏們初聞此事，還信以為真，為之感淚承睫，慨嘆天理昭昭，報應不爽，心懷仁義，必可打動鬼神，於是不但不治這些賊盜的罪，反而稱之為義士，禮送出府。後來此類獄事愈來愈多，供述卻大同小異，官吏才疑其非實，案治之後，賊盜往往伏罪。只是我原以為只有京師賊盜才會如此奸猾，像交州百姓這樣醇厚樸拙，應該想不出類似的詭計，沒想到我真是低估了他們。

　　耿夔見我不說話，問道：「使君，此事如何處置，使君還要親自拷掠嗎？」

　　我搖頭道：「這種愚蠢的獄事，還需要刺史親自動手嗎……你自己處理就行了。」我這麼說，其實有點不忍心再看見何晏，他活不過今年冬天了，我吩咐耿夔：「他肯定還有同夥，一定要想辦法問出來。」

　　「那也許必須動刑了。」他說。

　　我默然，一會我揚手道：「你看著辦罷，只要把這個事情解決……不過，最好採取別的辦法。」

　　耿夔笑了笑：「好罷。」

# 第十八回　彩綬逗淚眸

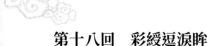

## 第十八回　彩綬逗淚眸

可是事情出乎我的意料，沒過幾天，耿夒匆匆過來向我報告，說何晏在獄中自殺了。他十分自責，道：「我連著幾天拷掠他，他總是不說；或者說了，我派人去查，卻是假的。我也沒對他用刑，只是命令幾個獄吏監視，不讓他睡覺。」

「這還不是用刑？」我不高興道。

他局促地說：「使君息怒，下吏是想，這究竟不算什麼皮肉之苦。」

我道：「既然一直有獄吏監視，為何他還能自殺？」

他道：「有個獄吏憋不住，出去撒泡尿，回來就發現他躺在地上不動了。」

我抬抬手，道：「罷了。」心中反而有一種如釋重負的感覺，我有個很怪的毛病，倘若一件東西過於美好，讓我喜之不勝，後來突然發現它有了瑕疵，我就會陷入焦躁的境地。一如既往地喜歡不可能，想扔掉又捨不得，於是反而希望別人不小心把它打爛，這樣就可以名正言順的拋棄了。對何晏，我大概也是如此罷。

我去獄中看了看何晏，他躺在亂草堆裡，滿頭是血，身上確實沒有傷痕，只是臉龐比之前瘦了一些。我心中油然生出一絲憐惜，這不久前還那樣英俊的小吏，現在變成了這般模樣，他在這世上的希冀、渴望和計畫，和他的生命一起結束了，可是這些誰會關心？這種念頭我也只是在心頭閃過一瞬。很快我就實實在在地思考，他為什麼要做這種枉法的事呢？為什麼又要畏罪自殺呢？如果他伏罪求饒，說不定我會放過他，現在我只能下令將他好好殮葬。我心裡又有一絲煩悶，既然他死前沒有說出誰是同謀，這件盜墓案就不能完全查清楚了。不過有了他，至少可以對蒼梧君有一個初步的交代，其他的人，我再慢慢查罷。

我走到院子裡，南方真有南方的好處，此刻的洛陽大概已是寒風凜冽，而蒼梧卻依舊溫暖如春。院子裡鳥語花香，讓我覺得陌生而興奮。這些天我

的睡眠真是糟透了，不是夢見合浦的事，就是夢見盜墓的事，今天早上也是被一個夢驚醒的。我夢見一群人正在舉行宴會，相互酬酢投壺什麼的，玩得興高采烈，這時突然闖進來幾個很奇怪的人，穿著很奇怪。他們闖入後，就自顧自地搬東西，把宴會人面前的金銀器皿全都搬走，一件不剩，對宴會人完全視若無睹。宴會人想阻止他們，急得兩手亂抓，卻每次都抓了個空。這時他們才恍然意識到，自己早就死了，全是鬼，他們是在自己墓室裡舉行宴會，而這些闖進來搬東西的，都是盜墓賊，自然無法看見他們了。

　　我被自己的夢嚇醒了，進早食的時候，隨口說起這件事，對耿夒說，那些厚葬的王侯們真是想不開，不管把墓室打造得如何堅固，不管派多少士卒守護，易代之後，仍不免落入盜墓賊的手中，又是何苦呢。

　　耿夒似乎沒聽到我的話，指著那個飛翔的鳥說：「使君，你最喜歡的吐綬鳥。」

　　果然，一隻色彩斑斕、長尾巴的鳥翩翩掠過花叢，牠飛了一圈，停在樹枝上，兩翼張開，和尾翼相連，如同團扇，美麗異常。嘴裡突然吐出一件長數寸左右的舌頭似的東西，顏色也是五彩彪炳，須臾之間，又收縮了回去。我仰臉看著牠，不由得熱淚盈眶。

　　任尚在旁奇怪地看著我，道：「使君，你怎麼突然哭了。」耿夒在一旁暗暗扯他的衣襟，似乎是暗示他別問。我抬袖擦乾眼淚，道：「沒什麼，剛才想起了一件年輕時候的事。唉，沒想到蒼梧也有吐綬鳥。」

　　任尚道：「使君一定是想起了自己心愛的女人了，只有為女人才會這麼難過罷。」

　　我破涕為笑：「那麼你說說，為了父母就不會這樣嗎？」

　　任尚道：「使君，我任尚是個粗人，不懂得那麼多的說辭。母親我是想念的，因為對我好，但少年時喜歡的第一個女人，更讓我忘不掉。」

## 第十八回　彩綬逗淚眸

　　我這兩個得力的左膀右臂，都是這樣不拘禮法的人，但絕不是不忠不孝的奸惡小人。我有時實在不明白，為什麼人的言行經常會脫節，嘴巴上說得好的人常常毫無廉恥，嘴巴上蔑視禮法的人卻往往宅心仁厚。這世上，到底人性是好是惡，我也極為糊塗。按照我的人生經驗來講，人性之惡，是昭然可見的，但為何也有不少人確實是蹈忠履義，持節不回？孟母為了兒子學好，不惜舉家三遷，似乎證明人生於世上，易受周圍的影響，但我也確實見過不少出生於蓬門蓽戶，成長於盜賊橫行的閭里之家的人，溫恭有讓，品節淑清，這到底是怎麼回事呢？當然，這些我都想不清楚的問題，我不會去問他們兩人。我只是點頭道：「我想起了我的妻子，我喜歡吐綬鳥，其實是跟她有關的。」

　　那是何等溫馨的一些日子！

　　廬江郡的治所在舒縣。我到舒縣不久，因為辦事有能力，讓周宣大為歡喜，很快就擢拔我為主簿。主簿是太守最親近的官吏之一，舉凡太守的一切計畫安排，包括坐朝聽政，下縣巡行，接待賓客，都由我主持，號稱郡中綱紀。由決曹史擢拔為主簿，如果順利的話，一般也要經歷倉曹、兵曹、戶曹等幾個階段，而周宣卻在一年之內將我直接擢拔為主簿，可以看出他對我的偏愛了。在這種情況下，我向周宣舉薦了左雄，希望他也能來舒縣，和我同府共事，同時也希望藉此機會，讓左博考慮，盡快把左蕑正式嫁給我。那時我二十一歲，左蕑也快十七歲，也算到了嫁娶之年了。

　　周宣爽快地答應了我的請求，當即命令門下記室史草擬教記[42]，署[43]左雄為議曹。因為當時諸曹都有人選，無人引退，只能讓左雄暫且擔任議曹這樣的散職，有機會再轉任獨當一面的列曹官。教記發到居巢縣不久，回覆文書

---

42　教記：太守府發出的公告。

43　署：任命。

就到了，說左雄不日將啟程。周宣也知道我的意思，特別讓我跟著督郵[44]巡行居巢縣，順便把我的母親接到舒縣定居，當然我也可以趁機去見左博，暗示求親之意了。

還沒等我請求，左博已經主動提出，要我和左蕘盡快完婚，完婚之後，就可以把左蕘帶到舒縣。當過縣丞的左博，自然知道我現在的地位意味著什麼，主簿雖然不過是太守辟除的屬吏，不如他當年做過的三百石縣丞那麼大，但是前途卻遠非一個小小的縣丞能及。在一郡之內，正常情況下，除了太守之外，最有權勢的是太守的親信，秩級只有百石的功曹史，而不是那些六百石的太守丞。我現在年紀輕輕，已經做到主簿，離功曹能有多遠呢？能當上功曹，離縣令又有多遠呢？這些，他不是不知道的。

左雄對我的舉薦非常高興，他大概是我所見的最善良正直的一個人，毫無嫉妒心，雖然他會開玩笑說：「我這麼漂亮的妹妹，嫁給你這個邋遢豎子，當真是冤枉了。」我也毫不生氣，因為我知道他內心的純正，這種肝膽相照的朋友，在我後來的做官生涯中再也沒有遇到過。

---

44　督郵：官名，是郡守的屬吏，掌管監察，常被太守分部派往屬縣巡視，案驗刑獄，檢核非法。

# 第十八回　彩綬逗淚眸

# 第十九回　猛憶新婚日

## 第十九回　猛憶新婚日

　　婚禮是在我家原先的蓬門蓽戶中舉行的，這棟原先搖搖欲墜的屋子，在我去郡府任職的半年後，就被裡中富戶自告奮勇地合夥出資翻修了，雖然不能算高堂邃宇，起碼一般的烈風暴雨再也拿它沒辦法。人當了官真是好，往常見了你掩鼻而走的富人，眨眼間似乎成了你的親戚，別提有多親熱。缺錢也不需要你張嘴，他們會主動請求借給你，這就是所謂的世態炎涼！怪不得前漢的廷尉翟公會感嘆「一貧一富，乃見交態」。

　　婚宴延續到很晚，那些閭里的富人們，一直吵吵嚷嚷的喝酒吃肉，根本不理解春宵對我來說有多麼重要。好不容易等到酒闌歌罷，我終於能與心愛的阿薵獨自相對。我一件件褪光她的衣服，像剝去一片片竹筍，她柔滑潔膩的身體就在我懷裡了。面對這具美麗的身體，霎時間我都有些自卑和羞愧，我不停地吻著她柔軟的唇，和她唇對唇呢喃地說話。在今天這個美好時刻之前，實際上我們只見過一面，自然有說不完的話語。

　　我們翻來覆去地敘舊，說得也不過是那唯一一面的感受。我談起當初對她的驚艷，她那種風中泠泠欲飛的仙姿，她的一語一笑，她叱狗的嬌柔神態，她喚我陪她玩六博的帶笑面龐，以及出門迎接父母蹦蹦跳跳的動作，無不讓我神魂顛倒，夢想千回。她則說，對我沒有多少印象，之前只是聽左雄時常提起我。那天我去的時候，她正好無聊，就喚了我一起玩，不巧很快就碰上她父母回來，雖然沒有玩成，但也並不失望。我聽在耳中卻有些失望，大概少年男子都是如此的罷，明明知道自己的品貌並不足以打動自己心儀的女子，卻常常自我幻想，在那個女子心裡，自己一定是重若千鈞。當然，這種失望在我腦中一閃而過，我何必介懷，不管如何，這個當年我千思萬想的女子，如今已經和我裸裎相依，自己已然成了她的丈夫，她成了自己的妻子，這種幸福，只有親身經歷過的人才能知道。那天晚上，我和阿薵歡樂了多回，每一回之後，仍舊毫無睡意，呢喃不休地又重複一遍剛才的對話，我

問她，為何當初見了那一面之後，我屢次找藉口去她家時，卻總是再也不能相遇。她輕笑道：「正是為了躲著你這個淫蟲，因為那唯一的一次見面，我就發現，你看我的眼睛總是色瞇瞇的，我害怕。以後，我就叫你阿色罷。」這打趣的話亦讓我神醉不已，除了再對她色瞇瞇一回，似乎別無他法。她的身體讓我產生了如此的迷戀，不知不覺間，我聽見了雞鳴的聲音，紙窗上晨光熹微，天色已經亮了。我們只能打個呵欠，下床梳洗，然後去拜見母親。阿薔的腿幾乎站不穩，我憐惜地抱著她，直到堂前，才放了她下來。

　　新婚過後不久，我們一起去了舒縣，在太守府附近的中陽里租賃了一間房子，把母親和妻子都安頓下來。我提到這件事的時候，之所以把母親排在首位，倒不是因為我覺得母親比妻子重要。在我心裡，阿薔其實遠遠比母親重要，雖然我也很愛我的母親。在大漢，人人都把孝放在第一位，這有什麼合理性呢？對，母親固然生養了我，但這是我自己願意的嗎？像我這樣最終能出人頭地的，倒也罷了；對於那些毫無出頭機會的普通百姓來說，他們一輩子只能在足蒸暑土、背灼炎火的時間中度過，他們會高興父母生他們下來嗎？在這塊土地上，他們能得到什麼？得到的僅僅是數不盡的徭役，交不完的田租，受不夠的凌辱，灑不遍的汗滴，他們為什麼要感謝他們的父母？感謝他們在自己的床笫歡樂之餘，將他們帶到這個陌生而殘忍的世界上來受苦嗎？我之所以對那些迂腐之士極為痛恨，就是因為他們製造了數不清的所謂孝子，同時也製造了數不清的罪惡，他們是大漢帝國乃至人類文明最大的敵人。

　　尤其是，我和阿薔的分開，也正和一個所謂的孝子有關。

　　舒縣的生活，起初是很寧靜的，每日坐曹治事，每日按時回家，因為是太守治所，這個縣邑比我的家鄉居巢縣要繁華得多，風景也近似。每日我回家途中，都要路過旗亭東鬧市，我會順便在那裡買點菜帶回家。阿薔閒時就在院子裡蒔花弄草，或者和她娘家帶來的婢女阿南一起刺繡說笑。我回來

## 第十九回　猛憶新婚日

之後，阿南就會識趣地走開，接過我手中的菜，去煮飯燒水。我則坐在門檻上，呆呆地看著阿蘁美麗的顏容，如果可能，我寧願一刻也不離開她。有時我和她坐在院裡的槐樹下玩六博，六博是我們最喜歡的遊戲，它好像是我的媒人。這個遊戲我當然比她玩得好，可是她玩不過我就耍賴，每次我擲瓊擲出了高的點數，她就會找出種種匪夷所思的理由來否定我的那一擲，宣布無效。什麼剛才有個蜜蜂飛過，讓她走神了沒看見我作弊啊；又或者她剛才想著阿盧在家裡餓不餓，沒有心思啊（她之前想帶阿盧來舒縣，可是她父母不捨得）。每次她撒嬌般說出這些匪夷所思的理由，我就心神蕩漾，舉手投降，由她怎麼辦了。每日在府中，我一有空閒，腦子裡就裝滿她的影子，巴不得趕快聽到府中的鐘響，到了日仄下曹[45]的時間，能早早回家看見我的阿蘁。因此，我坐曹時，開始經常坐立不安，心不在焉，終於導致在一件事情上出了差錯。

那一次，揚州刺史派他的別駕從事來拜會周宣府君，我本來安排好了他們會晤的時間，到了那個時間我一直想著回家的路上要幫阿蘁買一種首飾，竟然忘了自己的職責，沒有及時派車馬去城外的傳舍[46]迎接別駕從事，害得周宣白白等了一個時辰，別駕從事當然也非常不高興，對周宣說，我這個主簿當得不大合格。

第二天，周宣將我召去質問，我無話可說，只有慚愧地免冠請罪。周宣叫我起來，道：「你昨天的行為，差點讓我懷疑自己看錯了人，也許你有自己的理由，但那不重要。不管你的理由有多麼充分，總之信賞必罰，主簿一職，你是不能做下去了，你還是回到你的決曹史位置上繼續罷。」

這個責罰讓我大跌臉面，前兩天的黃昏我和阿蘁在庭院裡看花的時候，還順便談起了升職的事，我對她吹噓說，自己很快就可以升任督郵。她倒

---

45　下曹：下班。

46　傳舍：賓館。

不怎麼在意，說：「你升職了，我父親肯定高興，不過那時你就要四處巡行，沒時間陪我看花了。」她在院裡四角都新種了果樹，梨樹和桃樹，還有櫻桃。那時正是暮春，天清氣爽，院子裡落英繽紛，時不時有黃鶯和燕子飛來，燕子還在我們家的梁上啣泥搭了一個巢。當燕子夫婦飛出去的時候，我很想攀上梯子去掏幾個燕子蛋給她玩，她立刻阻止我，說我殘忍。也許是她的出身和我不一樣罷，心腸也要柔順些。她還老抱怨我髒，有時我母親也看不下去了，對我說：「你這個妻子也太受嬌慣了，你現在好歹是個官，一點不比她家差，得拿出點硬氣來，要不然一輩子被妻子欺負。」母親真好笑，才從貧困中脫身，就擺出一副世家的嘴臉了。她不知道，在她兒子心中，這個女子有多重要。要是母親知道自己在她兒子心目中，並沒有這個女子重要，只怕會很傷心的罷。

我把母親的話半開玩笑地複述給阿蘁聽，她笑了：「阿姑管得這麼寬，枉我還經常爬到樹上摘桑葚給她吃呢！阿敞，你說我該怎麼做啊？」我摟住她的腰，在她鮮嫩飽滿的臉頰上親了一下，笑道：「妳在她面前，就該給你丈夫一點面子，妳愛乾淨，這沒問題。其實我母親也愛乾淨，只是不如妳罷了。在屋子裡，妳怎麼使喚我，我都沒脾氣，但是在她面前，妳要裝作對我恭敬一些，學學梁鴻的妻子，舉案齊眉，不行嗎？」她在我懷裡扭來扭去：「別抱我，別親我。我就是這個脾氣，你要是不滿意，可以寫張休書給我，另娶新人啊！」說完又不禁笑出聲來。我又去親她，剝她的衣服，呢喃地說：「就算我死了，也不會這麼便宜妳，還想要休書，跑不掉妳。」於是又扭在一起。

可是自此後，阿蘁在母親面前，果然裝作對我百依百順，不過有時會偷偷和我拋個眼色，向我伸出小指。母親很高興，又開始唸叨些別的事，她的目光像狼一樣，天天盯著阿蘁的肚子，力圖發現有什麼反應。但是秋去春來，母親總是失望，阿蘁的肚子一直扁平如故。母親又開始唸叨了，說她怎

## 第十九回　猛憶新婚日

麼老是懷不上啊，還派了鄰居老嫗來隱約指責我，暗示我們小夫妻肯定夜夜貪歡，耗損了精力，要不然怎會連個孩子也懷不上。我辯解說，我們才新婚不到一年，急什麼。老嫗說，什麼一年？哪家夫婦不是一個月就懷上了。她警告我，要想懷上孩子，那事就不能做得太頻繁。這些赤裸裸的粗話，讓阿蘁聽得面紅耳赤，一扭身跑回房裡。我公然撇下老嫗，笑著追上去，將她撲倒在床上，兩手順勢熟練地去剝她的衣服，被她阻止：「小淫蟲，停下，阿嫗才說了你，還是這麼色，一點不害羞，別讓阿姑又來怪我。」抱著她溫熱而軟的身子，我哪裡忍得住，覺得渾身發燙，只好告饒：「別聽她的，夫為妻綱，丈夫要做什麼，妻子要曲意承歡，這才是最重要的。」夫為妻綱這個觀念對她好像還是有些毒害，她只好半推半就地答應。事畢，我們倚在枕上，又呢喃地說著永遠也說不完的話，恍然間聽見窗戶吧嗒一聲，一隻色彩斑斕的鳥兒從窗櫺飛了進來，阿蘁看見牠，蹦了起來：「功曹鳥，功曹鳥。」她叫道。那隻鳥聽了她的叫聲，一點不害怕，反而飛到我們床前的鏡奩上，側著腦袋大無畏地望著我們，嘴巴裡忽然吐出一個尺許的東西，也是色彩豔麗。阿蘁拍掌道：「夫君，看，像不像綬帶。」

「還真像綬帶。」我笑道。

阿蘁道：「在居巢的時候，我們家也曾來過這種鳥，那時我才七八歲，我父親看了之後喜道：『是功曹鳥，看來我要升遷了。』據說這種鳥飛進院庭，主人一定會升官。你看，牠吐的就是官印上繫的綬帶啊。後來不久，我父親果然升了縣丞。功曹是管官吏升遷的，阿敞，說不定你真要升了，這次會升為功曹罷。」

我心裡喜不自勝，說：「妳夫君將來一定要升得比功曹高，怎麼也得當個太守罷。到那時候，車前賊曹、督盜賊、功曹三車開道，車後主簿、

主記<sup>47</sup>兩車從行，兩邊威風凜凜地夾從著大隊騎吏，招搖過市，真是羨煞路人。」說著我還手舞足蹈。

阿藟道：「那倒不要急，只是阿敞啊，我覺得你平時有點恃才放曠，而且不肯容人，這樣下去就算能夠升遷，得罪人太多，也不會快樂。」

我望著她，低聲道：「阿藟，我都聽妳的，妳說什麼就是什麼，妳的話對我來說，比制詔還管用。」

阿藟的思緒卻飄到別處去了，她出神地望著吐綬鳥，道：「我想要找畫工把牠畫下來，真好看。」

我也笑道：「那我去蜀郡訂製幾樣漆器，下次太守府派人去蜀郡市物，就順便帶來，再雇工在漆器上畫上吐綬鳥。」

---

47　主記：太守屬吏，掌管記錄談話和安排催送簿籍文書等事務。

# 第十九回　猛憶新婚日

# 第二十回　縱死不能羞

## 第二十回　縱死不能羞

　　沒想到見到吐綬鳥後不久，我竟然被貶職了，怎麼去面對阿薑？雖說她不在乎，在她父親面前也不好意思啊。我決心收攝心神，重新把心思放到公事上。沒多久，舒縣發生了一個人命案件，給了我一個表現的機會。

　　死者是一個小孩，五六歲，淹死在一口缸內。據他父親說，他是為了去摸缸裡的銅錢而淹死的。本來想立刻裝殮，孩子的嬸嬸卻產生懷疑，跑去縣廷報官。縣令帶人去勘察了一下，認為確實是孩子自己不慎淹死的。嬸嬸不服氣，又跑到太守府來申述。周宣聽說孩子的親母早就被親父休棄了，現在照看他的是繼母，就有些懷疑，讓我去勘察一下。

　　那是一個普通的百姓院落，只有一棟屋子，一個院子。院南側的角上，擺著一口粗陶的大缸，裡面積滿了雨水，水很清澈，缸底還有兩枚五銖錢。缸有五尺多高，裡面的水距缸沿有兩三尺，尋常五六歲的小孩，身長一般也就五尺，死者要爬到缸裡去撈水中的銅錢，確實有一定困難。他只能用雙腳勾住缸沿，探身入水，然後憑藉腹部的力量抬起上身，雙手扳著缸沿出來。他嬸嬸告訴我，她曾經親眼看見那個繼母扔錢進缸，讓小孩去撈，撈到了就歸小孩。小孩剛開始還有點困難，有一次差點嗆水，幸虧被她遇上，將他拖了出來。她當時曾勸那繼母，不要讓小孩玩這種危險遊戲，繼母則爭辯說，小孩喜歡，這也是一種鍛鍊，再說如果有危險，她也不會袖手旁觀。

　　我於是把那繼母找來，繼母哭得兩眼紅腫，說自己當時正在屋後廚房燒飯，沒想到會發生這種事。我問她：「孩子的嬸嬸早就勸過妳，不要這麼逗孩子玩，妳為何不聽？」

　　她抹著眼淚道：「孩子跟我親，喜歡玩這個。再說，他後來身手越來越靈活，再也沒有被水嗆過。」

　　從她嘴裡問不出什麼來，我就去查看屍體，起初沒發現什麼問題，有點失望。我不由得問自己，為什麼要失望呢？揭露罪惡固然不錯，沒有罪惡豈

非更佳。但當我正準備起身，宣布孩子是「正常溺斃」的時候，無意中瞥了一眼那位繼母，發現她眼中竟然掠過了一絲喜悅，我當即重新蹲了下來，細細地把屍體又查看了一遍，隨即明白，這個孩子肯定死於這位繼母之手。

「這條傷痕是怎麼回事？」我指著孩子屍體耳後發白的劃痕，從它的顏色看，是新鮮的劃痕。

繼母拚命搖頭：「不知道，可能是他趴在缸上自己不小心劃破的。」但是她的手下意識地蜷縮了起來。

我大喝一聲：「把妳的手伸出來。」

她嚇得哆嗦了一下，乖乖地伸出雙手，指甲尖利，其中右手食指的指甲，缺了半截。我道：「把這位婦人帶到縣廷，要她老實交代殺害繼子的始末。」

那婦人一下子就癱倒在地，嚎啕大哭。在縣廷裡，她老實交代了所有事實。因為丈夫寵愛繼子，還為此時常提到要把前妻接回家來，讓她們共處，她非常憤怒，就萌生了殺死繼子的念頭，只是一下子想不出好辦法。有一次，她不小心把一枚銅錢掉進了水缸，繼子當即爬上去，雙腳勾住缸沿，撈出了銅錢，又費了好大勁，使自己才爬出來。她心裡一動，覺得這或許是個淹死繼子的好辦法，就拚命誇獎繼子身手靈活。一個小孩，本來有些害怕繼母，突然得到繼母的誇獎，當然十分欣喜。此後她就假裝考驗繼子的能力，時時扔銅錢進去，讓繼子撈出，每次成功，都給予誇獎，心裡卻盼著繼子有一天力竭而亡。有一次天剛下過雨，繼子撈錢時，由於水缸沿太滑，手一時扳空，當即倒栽進缸裡，咕嘟咕嘟喝水。眼看自己的計策就要得逞，她大喜過望，急忙躲進裡屋，假裝不知。誰知繼子的嬸嬸突然來串門，見狀將繼子拉出缸外，讓她大失所望。好在繼子並不知道這位繼母心懷鬼胎，反而以為繼母越來越喜歡自己，一如既往地在繼母的誇獎下進行撈錢的遊戲。昨日，

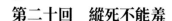

## 第二十回　縱死不能羞

　　由於丈夫又重提將前妻接回的事，她心頭慍怒，在繼子撈錢時，突然惡向膽邊生，衝上去雙手按住繼子的腦袋，不管他如何掙扎，用盡力氣將他溺斃，之後又假裝號哭。丈夫也不懷疑，只是慨嘆自己倒楣。誰知孩子的嬭嬭生了疑惑，一定要去官府告狀，而且一直告到郡府，最終被我發現了真相。

　　周宣年幼時親生母親就死了，但後母對他很好，視同己出，沒想到在自己眼皮底下，竟然出了這麼個惡繼母，讓他尤為憤慨。因此，我這次的成績讓他極為高興，特意發教記誇獎我，沒過多久，就恢復了我主簿的職位。

　　此後我的官運再也沒有停滯過，幾個月後，我再次被升為督郵。

　　阿藚對我升為督郵並不喜歡，因為這個職位需要經常出巡，她不耐在家獨守空房。我笑著向她解釋：「豈不懷歸，畏此簡書。我又何嘗想離開妳！」做官的生涯就是這樣，時時要在外奔波，有時一個月就有半個月寄宿在野外亭舍。可是當農夫也未必就多幸福，碰上打仗，徵召到塞北，更是九死一生。我下定決心要盡快升職到功曹，那樣出去跑雖然也不可能避免，但不會過於頻繁。

　　那次，我巡行的地方是廬江郡的南部，包括我的故鄉居巢。這本來是不允許的，因為按照規矩，督郵不許巡行自己家鄉所在的區域。可是周宣力排眾議，說我剛直無私，就算去家鄉也不會營私徇法，我猜，他也有考驗我的意思罷。

　　起初阿藚想跟我一起去，順便回娘家住一段。可是我母親不允許，因為她發現那幾天早上阿藚大清早就在院子裡的井欄邊乾嘔，這個發現，讓她歡喜得臉上的皺紋都全部舒展開了，她悄悄對我說：「阿藚這回可能真是懷上了，兒子，你做得不錯。」作為表揚，她對我豎起了大拇指。

　　我自然也高興得不行，終於能和心愛的女人生個孩子，想起那個將來的孩子，是我們兩人創造出來的，我就心花怒放。好像直到此刻，阿藚才真正

屬於我。我進入過她的身體，那又有什麼，我終究要出來。但是，如果我因此收穫了果實，才說明我是真正占有了阿藟。想到這些，我簡直要時時偷笑。「她剛懷上，這段時間只能在家靜養，若是長途跋涉去居巢，萬一勞累過度有個差錯，那不要後悔得死。我和阿南兩人，還不夠照顧她的嗎？」母親的理由因此堅不可摧，雖然從舒縣到居巢，並不算長途跋涉。

阿藟更會撒嬌了，她常常嗔怪我：「我這麼幼小的年紀，就要生孩子，我不做，我自己還是個孩子呢。」我只有哄她：「我需要你們兩個孩子。」接著我們商量，生個男孩好還是女孩好。按照母親和大漢天下每一個母親的願望，自然是生一個男孩好，可是阿藟喜歡女兒，我也只有哄她，賭咒發誓喜歡女兒。「妳生的女兒，一定會像妳這麼美。」我說。她捏捏我的鼻子，說：「本來就是這樣，我這麼好看嘛！但是，你長得這麼醜，被你調和一下，她就不可能像我這麼美了。」我假裝遺憾地嘆氣，她就說：「你不服氣啊，你妻子美是你舒服，你女兒美，還不是便宜了別的小淫蟲。」我只好笑著承認，她說的每一句都是天綸玉音。

過了幾天我就出門了，我萬萬沒想到，這竟然會是我和阿藟的訣別。

第二十回　縱死不能羞

# 第二十一回　仕宦何辛苦

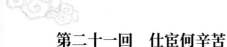

## 第二十一回　仕宦何辛苦

　　督郵的職能是代替太守巡視郡內各縣，我們廬江郡府有兩個督郵，分別巡查南北兩部，我被署為南部督郵。臨走時，左雄特意讓我帶上一些舒縣的特產，轉交給他的父母，我的岳父母大人。這不用他準備，我和阿藟幾天前就準備好了一大堆禮物。在舒縣的鄉亭，阿藟和左雄都來送我，我叮囑左雄，一定要代我照顧好阿藟，左雄大笑道：「我是她的阿兄，照顧我妹妹還需要你這個外人提醒？」我開玩笑地說：「誰是外人，現在可說不定！況且很多家庭的兄長，特別怕已經出嫁的妹妹回娘家歸寧，因為又要吃又要帶，心疼得要死。」左雄道：「那是貧苦人家，沒有辦法。我們左家雖不能說富可敵國，至少也是中產，豈會缺妹妹這點？再說，我得到你的舉薦，如今在議曹也有不菲的薪俸，你就閉嘴罷。」我拍拍他的肩膀，戀戀不捨地命令馭手出發，回頭看著漸遠漸模糊的影子，大聲道：「阿藟，一個月後，我就回來了，在家乖乖的，讓阿南陪妳睡。」說著我鼻子都有點酸，我知道阿藟怕黑，一個人從來不敢睡，未出嫁時，都是阿南陪睡的。

　　來到居巢縣，縣長率領一干掾吏，前前後後地跟著巴結我，連我回岳父母家探問也不例外。我有點同情他，他是三百石官吏，我不過是百石小吏，現在身分卻顛倒了。看來「鳥擇枝而居」這句話是對的，一個人有沒有出息，就像當年秦相李斯所說，看你是倉鼠還是廁鼠。我在郡府任職，雖然秩級不高，可仗著太守撐腰，狐假虎威，如果願意，驅逐一個縣令都不是什麼難事，他們又怎敢不巴結我。

　　岳父母對我也極盡熱情，讓我感到局促不安。他們給了我那麼好的妻子，按說我怎麼對他們屈膝禮敬都不過分，可是他們見了我，反倒顯得該感激我才心安，這世上的事，實在讓人摸不著頭腦。

　　我在居巢縣待了沒幾天，就去了皖縣，巡視過程一切都很順利。在皖縣，主要是觀看了一下鐵官作坊，這是我們廬江郡重要的甲兵鑄造地，我不

能不謹慎。離開皖縣，最後一個巡視的縣邑就是遠在江邊的潯陽縣了。

　　到達潯陽縣的那天，正是一個晴朗的早晨，潯陽縣令派來的導騎就在離城十里遠的鄉亭迎接，我心頭有些奇怪，覺得潯陽縣令還真有些架子，竟然不肯親自來迎接我這個督郵。也許因為一路上比較作威作福的緣故罷，我對本來很正常的事，反而覺得不舒服。我告誡自己，潯陽縣令這麼做是對的，他沒有親自來迎接我的義務，派導騎來迎接我，完全符合律令。

　　我們的車馬在潯陽城中緩緩地走著，因為剛下過雨，地面還是溼漉漉的，空氣中也有一股溼漉漉的味道。路邊有一泓湖水，杳無邊際，讓人毛孔舒放。我斜倚在車較[48]上，極目湖面，舒舒服服地打了一個呵欠。湖的左側還有一座高山，孤特絕拔，凌空而起。我問導騎：「這是什麼山？」他有氣無力地打了個呵欠，頭也不回道：「廬山。」我知道導騎都是各個縣邑花幾個錢臨時僱傭的街卒，沒什麼地位的，怎麼連潯陽縣的街卒也這麼傲慢無禮？我有點不高興了，但想到作為一個督郵，和市井小人一般見識也實在沒有必要，只是揶揄他道：「君昨晚被老婆打了嗎？怎麼如此不痛快。」

　　他回頭道：「據說督郵最怕老婆，不知是真是假。」這個導騎大約有四十多歲，表情懶懶散散，卻隱隱透出一股不可小覷的威嚴。我不由得打消了自己的氣焰，自我解嘲道地：「青年男子怕老婆毫不奇怪。」說著也不理他，腦子裡在想，難道我對阿薑百依百順的事，竟然傳到了潯陽不成，臉上不由得有些熱辣辣的。

　　見我沒說話，他卻又忍不住道：「督郵君怎麼不發火，據說君一向是不忍小忿、不畏豪強的。」

　　我道：「本督郵是不畏豪強，一般的賣菜傭，卻沒興趣理會。」

　　他一點不難為情，笑了笑：「那小人就拭目以待了。」

---

48　車較：馬車兩旁依靠所用的側板。

## 第二十一回　仕宦何辛苦

　　車子一直緩緩走著，十里路也並不太長，沒多久，縣邑門隱隱在望。我們暫時沒有進城，導騎把我安頓在縣邑外的傳舍歇息，說很快縣令就會前來拜見。管理傳舍的傳舍嗇夫倒是非常恭敬，說是知道我要來，早就灑掃了正堂，供我歇息。在傳舍裡坐曹治事的戶曹掾吏和一干佐史，也都齊齊前來拜見。我暫時忘了剛才的些微不快，和他們寒暄了一會，他們又紛紛告辭。我見縣令還沒來，就讓隨從在堂上自便，自己進了屋子，躺在屋子的南窗下歇息。窗外涼風習習，吹徹柳花，繚繞似雪。透過窗櫺，可以望見遠處的廬山，在一團團輕煙之中，若隱若現。我一邊享受著熏風，一邊想著阿藟，想到馬上就可以回去了，心中喜悅不已，漸漸感覺眼皮有些沉重，想打瞌睡了。孰料剛欲進入夢鄉，就聽外面傳來陣陣尖叫：「放我進去……督郵君，督郵君，妾婦有冤情啊！」

　　我登時睡意全無，下榻穿鞋，跑到門口，見兩個門卒拽住一個中年婦人，將她的腦袋死死按進泥土裡，她只能發出嗚嗚的聲音。我斷喝一聲：「放開她。」門卒尷尬地望著我，賠笑道：「督郵君，縣廷有吩咐，不許任何人來騷擾督郵君，何況這個婦人是個瘋子，邑中的人沒有一個不知道。」我怒目而視，再次大聲道：「放開她。」

　　兩個門卒只好訕訕地將婦人放開，婦人抬起頭來，滿臉滿嘴都是泥土，她抬手隨便抹了兩把，呸呸連聲，吐出幾口泥巴，望著我，一絲驚訝的表情裝飾在她愁苦的臉上：「啊，督郵君這麼年輕……能不能管事？」

　　我不高興地說：「再年輕也是督郵，怎麼不能管事？妳這婦人，有什麼冤情，快快講來。」

　　那婦人忙伏道地：「不是妾婦輕視督郵君，只是敬佩督郵君這麼年輕，也能當上這麼大的官。」說著她用雙手畫個大大的圈比附了一下，讓我忍不住笑了：「妳進來慢慢說。」

婦人跟著我走進屋子，那兩個門卒，有一個早跑得無影無蹤，大概去縣廷報告了；剩下那個，在原地轉圈，像熱鍋上的螞蟻。我不理會他們，命令侍從不許放任何人進來。婦人跪坐在席上，哭哭啼啼地說著，很快我就弄清了原委。原來這婦人住在潯陽縣的忠孝里，年輕時就已經守寡，還好有一子一女，兒子靠她拚命耕作，替人縫補，送到縣學宮讀書。女兒長得略有姿色，幫她料理家務。有一天女兒忽然失蹤，遍尋不獲。隔了兩天，屍體在閭里的大門外發現，渾身傷痕累累。她驚怒泣血，跑去縣廷告狀，縣令潘大牙草草看了一下，說她女兒是自殺，叫她不要無理取鬧。「妾婦的女兒一向溫順，一家人生活雖然貧苦，卻很融洽，怎麼會突然自殺？而且失蹤數日後，屍體吊在閭里的大門上，全身都是傷痕，怎麼會是自殺？難道自己能把自己打得渾身傷痕嗎？那背上的傷痕，自己又怎麼下手？求督郵君為妾婦做主啊。」說著，她泣不成聲。

　　我勃然大怒：「豈有此理，妳女兒屍體在哪？帶我去看看。」

　　她哭得越來越厲害：「屍體，很快就被縣令派人搶走，不知道埋在哪裡。縣令還扔給妾婦一萬銅錢，叫妾婦老實一點，不要再無理取鬧，否則讓妾婦的兒子也要倒楣。妾婦雖然害怕，卻終究不忍女兒死得不明不白，要去郡府告狀，可他們說妾婦是瘋子，不發給妾婦出城符節，還指使本地惡少年，真的把妾婦的兒子捉去活活打死，拋在野地裡。妾婦已經家破人亡，裝瘋賣傻，一直隱忍至今，才保住性命，聽說今天督郵君要來本縣巡視，特地冒死趕來，求督郵君為妾婦做主。」

　　我氣得渾身發抖，從這個婦人的語氣和表情來看，我完全相信她的話是真的。小時候我在居巢縣的時候，閭里的鄰居也經常沒事找事地欺負我家，最後總是得了便宜，還要我家向他們告罪。我母親那時委曲告饒的樣子，一直讓我記憶猶新。從這婦人的身上我看到了母親的影子，一個安分守己的百

# 第二十一回　仕宦何辛苦

姓，如果不是碰到了萬不能忍的冤屈，怎麼會變得如此瘋狂。我在屋裡急促地踱來踱去，正要吩咐隨從駕車去縣廷，這時戶曹掾匆匆跑了進來，道：「督郵君，這婦人是個瘋子，全縣盡人皆知，督郵君千萬不要聽她胡說八道。」

我還沒說話，婦人就尖聲大叫道：「我不是瘋子，我以前裝瘋，都是為了迷惑你們，要不然我哪能活到今天？我聽說督郵君鐵面無私，今天才來拚死告狀。如果督郵君這次不為妾婦做主，妾婦就一頭撞死，死後變成厲鬼，也要找你們報仇。」

我把目光投向戶曹掾，他有些尷尬。我命令隨從：「去縣廷徵召一些士卒來，我要好好查問這件事。」隨從接過我手中的竹簡，上面是太守親筆書寫的命令，凡在我巡視的區域，有必要的話，可以立刻以此令徵召士卒，繫捕縣令以下的官吏，縣令有罪，也可以向太守報告，請示是否驅逐。

隨從應了一聲去了，戶曹掾一聽趕忙過來把我拉到一邊，輕輕地說：「督郵君，敝縣縣令和京師孫將軍是有親戚關係的，請督郵君三思啊。」

如同當頭被潑了一盆冷水，我的怒火一下子滅了，剩下的是溼漉漉的灰燼，非常汙濁難受。他說的孫將軍，無疑是指現在朝中炙手可熱的宦官孫程，因為擁戴有功，他被皇帝封為浮陽侯，我這個小小的郡督郵去碰他，豈不是找死。怒火被強行熄滅的感覺，就像人下梯子時陡然一腳踏空的感覺一樣，心驚肉跳卻又不得不額手稱慶。我張大嘴，有點想吐，腦子裡盤算著怎麼辦。放過縣令這個惡棍？不放過又能如何？那我怎麼找臺階下呢？我腦中急轉，說：「這個婦人真的是瘋子嗎？」

戶曹掾齜牙笑了，像一條剛啃過腐屍的野狗在炫耀他豐盛的早食，他好像知道我會這麼問，油腔滑調地回答：「督郵君明察，她當然是真的瘋子，瘋得可謂徹頭徹尾，完美無瑕。」

我僵在那裡，默不作聲。那婦人見狀，急忙哀嚎道：「我不是瘋子，我

說的全是真的。」她一邊哭叫，一邊膝行而前，抱住了我的雙腿，仰臉嚎啕，「我不是瘋子，督郵君，一直聽說你剛直不阿，妾婦才冒死來求你的啊，你可不能不管啊！」

戶曹掾喝道：「把這個瘋子給我趕出去，關幾天，免得敗壞我們潯陽縣的形象，玷汙我們潯陽縣的風景。」兩個縣吏立刻竄上來，拉那婦人，那婦人死活不肯放手，大聲哭喊：「督郵，督郵，你不能不管我啊，你可是一向號稱剛直的啊……」

我裝作絲毫沒有聽見，汗水涔涔而下，臉上也火辣辣的。我只盼縣吏快點將她帶走，然而，那能將我的羞愧帶走嗎？

那天晚上，電閃雷鳴，我躺在傳舍裡，久久不能入睡。離開潯陽的時候，我一聲不吭地坐在車裡，縣令照樣沒有來送別，導騎仍舊是那個四十多歲的街卒，他顯得很頹喪，然而當他的目光轉向我時，我明顯能感覺到一絲不屑。我不由自主地低下頭，那是我自找的，確實，我不該被鄙視嗎？

我就懷著這樣鬱鬱的心情，走完了所有巡視的路程，在後面經歷的每個夜晚，我都躺在不同的亭舍裡發呆，連心愛的阿蕙都沒有心情去想。我噩夢連連，幾乎睡不好一次覺。那時我並沒想到，即將看到的情況比這還更不能讓我接受。

離舒縣只有幾十里的時候，我發覺有些不妙，沿途碰到了不少郵卒，匆匆忙忙在驛道上來回奔馳。在距舒縣的最後一個亭舍，亭長告訴我，舒縣出事了，幾天前一場巨大的狂風席捲了城邑，摧毀了不少民居，殺死了一些百姓。我腦中馬上浮現出阿蕙的影子，當即跳了起來，下令立即趕回舒縣，不過我對隨從說的話是：「我母親不知道會怎樣。」輔以臉上焦慮的表情，大家肯定都以為我是一個如假包換的孝子。誰也不知道，那一刻母親其實完全沒有在我的腦中出現過。

## 第二十一回　仕宦何辛苦

　　馬車倉皇馳進了舒縣縣邑，走到那條熟悉的大街上，我發現整個縣邑確實遭到了風神飛廉的洗劫，房屋七歪八倒，而我的腦子更加空白，心中只有一個念頭，回家，趕快回家，去見我的阿薑！

　　那種夾雜著絕望、痛苦、憤懣、窒息的感覺，我現在也不願回味。母親像南山上的磐石那樣完好無損，阿薑卻真的隨風而逝。母親的訴說是何等的荒誕，她說颶風是在某個下午開始的，當時她和阿南在屋裡紡紗，阿薑在院子裡看花，忽然天昏地暗，黑雲壓城。她發覺不妙，令阿南去喚阿薑回屋，然而透過窗子只看見一條巨大的沙柱旋轉向前，窗欞也迅疾被風沙遮蔽了，等到風平沙靜，院子裡除了七歪八倒的花草，空空如也。

　　我發瘋地跑了出去，一路奔到郡府，我那位肥頭肥腦的同事、戶曹掾朱奔正在案前忙碌，案上堆滿了一支支散亂的竹簡或者木牘，他是我在郡府最好的夥伴了。我氣喘吁吁地問他，舒縣在這次風沙中有哪些人失蹤。他驚道：「怎麼，君家也有人失蹤？」說著急匆匆把統計的簿冊給我看。我來回看了幾遍，裡面沒有阿薑，不禁嚎啕大哭。不消說，如果有阿薑的名字，他一定早就告訴我了。朱奔手足無措，不停地勸慰我，又不停地嗟嘆，為我感到可惜。我哭了好久，才讓朱奔把我送回家。我不能對母親怎樣，除了大罵阿南之外。可是罵過之後我又心痛，阿薑就這樣消失了，阿南是和她唯一親密的人，她在的話，好像這個家裡還能聞到阿薑的一絲氣息，還能讓我保留一點莫名的希冀。

　　我大病了一場，左雄來看我，他唉聲嘆氣，我揪住他的前胸問他，臨走時我千叮嚀萬囑咐，要他幫我照顧好阿薑，為什麼沒有做到。我把他像一個沙袋一樣拉來推去，他一直積極配合著我，毫無怨言，直到被人拖開。是的，那又能怎麼樣，阿薑是他的親妹妹，難道他不悲傷？可我那時不會思考這些。岳父母一家也從居巢縣趕來，他們自然也傷心已極，坐在床前陪我飲

泣。我們都不能理解，這麼一個大活人怎麼會突然風消雲散，而且隨著時間慢慢過去，當初失蹤者的屍體陸續在野外找到，唯獨阿藟仍舊無影無蹤，活不見人，死不見屍。我們甚至都懷疑阿藟是不是被惡鬼攝走了，可是我捫心自問，至今也沒做過什麼傷天害理的事，如果這世上真有鬼神，也是不該這麼對待我的。

病癒之後，我感覺自己整個人都變了。周宣也撫慰我，勸我節哀，說這都是天命。也許是罷，上天就是不容許讓我有個好妻子，那又能怎麼辦。周宣又問起這次巡視的情況，我想起了在潯陽縣那婦人說的事情，心頭不由得燃起無名怒火，我原原本本敘述了我所見到的事實，並向他請示，讓我率領郡卒即刻趕去潯陽，徹底勘驗那件獄事。我想起了自己當時在潯陽縣的懦弱，那時的我，的確不想惹上任何麻煩，因為我還有阿藟，我的阿藟還正懷著孕。而在一剎那間，我什麼都失去了，還能有什麼顧忌？

周宣早就知道潯陽縣令是孫程的親戚，聽說我要窮治，非常高興：「先前我對其他掾屬說起，要將那縣令治罪，他們都怕受牽連，總是苦苦勸阻。現在何掾竟然如此剛直，我算是沒看錯人。」

我擲地有聲地說：「下吏效法府君，見善如不及，見惡如探湯，欲治之如鷹隼之逐鸕雀，如果得罪孫宦[49]，府君就說是下吏擅自辦理的，不關府君的事。」說著我不等周宣答話，大踏步走了出去，到兵曹掾那裡拿到符節，點齊士卒，連家也不回，迅速向潯陽縣進發。我這次下定了決心，就算死了，也要除了潯陽縣那個奸吏，將他身邊的惡人一網打盡，殺個痛快。這樣一定能為周府君帶來良好的政聲，如果遭到孫程報復，死就死罷，至少成了周府君的忠臣，也不枉曾經受他眷顧。阿藟既死，我活著也覺得了無生趣。

---

49　孫宦：孫程是個宦官，所以這裡這麼稱呼他。

第二十一回　仕宦何辛苦

# 第二十二回　故詐幻明幽

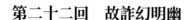

## 第二十二回　故詐幻明幽

「使君，何晏的母親來了，說要找你親自辯訟。」任尚把我喚回現實。

「哦，」我道，「還辯什麼訟，人都死了。」我心裡掠過一些歉疚。

耿夔答話：「她還不知道。我沒允許把這個消息傳出去，她這次帶了一些食物，說要給兒子。」說著舉起一個籃子。

我驚訝道：「我聽說他有寡母，這樣可怎麼辦呢？」我揭開籃子上遮掩的布，裡面整整齊齊放著兩個食盒，一個裝著米飯，一個裝著菜餚，切成方形的碎肉，寸許長的蔥。

我望著那食盒裡的菜有點發呆。耿夔奇怪地看著我，我抬頭望望他，理解他目光中的意思，在他眼中，我是殺人不眨眼的酷吏。我斷案號稱審慎，然一旦斷定誰有罪，絕不手軟。雖然如此，我也不能保證在我的做官生涯中，沒有枉殺過好人。實際上，那有可能經常是玉石俱焚的。就說那次在潯陽罷，我到後立即將縣令和一干掾屬繫捕，嚴刑拷掠，百姓聞訊，都紛紛來縣廷揭發縣令罪行，可謂證據確鑿。在我上次離開後，那個告狀婦人終於絕望自殺，而那迎接我的導騎，也來向我訴說了所有的事實。他是仁義里的街卒，親眼看見那婦人的女兒被縣令的兒子率領一幫家奴搶去，大概蹂躪了幾天幾夜，摧殘致死，又讓家奴滿不在乎地將屍體懸掛在閭里門楣上。與其說這是製造自殺假象，不如說是玩著一種有恃無恐的遊戲。我很驚訝那位導騎的談吐不俗，詢問他的出身。他一開始不肯說，在我的一再懇切下，他才告訴我，他叫杜根，因為得罪了皇太后，天下郡縣逐捕，不得已逃到這偏僻小縣，隱姓埋名當了一名街卒。我義憤填膺，率領一干隸卒連夜拷掠縣令父子，打得他們父子兩人都傷痕累累。他們原本還很囂張，威脅說要讓孫程來治理我，我哈哈大笑：「就算死，也要先殺了你們這幫惡人。」我命令獄吏用沙袋將他們壓死，並懸屍街市，大書：天下第一賊吏潘大牙及其惡子之屍。街市上萬人圍觀，紛紛唾罵。我又把平常跟隨這父子作惡多端的掾屬和當地

惡少年全部捕獲，判了死罪，繫押在監獄，很多人不堪折磨，自殺而亡。像我這樣一個酷吏，後來做的事也大多如此，怎麼也會有緊張歉疚的時候呢？耿夒不理解，也是情有可原的了。

我解釋道：「本刺史雖然不仁，卻不想欺壓貧弱。就說這何晏罷，我原本並不想殺他，誰知他竟會自殺。」我默然了一晌，又道：「也罷，我要親自見見他母親。」

我坐在堂上，讓耿夒把何晏的母親叫來。不一會，一個身材中等、穿著灰色袍服的婦人低頭走上堂，她的頭髮梳成高髻，雖然堂上光線陰暗，遠遠看去，仍能看見她的頭髮有些斑白，似乎已經將近五十歲。她緊趨幾步，跪在我面前，低聲道：「妾身拜見明使君。」

「不須拘禮，請坐。」我啞聲道。我也覺得奇怪，為什麼自己今天的心腸會這麼軟。

她依舊不動，頭一直低著，道：「妾身這幾日一直想要拜見明使君，怎奈明使君事煩，不能如願。妾身的兒子何晏，據說因為盜墓，被明使君繫捕，妾身以性命擔保，這是天大的冤枉。望明使君詳察，還犬子一個清白。」

我心中陡然跳了一下，不知道是什麼原因。這婦女說話口齒清晰，口音雖然類似當地土著，卻似乎有些差異，而且她穿著打扮整潔素樸，和當地婦人喜歡繁縟裝飾的風格也頗有不同。尤其是那語音中有些非常耳熟的東西，甚至，甚至可以說帶有家鄉居巢縣的影子。我馬上想到何晏，心中似乎頓時有如明鏡般的澄澈，當初第一次見到何晏，之所以會陡然對何晏生出好感，除了覺得他俊美之外，他口音的特別可能也是一部分原因，只不過我沒有深想罷了。當然，何晏的口音基本和當地官吏無異，如果說有不一樣的地方，那就是和這婦人有點關係。我狐疑地問道：「聽君的口音不類廣信人，君之故籍是否在廬江？」

## 第二十二回　故詐幻明幽

這婦人突然身體一顫，驚訝地抬起頭來：「明使君好耳力，妾身正是廬江郡居巢縣人，明使君也在廬江做過官嗎？」

她的臉一抬，我嚇了一跳，這才發現她臉上有一道長長的疤痕，雖不能說相當醜陋，至少也不那麼和諧。天啊，我心裡暗道，看不出言辭如此溫婉的人，面容竟然遭到了如此破壞，我本能地將身體往後一仰，她似乎察覺到了，趕忙又低頭道：「妾身容貌醜陋，嚇著明使君了，請明使君恕罪。不過妾身不是故意的。」

「無妨，本刺史不僅僅在廬江郡做過官，還正是廬江居巢人。君叫什麼名字？怎麼來到了廣信？」我的聲音有些乾澀，隱隱感覺這個人和我可能會有關係，胸腔有如擂鼓。

她「啊」了一聲，呆若木雞，過了一會才艱難地回答，聲音中帶著水的溼氣：「此事說來話長，連妾身自己也覺得不可思議，現在再提起，已經沒有什麼意義了。妾身原是廬江居巢縣左長公的女兒，年十七嫁給同縣郡督郵何敞為妻。有一個春天，妾身的夫君奉職巡視郡縣去了，妾身獨自一人在庭院中看花，突然衝進來幾個男子，用個布袋將妾身當頭罩下，這幾個賊盜將妾身帶到一個屋子裡，欲侮辱妾身。妾身堅拒絕從，趁一個賊盜不備，拔出他腰間的書刀劃破了面頰。賊盜覺得無趣，就將妾身賣給廣信一戶人家為妻，這戶人家正巧和妾身的前夫同姓……」

她嘴裡蹦出的每個字都像重錘一樣敲擊著我的心，不知不覺，我的淚水早已沁溼了前襟。她竟然是阿藟，是我心愛的阿藟，簡直是……我感覺這一切如夢如幻，二十多年來，我做過數不清的和阿藟有關的夢，有的歡樂，有的悲傷，而夢中的阿藟，無一例外仍是那種綽約如仙的樣子。像今天這樣的半老婦人，還從來沒有在夢中出現過。我用力晃晃我的腦袋，可以肯定不是夢魘，我將前額抵在案上，偷偷拭了拭眼淚，揮手叫耿夔他們出去，只留下

我和她一人。我抬起頭，嚥了嚥唾沫，想讓自己的喉管變得溼潤些，道：「妳的阿姑和侍女當時沒有陪著妳嗎？當時舒縣沒有刮颶風嗎？」

「她們那天去集市了，我因為懷著身孕，感覺不舒服，不大想去，就一個人在家。正是颶風過後，突然闖進來幾個男子的。」她回答道，突然又抖索了一下，「使君，你……怎麼會知道？」

原來母親和阿南一直在騙我，我又假裝站起來，背過身子偷偷拭乾眼淚，忍住悲聲：「你知道本刺史叫什麼名字嗎？」

她抬起頭迅疾地看了我一眼，眼神非常奇怪，是的，她沒有認出我，二十多年過去了，我的衣著、聲音、舉止，都和當年有所區別，尤其是，我現在蓄著這麼大的一蓬鬍鬚，又帶著這麼威嚴的梁冠，她怎麼可能認得出我呢？她又低下頭，道：「妾身不敢知道明使君的名諱。」

我道：「如果妳的前夫站在妳面前，妳怎樣才能識別？」

她道：「使君……」她望見放在我几案上的一個漆盒，上面繪著一隻吐綬鳥，眼淚突然下來了，指著那漆盒道：「妾身的前夫，他也……很喜歡吐綬鳥，妾身曾對他說，看見吐綬鳥，將要升任功曹……他還說，將來要去蜀郡為妾身特意訂製一雙繪著吐綬鳥的漆盒。」

我哽咽得說不出話來。昔日的陽光似乎又盤旋在我頭頂上，昔日的微風又在我耳畔迴蕩，它帶著我回到了二十多年前的舒縣，仍舊是陽光燦爛的早晨，我們兩人仍倚在枕上，望著停在妝奩上的吐綬鳥，呢喃地說著情話。那是何等寧靜而晴朗的一個早晨，完完全全屬於我的早晨，附帶著我的青春，我的勃勃理想和生氣。我的淚水怎麼也止不住，泌彼沸泉，乾脆就讓它敞露著，悲聲道：「妳夫君他難道就這點志向嗎？他不是說，有朝一日一定要當上二千石，車前功曹、賊曹先導，車後主簿奉行，兩邊騎士夾道嗎？」

她顫聲道：「明使君，你怎麼會知道？難道……」

175

## 第二十二回　故詐幻明幽

　　我迅疾緊走幾步，跪在她身前，泣道：「二十多年了，我們都互相視同路人。刺史，就是當年妳的夫君，何敞，他早已當上二千石了，可是他心愛的妻子阿䔲，卻趁他不在家的時候偷偷離開了他。」

　　她定睛看著我，眼光由驚異陡然變得悲不自勝，道：「你，真的是阿……敞，何郎。」我抓住她的肩膀：「當然，就是我，阿䔲，妳記起來了。剛才我看見那四方的碎肉和寸許的蔥段，就想起了妳，我記得妳才喜歡將肉菜用那樣的切法……」

　　她呆呆地望著我，突然站起來，掩面跑了出去：「不，你不要戲弄我了，我現在已經成了這個樣子，你怎會要我？」

　　我身軀前聳，迅疾伸手扯住她的袖子，將她拉了回來，乾脆張臂緊緊抱住了她：「不，妳就是我的阿䔲。不管妳變成什麼樣，都是我的阿䔲。」

# 第二十三回　懷怒逐疑跡

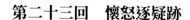

## 第二十三回　懷怒逐疑跡

　　事情實在太不可思議，說給誰聽，誰都會張口結舌。可是，結果確實就是這樣。我開始懷疑，冥冥之中，可能真有鬼神在掌管著一切，自到蒼梧以來，我感覺自己的心境也有了微妙的變化。有時我徜徉在廣信的大街上，看著那些裝飾奇特的黑黝黝的土著，聽著他們的話語，以及四顧街道兩旁垂著長長蔓藤的古怪樹木，就感覺宛若夢幻。一切都洋溢著一種奇詭的陌生，讓我不由得時時駐足在邑中的大道中央，東張西望，或者想聆聽些什麼，心頭掠過一陣陣莫名的恐慌，魚鱗雜遝。大概，這真是一個充滿著神祕詭譎的世界，能把任何不可能的事變成可能。對於我二十年來的夢想，正是如此。二十年來，我從來沒有忘記過阿蠶，但我確實從來沒有幻想過她還能活在世上，更沒幻想還能與她重逢。做夢，也沒想過。

　　我要求阿蠶留在我身邊，再也不要回去。她後來的丈夫，很早就死了。她有兩個兒子，一個就是何晏，另一個兒子，早入贅到別人家了，她相當於一個人過。讓我覺得驚訝又似乎不驚訝的是，何晏就是我的親生兒子。我的感覺有點荒唐，還有點殘酷，然而這也是事實，按照年齡推算，也差不多是這樣了。除了接受之外，別無他法。當時阿蠶被賣到蒼梧，就在蒼梧生下了何晏，他的後夫很大度，一樣對何晏非常喜愛，視同己出。當地的人，本不像中原的人那麼注重血緣。要換了中原的人，娶了來歷不明的女子，頭生子一定會被殺了。在這個問題上，誰野蠻，誰不野蠻，又怎麼說得清？

　　何晏在獄中自殺的消息當然瞞不住，我當然也不會比阿蠶更悲痛，雖然何晏是我唯一的兒子。記得阿蠶失蹤後，母親很快又逼著我娶妻，說不能絕後。我不敢對母親公然頂撞，只能虛與委蛇，娶了阿南為妻，可那僅僅是當作一種虛幻的慰藉。我對阿南索然寡味，應付著跟她生了兩個孩子，都是女兒。這我倒不在乎，對女兒我也一樣喜愛。什麼絕後，什麼祖宗血食，都是很無聊的想法。自天地開闢以來，有多少人被暴君惡吏甚至強盜斬草除根，

世間也依舊平靜。天下又有多少父子相訟，視同仇讎的事層疊展示，現世父不慈、子不順，地下的惡父卻想去享受逆子的血食，豈不是太荒誕了嗎？可是這些淺顯的道理，愚民總是不能理解，人創造觀念，又被觀念所奴役，還自以為聰明，其實是愚不可及。

母親那時的臉色卻非常難看，天天張羅著替我納妾，好在她很快就重病去世了，否則真不知道怎麼應付。嚴格地說，我不該對她用「好在」這個詞，作為將我撫養成人的人，她的一生也確實可憐辛苦，雖然這是她自找的，算不上是什麼了不得的恩情。可是，除此之外，她究竟是我自小相依的婦人，就算我不是從她身上剝離而出，那份親密也不會有什麼兩樣。我希望她如大家所想的那樣，活到百歲千歲，雖然老態龍鍾地苟延殘喘並沒有多少趣味。我自己就經常想，有朝一日我老到行動不便，希望上天能及時把我收了去，讓我在一個晚上安詳睡去，再也不必見第二天早晨的陽光，以免受苦。這是人一生最好的結局，活到百歲並沒有什麼意義。可是母親未必會這麼想，她想活得盡量長，沒關係，只要她喜歡，我就高興。我能一直看著她活著，我也高興。但在她死後，我確實有一種微小的如釋重負的感覺，雖然這種感覺，很快被懷念的悲痛所替代，這就是我的真實想法。關於親情這種東西，起先我還有一些事情想不清楚，經歷過何晏這件事，我逐漸有些明白，不管何晏是不是我的親生兒子，他沒有和我朝夕相對過，我沒有親眼看著他一天天長大，他在我眼中就只是個符號，和別的陌生人並沒有太大的不同。

但對阿薔來說，卻完全兩樣。總之她因之一病不起，整日昏迷，好幾天後她才清醒過來，第一個反應仍舊是哭。我也只能唉聲嘆氣，不知怎麼辦才好。她伏在枕上嗚咽：「難道這是天意，找到了丈夫，就一定要失掉兒子；二十多年來，我一直看著他長大，才覺得你仍在我身邊，還能有活下去的勇氣。現在你回來了，他卻又走了，像霧一樣消散。難道他僅僅是你的化身？

## 第二十三回　懷怒逐疑跡

注定你來了，他就得走？二十多年了，你們怎麼像季節更替一樣，不能並存，這究竟是怎麼回事？」

　　我緊緊抱著她：「妳不是也曾經像霧一樣消散了嗎，現在我又把妳找回來了。沒有兒子有什麼關係？畢竟妳現在還有我。」

　　她哭道：「你說得這般輕易！什麼沒什麼關係？那是我和你唯一的兒子，是我二十多年的時光。你一天也沒見過他，我卻撫養了他二十多年，我一直把他當成我們曾經在一起的證據，他是我活著的寄託，你怎麼能夠理解？」

　　「現在，妳可以把我當成寄託。即使有兒子，沒有我，他也不能跟妳一輩子，只有妳的夫君，才能陪伴妳永遠。」我也泣不成聲。

　　等她稍微平靜下來，我們免不了還要談起盜墓案。阿藟堅決不相信兒子會做那樣的事，可是，那半枚玉珮怎麼解釋呢？總不成是飛到他身上去的。我又向她敘述了一下何晏生前的供詞，說我之所以確定何晏是盜墓賊，就是因為他的話非常荒誕，和洛陽盜墓賊的伎倆如出一轍，就算他沒有親自去盜掘，至少也是個騙子，是個奸吏。

　　「你還是像二十年前那樣自負。」阿藟道，「可是我肯定，這次你錯了。你害死了我的兒子，還要用這種言辭來侮辱他嗎？」她不再像當年那樣任性，說這話的時候，她的憤怒完全隱藏了起來，我只看見她的手在顫抖。那雙被生活折磨成雞爪一樣的手，簡直讓我心碎。接下來我只能不斷地勸慰她，向她告罪。

　　再次平靜下來後，阿藟道：「我覺得晏兒說的話，大部分像是真的。我們家當時確有一戶鄰居，戶人[50]姓蘇，他生有兩個女兒，都長得端莊標緻，特別是那小女兒，尤其美貌。」

　　說到這裡，我本想打斷她問：「她的美貌，比起妳來如何？」但話到嘴

---

50　戶人：即戶主。

邊忍住了，改成「不要停，妳繼續說」。她奇怪地望我一眼，道：「大女兒嫁給了一位富有的販繪商人，之後全家就搬走了。小女兒名叫阿娥，很小的時候就喜歡來找晏兒玩，後來長大了，阿娥的母親覺得我們家貧窮，配不上她家，命令阿娥不許來找晏兒。誰知阿娥不聽，她母親一怒之下，乾脆賣掉屋子，舉家搬走。他們搬走之後，晏兒非常傷心，整日鬱鬱不樂，他說的這些供狀，難道真的會是幻覺，只是因為太想阿娥所致嗎？」

我心頭燃起怒火，那個老嫗怎麼如此勢利？若不是她，晏兒也許不會去作奸犯科，也就不會死在我手裡。我既然害死了自己的兒子，就一定要找他們報仇，有仇必報，這是我何敞做事的準則。他們家既然販繪，有些錢財，一定做過一些作奸犯科的事。如果他們不在交州居住倒也罷了，如果仍在交州，我一定要派遣掾屬去羅致他們的罪名，殺了他們全家給晏兒殉葬。想到這裡，我當即出去，部屬掾吏，要他們給我查清楚那家人的去向。

消息很快傳了回來，那家人原住廣信，後遷居高要，五年前又申請重新遷回廣信，卻在途中失蹤，全家不知去向。我勃然大怒，一家人全部失蹤，官府竟然不知道，而戶籍簿上記載的人名，也讓我大吃一驚，它是這麼寫的：

戶人：廣信縣仁孝里公乘蘇萬歲，年五十七，長七尺三寸，黑色。

子大女[51] 蘇娥年廿二，長六尺五寸，白色。

孫未使女[52] 李繁年六，長四尺五寸，白色。

僕大女致富年廿五，長六尺九寸，黑色。

我突然反應過來了，姓蘇，女兒叫蘇娥，難道就是我半年前在鵠奔亭見到的蘇娥一家？他們怎麼可能在五年前就失蹤？簡直是荒誕！難道我所見的是鬼？他們一家為什麼沒有安全抵達遷居的目的地？我又下令，立刻把鵠奔

---

51　大女：指十五歲以上的成年女子。

52　未使女：不到六歲，還不能使喚做事的女孩。

## 第二十三回　懷怒逐疑跡

亭那個叫龔壽的亭長給我叫來，我要親自問問他，那天清晨我離開之後，蘇娥一家是什麼時候走的。

# 第二十四回　真情若繩糾

## 第二十四回　真情若繩糾

　　接下來的事更讓我震驚不已，對於我問起龔壽，有的掾屬感覺很奇怪，說這個人可是大名鼎鼎，好像確實當過亭長，不過那肯定是很早以前的事了。他如今住在高要縣中陽里，家裡擁有千畝橘田，是當地數一數二的富戶。龔壽是富人，我聽他自己講過，一點不假。但說他當亭長的事發生在很早以前，實在有些滑稽。我來廣信的時候，分明是途經鵠奔亭的，難道那天我真的見鬼了不成。我命令，把龔壽找來再說，我要親自問他話。

　　掾吏的行動倒也雷厲風行，第三天上午，龔壽就趕到了廣信縣，直接來刺史府拜見。他和我在鵠奔亭時見到的樣子確實有些不同，至少看上去衰老了一些，也胖了一些，鬢髮都斑白了，跪拜的時候，姿勢看上去也頗為艱難，哪裡像能擔任捕奸巡視之職的。我心裡憐憫和奇異交雜，熱情地笑了笑，要他免禮，問他：「龔壽君，別來無恙乎？」

　　龔壽抬眼看我，臉上的表情有些奇怪：「山野草民龔壽，得蒙使君接見，幸甚幸甚。」

　　這個土財主，可能聽不懂我文雅的寒暄，於是我開門見山道：「上次鵠奔亭一別，非常想念，沒想到君竟然這麼快就解職家居了。不過，在鄉里當富家翁，優哉游哉，也確實強過在偏僻小亭擔任吏職啊。」

　　他仍是顯得非常奇怪，神情好像如做夢一樣，賠笑道：「使君真是明察秋毫，小人曾經當過三年亭長，按照巫師所說，已經度過災殃期了。」

　　關於巫師的事，也和他當初講述的一樣，只是他的表情為什麼這麼茫然。我覺得詫異，但也懶得跟他囉嗦這些，又道：「今天找君來，要談的是上次蘇萬歲父女一家四口的事情。他們當時投宿在君的亭舍，曾得到君的熱情款待，後來是什麼時候離開的？」

　　龔壽好像在回憶一件久遠的事，喃喃道：「蘇萬歲一家？蘇萬歲一家？」

　　我有點不高興了，提醒他：「就是一個老翁，在一個雨天，帶著兩個成

年女子和一個五六歲的女孩，在你的亭舍避雨夜宿的事，你難道忘了？」

他好像恍然大悟：「哦，是有這麼件事，時間有些長，所以一時記不起來，望使君見諒。這麼件小事，沒想到連使君也驚動了。說實話，那一家人非常奇怪，他們帶著的那個小女孩因為生病，在我的亭舍多住了兩夜，第三天早晨，我起床巡視亭舍時，卻發現他們已經離開了，連聲招呼也沒打。他們欠了亭舍三兩天的食宿費用，還是小人自掏腰囊，幫他們墊付的呢。」

「啊？」我沒想到他會說出這樣的話來，「竟然如此，可是他們一家沒有抵達要遷徙的廣信縣，在路上就失蹤了。因為他們家再也沒有別的親戚，乃至無人過問。本刺史若不是因為一椿別的獄事，也不會想到去尋找他們。」

龔壽道：「他們一家確實是從高要遷徙廣信，怎麼會失蹤？」

我見龔壽一臉茫然，懷疑他最近腦子確實遭受了重創，這件事他憶起的仍是一鱗半爪，只好耐著性子把查到的蘇家戶籍簿之事說了一遍，廣信縣廷沒有蘇娥一家去登記的名數[53]，以為他們臨時改變主意，不想搬遷了，就沒理會；而高要縣以為他們已經徙戶廣信，也沒有查驗。現在蒼梧君墓被盜，可能和他們失蹤的事件有關，洛陽朝廷非常重視，特意下詔要本刺史親自勘察，務必得出結果。

龔壽的表情當即變了，他趕忙辯解，堅稱自己適才所言是實，絕無半點撒謊。在他的辯解過程中，我一直留意他的表情，看起來也確實不像撒謊。這方面我有經驗，撒謊者細微的臉部變化，一般逃不過我的眼睛。但是，到底這是怎麼一回事呢？

我覺得有點棘手，卻並未氣餒，反而更加堅定了要勘破此獄事的信心。二十年來，我斷過不少複雜的獄事，好些剛開始看上去非常犯難的案情，最後無不在我的抽絲剝繭之功下，被完美偵破。我因此養成了從疑難獄事中獲

---

53　名數：姓名和年齡等登記戶籍必要的數據。

## 第二十四回　真情若繩糾

取快樂的習慣，有時獄事太簡單，我還有些索然寡味。我最得意的，還數在當河南尹的時候破獲的一個奇案，連耿夔也為之驚嘆不已。

那次的死者是一個老媼，因為死得莫名其妙，洛陽縣廷派人去勘驗，屢次沒有結果。老媼有兩個兒子，一個是丈夫前妻留下的兒子，名叫張鯉；一個是親子，名叫張鯽。張鯽狀告縣廷，說是他兄長張鯉殺了母親，因為張鯉一直怨恨母親偏心。但是閭里的人說法不同，他們都稱讚張鯉為人純孝，雖然從小就因為後母的偏心教唆，被他父親逐出門外，卻不肯離開，在家附近搭了一個茅屋，每天兩次回家晨昏定省，之後又回自己的茅屋。後母最後被感動了，勸丈夫把他接回來，此後母子一直感情相篤。後來兩兄弟的父親死了，張鯽嚷著分家，張鯉把良田美宅全割讓給弟弟，自己只留了幾畝薄田，又回到原先的茅棚居住。後母不忍心，屢次請他回來，他卻不肯，只是每天和以前一樣，晨夕去拜見後母。有好吃的，也不忘了為後母送去。端午節那天中午，他下河捕了一條魚，煮好了又端去給後母，並祝賀佳節，後母滿心歡喜，母子兩人相對飲酒，敘談甚歡，之後張鯉就回去了。不久張鯽回去看母親，卻發現母親已經魂歸泰山。

這確實讓縣廷的官吏為難，因為這位張媼的死，確實是在吃了那條魚之後不久，但是要說張鯉曾在其中投毒，也找不到證據。按照律令，一般百姓家不許藏有任何毒藥，張鯉是從哪裡獲取的毒藥呢？再者，張媼屍體上並無傷痕，用銀針灸勘，也未見變色，不大像中毒而死，因此案情久擱難斷。張鯽日日追訟，縣廷無奈，只好上報河南尹，也就是我。似乎這件事還鬧得挺喧囂，當時已經官任太尉的周宣特意將我叫去，說：「這件獄事雖然不大，但因為涉及有關孝道大義的問題，朝廷也很重視，現在你身為河南尹，斷獄也是你的才具之一，或許能夠成功。」

我心裡也沒有什麼底，到了縣廷，立刻把張鯉召來。張鯉長得面目和善，不像個壞人。但是我對儒家的某些偽孝者一向心存疑慮，所以對張鯉也

有著天然的不信任，何況他們並非親生母子。我問張鯉：「你和後母吃完飯後，後母有何表現？」

張鯉大呼冤枉，說沒有任何表現。他告辭母親的時候，母親還喜笑顏開的，誰知不久會死呢！若說魚有毒，那魚他自己也吃了，沒有毒死；剩下的魚殘渣當時給狗吃了，狗也未死，怎麼可能是他投了毒呢？他的樣子很誠懇，邊說變哭，那種悲哀看上去裝不出來。於是我提醒他：「可以細細回憶一下，你和後母最後一次吃飯的每個過程。」在他的講述過程中，我發現了一個容易被忽視的細微之處，他說，後母曾經被魚刺卡了一下，吞過幾團飯之後，又釋然了，他臨走時也未見有任何異常。這讓我突然想起了一件事，小時候在居巢縣，我聽縣廷醫工講過他曾經碰到的一樁獄事，說有個人不小心，把一枚針灸入了肩胛，沒柄而入，嚇得趕忙去找醫工。醫工用磁鐵幫他吸，怎麼也吸不出，想用刀剜出，此人又怕疼。好不容易下定決心，醫工用小刀剜開針所刺入的部位，那枚針卻杳然不知所終了。過了沒多久，此人覺得心臟刺痛，慘叫數聲，吐血而亡。醫工大驚，怕引火燒身，趕忙去報告縣令，敘說本末。縣令問他可能會是什麼原因，他懷疑是針隨血流，進入心臟而亡。縣令不信，令他剖屍查驗，醫工剖開屍體，果見一針灸於心臟之上，於是眾皆嘆服。

我想，這位老媼之死，說不定也和此類似。當時有可能被魚刺卡住，吞飯後自以為已經填入腹中，實際上卻被飯糰將魚刺擠入血脈，遂隨血運行，嵌入心臟而死。此媼死前面目變形，兩手捂心，正和當年那醫工所述極似。我把此事報告周宣，並說了自己的懷疑，周宣道：「如果要還孝子清白，只有剖屍檢驗了。」好在天氣寒冷，屍體雖放置多日而未腐敗，於是下令醫工驗屍。大概是上天眷顧我，一意要讓我立功，那個老媼的心臟上果然嵌有一根細長的魚刺。自那之後，我作為能吏的名聲傳遍洛陽。兩年後，我遷官為司隸校尉。

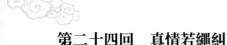

## 第二十四回　真情若繩糾

現在龔壽這件獄事，難道我會知難而退嗎？況且我也無路可退。我讓掾吏幫龔壽安排一棟屋子，讓他住下，以便一旦有疑問之時，可以隨時訊問。

回去見到阿藟，說起這事，又問她何晏和蘇娥的事，她也說不出什麼來，只是神情淡漠的，好像沒什麼樂趣，見了我雖然偶爾會笑笑，目光中有一些喜悅，可是我能感覺到，她的喜悅總是比閃電消失得還快。我知道她忘不了晏兒，而晏兒的死和我密切相關，其實這我何嘗不悲慟，起先雖只是一種本能的悲慟，在倫理上，晏兒是我的兒子，雖然沒有親身相處，可是他身上究竟流著和我一樣的血液，繼承著我祖先傳下來的姓氏，母親要是知道她有孫子，在天之靈也會含笑的，要是知道孫子又死在我手中，又會怎麼樣？我簡直不敢去想。後來的深一層的痛苦則完全源於阿藟的反應，可以設想一下，如果晏兒未死，我們一家三口可以快快樂樂地相聚在一起，我可以用我現在的地位，把二十年來未盡的夫愛和父愛，盡情地施加於他們母子的身上。雖然這是個巨大的遺憾，可是以前我還想，重新得到了阿藟，上天已經對我不薄。現在我本能地有所恐懼，失去了晏兒，阿藟未必能真的回歸到我的身邊。他們母子已經是融為一體，就像在她眼裡，我和晏兒是互為消長的一樣。

因此我實在不能勸她什麼，只是一有機會，就不斷地跟她談起舊時的事情，妄圖分散她的愁思。她對二十年前的事記得似乎並不算清楚，在我的提示下，才逐漸地尋回了一些，有些細節反而比我說得還詳細。然而這也未必是件好事，反倒引得她屢屢淚流滿面。耿夔得知了這一切後，也非常自責，自責之餘，又向我建議：「使君能在交州碰到舊時的妻子，固然是好事。不過君夫人究竟久歷滄桑，只怕心中會愧對使君，使君以後最好不要再對她重提舊事了。」

我似乎該責備耿夔的，因為晏兒當時由他全權負責，可是牢獄裡的事我並非不知道，我責怪他的話，又對得起自己的良心嗎？於是只能嘆氣：「她

何嘗愧對我，我對她的歉疚，只怕此生是填補不了了。」耿夔的意思，無外乎阿藟已經失去貞潔，在世人看來，不配和我重合，實際我對這些看法一向嗤之以鼻。男子自己花天酒地，卻要求妻子獨守空床，本來就夠無恥；把這無恥堂而皇之地用「貞潔」二字來對女子進行約束，更是無恥之尤。何況阿藟這種遭遇，也不是她所願的，上天虧欠她太多，我要給她彌補。我只希望自己能活得長些，彌補她的時間也就可以長些。

轉而又想起龔壽的事，問他：「對了，龔壽說從來沒見過我，難道我們一個月前在鵠奔亭見到鬼了？」

耿夔也很詫異：「怎麼可能？我們當時在那裡宿留了兩三日，他怎麼可能沒見過，其中肯定有鬼。」

「看來真的有鬼了。」我看著黯淡的牆壁，心裡發涼。我說的有鬼，意思和他說的大有不同。

耿夔又想了想：「他是不是在跟我們逗趣。」

我搖搖頭：「一個小小的富家翁，敢和刺史逗趣，難道真活膩了？」

我對這點怎麼也該有點自信的，在大漢，得罪官吏可不是什麼好事，一個縣令就足以讓人破家，何況刺史。

耿夔脫口道：「據說，龔壽的內兄，就是本郡都尉李直啊。」

這倒有點出乎我的意料。李直在蒼梧郡的地位，連牽召也懼他三分。龔壽若有李直做靠山，自然可以有恃無恐。不過，這倒讓我怒了，就算是有李直撐腰，他想跟我對抗，只怕還是不配。我道：「這些你怎麼知道？」

耿夔笑笑：「做使君的掾屬，怎麼能不乖巧？」

我也笑了，又道：「怪不得我問起龔壽的時候，有些掾吏支支吾吾的。倘若龔壽所說是真的，或許這世間真的有鬼被我們碰上了呢。」想起那天晚上夢見阿藟躺在我懷裡的場景，似乎暗示了我將在不久和阿藟見面，這難道

## 第二十四回　真情若繩糾

真是鬼神的安排？我對鬼神向來是信疑參半的，嘴巴上的不信可能更堅決。我曾經屢屢對耿夔說，史上有那麼多的王侯將相，他們所謂的建功立業，哪個不曾殺戮無數？誰又曾被鬼害了？我心底倒希望真有鬼神，那樣的話，惡人作奸犯科的時候，多少也會收斂一點，這世上也就能真的趨於太平。雖然，事實從來沒有給我滿意的答案。

耿夔道：「有沒有鬼，查查縣廷的郵驛簿冊不就知道了？」

這點倒不用他提醒，我剛才已經想到了，於是當即喚任尚進來，要他親自帶人去廣信縣廷把有關郵驛的簡冊給我找來。任尚興沖沖地去了，沒過多久，廣信縣令跟著他急匆匆地跑來，手上捧著一捧簡冊，見了我慌張地跪拜行禮，說：「聽說使君要查郵驛簿冊，下吏怕有什麼閃失，所以特來拜見，當面向使君陳述。」

我慰勉了他幾句，想起可以順便考察一下他對郵驛的了解，問道：「明廷可否告訴刺史，本縣鵠奔亭，如今派了幾個縣吏駐守？」

他本能地摸著腦袋想了想，遲疑地說：「鵠奔亭……下吏為縣令三載，好像沒有聽說過本縣境內有鵠奔亭這個亭舍。」

雖然已經有預感，我的背脊還是涼了一下：「拿簿冊來。」

他恭敬地將簿冊放到我案上，我一冊冊展開那些簿籍，目光從右向左一行行掃過去，確實沒有發現鵠奔亭這個名字，於是抬起頭，啞著嗓子對縣令道：「十一年之內的簿冊，你們大概都存留了罷，有空煩請明廷派人送來。」

他連忙回答：「有空，隨時有空，我這就去給使君拿來。」說著轉身就跑。

我也不阻攔他，和耿夔在堂上分析著這事，沒過多久，縣令又氣喘吁吁地過來了。我讚賞地說：「明廷果然能幹。」他有些不好意思：「都是下吏的分內事，不敢當使君褒獎。不過下吏剛才斗膽先查看了一下，本縣的確曾

經有鵠奔亭這個亭舍，只不過在下吏上任前已經廢棄了。下吏對過往簿籍不熟，望使君恕罪。」

我再一次細細查看那些郵驛簿冊，之後我大大喘了口氣，雖然我不是聽人講什麼驚險傳奇，但是它比一般的傳奇還讓人驚悚，因為龔壽說的話都是真的。他確實當過亭長，不過也的確在五年前就已經解職。鵠奔亭在他解職後，隨即廢棄，在簿冊上註明的廢棄時間，和他解職的時間相差不久。

我又撫慰了縣令幾句，將簿冊還給他，告訴他沒什麼關係，已經廢棄的亭舍，縣令沒有義務還記在腦中。他如釋重負，眼光中仍有一絲疑惑，不清楚我的意圖。我不想告訴他詳細情況，只隨便敷衍了他幾句，將他送走了。

耿夔也似乎有點緊張：「使君，當時任尚也在，他應該也見過罷，難道我們三人都遇鬼了？」

我點點頭：「當然，不過任尚當時正生病，一直躺在屋裡休息，還不如我們記得真切，問他何用。」

耿夔道：「那，唯一的辦法，就是派下吏去鵠奔亭看看。」我搖頭道：「不，眼見為實，本刺史要親自去。」

# 第二十四回　真情若繩糾

# 第二十五回　驛亭榛棘覆

## 第二十五回　驛亭榛棘覆

　　時間只不過相隔了幾個月，通往鵠奔亭的道路竟然雜草叢生，確實像是荒棄了很久，根本找不到一條可落腳的路，讓我們得以順利進入院子。我命人鏟出一條道來，否則我不敢步行，誰知道草叢裡有沒有我最怕的東西——蛇。蒼梧郡的蛇相當多，有時大雨過後，連刺史院子的路上都會出現這種長著奇怪花紋的長蟲，後來我只好下令在院子裡一律撒上雄黃，才感到安心。

　　那些鑲嵌著「大漢南土平，物阜民康」字樣的小徑，在工匠們的清理下，逐漸顯露了出來。組成字的每一塊石頭上，還帶著泥土的溼氣，好像是歷經多年才重見天日，讓我恍惚自己的記憶是否真有問題。我沿著新犁開的小徑進入亭舍的院子，幾幢屋子也都掩埋在一片蒿萊之中，讓人恍然覺得來到了古墓荒齋。院牆四圍仍矗立著高大的木棉樹、苦楝樹和柚樹，只是愈加繁茂了。厚實油亮的柚樹葉間，隱約可見一個個拳頭大的柚子，昭告著季節的變化。繼續走進去，望樓還矗立在那裡，不過看上去有點搖搖欲墜，幾乎不像我幾個月前看到的景況。

　　樓下曲尺形的客舍門楣上蛛網密布，數十個圓滾滾的大蜘蛛在網間來回游弋，讓人頭皮發麻。溷廁、廚房東倒西歪，愈加精力不濟。

　　我看著那望樓，想起當時在樓上觀雨的場景，心中蠢蠢欲動。我讓人清理了樓下的雜草，一層層攀了上去，樓板腐蝕得不像樣子，給人的感覺似乎一腳就可以踩塌。鼓起勇氣戰戰兢兢到了樓頂，我只站了一會，連欄杆都不敢扶，怕它朽斷。在這裡仍舊可以看見遠處的鬱江，像玉帶似的縈迴曲折，真是個好的觀景所在。當初駐守在這裡的亭長，雖然會感覺靜謐難耐，卻也算有眼福，不是所有的亭舍都有這樣好的觀景處的。我這樣想著，又恍然覺得夢幻，幾個月前，我到底有沒有來過這裡？世界怎麼會變幻如此。

　　下樓後，我又特意到居住過的房間去看了看，當時打掃得乾乾淨淨的正堂，自然也是灰塵蒙茸，游絲亂掛，地板和牆壁接縫的地方，黑乎乎的洞隨

處可見，看來老鼠在此建窩也為時不短。我越看越覺得心驚，幾個月前，這裡還都是窗明几淨，清爽宜人，窗外綠竹猗猗，惹人遐思，而此時室內卻蛛封塵結，窗外也荊繞棘困。這哪裡像幾個月前住過人的，的確如簿冊所載，起碼廢棄了四五年之久。

我沉著嗓子問耿夔：「為什麼會這樣？」

他臉色鐵青，只是不住地搖頭，喃喃道：「不可能，不可能。」我有些不高興了：「不要老重複這種無聊的話，難道你就沒有一點想法嗎？」他告罪道：「使君萬勿心焦，下吏心中現在也亂成一團，半年前下吏和使君親眼見到龔壽和使君一家，這是毫無疑問的。如果要解釋這些情況，就似乎只有這麼一種可能，當年在這個亭舍中，蘇娥一家被害，因為凶案未破，被殺者一家有冤不得伸，積怨為鬼，得知使君新任交州刺史，特意牽引使君來到這個亭舍，在使君面前顯靈，給使君些微暗示，以便使君能夠循之逐捕殺害他們的凶手。」他頓了一下，又補充道：「不過，這只是下吏的胡思亂想，使君向來不大信鬼神，就算世上真有鬼神，又怎麼能打動使君？」

我渾身發涼，他所說的，也正是我剛才想過的。確實，我起先對鬼神半信半疑，但自從來蒼梧後，一系列的巧合奇遇導致有鬼神的想法逐漸占了上風。交州人士對鬼神的信奉之所以會遠過中原，也許就是因為這裡有更多的奇事異象所致罷。遠處似乎又傳來土著們送神的歌聲，幽微淒楚，我抬眼望天，傾耳聆聽。天色低沉陰鬱，似乎又要下雨了，這是蒼梧郡永遠的景象，一陣涼風倏然掠過庭院，樹葉嘩啦啦響了一片，我的心一陣發緊，不由自主地打了個寒顫。

「也許……鬼神還是有的罷。」我望著耿夔，感覺嘴巴有些發乾，「假若如君所說，當日我們在亭舍中所看到的一切，正是龔壽接待蘇娥一家的場景，也都是鬼魂給我們的幻象……我記得龔壽當日見到蘇娥，眼光中滿是欣

喜，接她們進門時，也似乎過於熱情……難道是後來逼姦蘇娥未遂，一時惱恨，將她們全家殺害？如果真是如此，那一切似乎都好解釋了。」

耿夔道：「難道使君真的相信鬼神了？下吏認為，還是轉換一下思路……」

我打斷了他：「這幾十年來，我曾聽人說過不少奇聞怪事，都因為未曾親見，而覺得荒誕無稽。說起來有趣，當年周宣太尉還專門撰寫過一部書，記載他平生聽說過的傳聞，名之為《搜神記》，屢次在我面前津津樂道。我雖不敢當面駁他，心下卻不以為然，認為他一生品節無瑕，獨有這方面反不如那些儒生，至少那些儒生還不相信『怪力亂神』。但現在看來，這未必是周太尉的瑕疵啊，我的見識，怎麼能跟他老人家相比？」

「使君一向將周太尉看得如同神靈一般，沒想到曾經也有腹誹的時候。」耿夔笑了。

我搖搖頭：「倒不是腹誹，他是相信天道神明的，我本來也信，可是我自問一生剛直廉潔，未嘗有過，為何連個妻子都保不住呢？倘若說有所謂天道神明，不是太沒有效驗嗎？」

耿夔道：「然而如今使君在蒼梧竟然找到了失散多年的妻子，豈不是鬼神護佑嗎？如果這件事又正如使君所分析的那樣，真是蘇娥的鬼神來向使君申冤，那說明還是有天道的。」

我道：「你說得對，正是因為神奇地和阿藟重逢，讓我重新想了想有關鬼神的問題。」

這時一個隨行老吏過來稟告：「使君，工匠們想讓下吏請示，使君還有什麼吩咐？」在得知他是廣信縣任職最久的縣吏之後，我問他：「這個亭舍——為什麼要被棄置？」很顯然，這是件奇怪的事，和別的亭舍相比，這個亭舍房舍眾多，庭院相當寬廣，位置也非常險要，易守難攻。當時郡縣官

吏決定在此設置亭舍，顯然是經過一番深思熟慮的，要廢棄的話，也得有不錯的理由才是。

老縣吏的回答倒是沒有什麼特別的，他說：「因為山下填塞湖泊種桑，開通了一條新路，不需要通過這條驛道，也可以到達廣信城了。況且山上驛道運送給養也有些困難，所以雖然當時覺得有些可惜，也只好廢棄。」

我鬆了一口氣，又覺得還是不踏實，悄悄問耿夔：「當時我們怎麼會捨棄新路不走，反而走了山道，跑到鵠奔亭來了呢？」

任尚在旁邊插嘴道：「當時就不曾看見新路，只記得山下有個桓表[54]，指示通往鵠奔亭。除了這條道，沒有別的道了。」

我又問他：「那這一切，君有什麼看法？」

任尚顯得很自信：「肯定是碰到鬼了。使君，我屢次說了，這世上是有鬼神的，使君每次都不屑一顧。我看，那個蘇娥一家一定負有奇冤。」

說起任尚這個人，還真是有些好笑。他雖然長得孔武有力，射術精湛，卻不是天不怕地不怕的人，平常連螞蟻都不肯踩，說不能殺生。他信了洛陽流行的一種浮屠教派，有時還去白馬寺向天竺來的和尚詢問經義，平時也經常和我講一些鬼神報應的故事，我都姑妄聽之。現在碰到這種奇怪的事，可以當成他信仰的一種佐證，當然是不肯放過了。我嘆了一聲，對那個老吏道：「傳我的命令，挖掘院後那個枯井。」

---

54　桓表：秦漢時列在路口指示道路的木牌。

# 第二十五回　驛亭榛棘覆

# 第二十六回　古井礫沙稠

## 第二十六回　古井礫沙稠

　　不出所料，從枯井中果然發現了幾具屍骨。我想起當時所看到的枯井上的紅色井圈，冥冥之中，那一定是冤死者給我提供的暗示。因為那不是一般死寂的紅，而是豔豔的像火苗一般燄然閃爍，讓人心悸。我問過龔壽，他並未看見過那個紅色井圈。現在這口井仍在那裡，井圈和井壁一樣，仍是鐵硬的灰色，看不出來有任何塗過顏色的痕跡；上面鋪滿了綠色苔蘚，看得出來是多歷年所。伸頸從井口朝裡望去的時候，我還能感受到絲絲的涼意，彷彿是當年井水殘存下來的。

　　工匠們把屍骨一具具打撈上來，起先是一具長的，然後是一具小的，再接著是一具粗大的。我猜第一具是蘇萬歲的，他很老，從頭骨看，牙齒都掉了好幾顆，和他的老年特徵正好匹配。第二具小的，顯然是縈兒，想到這，我眼中又浮現出她可愛的樣子，心裡不禁感到神傷，多可憐的孩子！賊盜連這麼小的孩子都殺，怎麼下得了手？第三具，大概是女僕致富罷，因為蘇娥身材修長，沒有這麼粗大。這一老一幼一大的三個頭骨，排列在井臺上，都用黑洞洞的眼窩望著我，他們曾經在我面前活過嗎？我有些不敢相信。我站在井旁，等著撈出第四具，可是第四具在哪？工匠打撈了半天，只挖出了一些粗大的骨頭，看樣子是牛的，不是人的，還有兩支車楨，一眼便知，是當時蘇家推的那輛小車上的。再接著挖，就是溼漉漉的泥土了。事先我沒有肯定說一定有第四具，怕這些工匠奇怪。見我焦躁，有個工匠自告奮勇地再次坐著吊籃下去，好一陣子，從井底傳來他甕聲甕氣的聲音：「使君，實在什麼也沒有了，小人把底都挖遍了。」

　　我只好命令吊他出來。他成了一個泥人，用水沖乾淨後，他呈遞給我幾十枚銅錢和一個銅鎖，說是最後的收穫。我一眼認出那個銅鎖是縈兒當時胸前掛的，銅錢則多是五銖錢，有的還是赤仄的，這種錢只鑄造於西京武帝時期，鑄造數量極少，大概是初建這個亭舍的時候，某位亭長不小心掉在井中

的罷。我握著那些銅錢，又環顧著這個既熟悉又陌生的亭舍，想到它經歷的近兩百年的滄桑，不禁悲傷不已。這悲傷不是因為那些挖出來的屍骨，其原因比那大得多。

「為什麼只有三具？」我坐在井旁的石礎上，疑惑地問耿夔。

耿夔搖搖頭：「這種事使君最拿手了，下吏最拿手的只是傳遞信件、算帳之類，要不然，下吏豈非也要做到刺史？」

任尚好像靈感勃發：「使君，也許他們沒有殺蘇娥，而是把她擄掠了去當妾了，那蘇娥可真是個漂亮美人啊。」他眼中綻放出燦燦的光。

我突然感到憤懣不已：「這些該死的賊盜，總要被我查出來，到時叫你們滿門棄市。」

「使君。」任尚叫了我一聲，眼光有些懾懾的。他這個人性情耿直，好色也是毫不忌諱，不像耿夔那麼忠直且立身謹慎，所以細緻的公事我不會委託給他。我也感覺到自己有些失態，因為我想起了阿藟的遭遇，二十年前，她大概就是這樣被一夥賊盜掠走的罷，那幾個該死的賊盜毀了我一生的幸福，讓我不自禁地把怒火轉向了掠走蘇娥的人。雖然二十年後，阿藟失而復得，但有時我會情不自禁地想，這個雖然只有三十九歲，但是看上去已經年近五十的婦人就是我一直魂牽夢繞的阿藟嗎？我的阿藟是那樣的活潑，對我頤指氣使，而這個婦人卻安靜祥和，在我面前溫順得可怕。她雖然就是阿藟，卻再也不是我要的那個。這是我最大的憤懣所在。

要消除這個憤懣，必須要捕獲害死蘇娥一家的凶手。這一切都是來自於他。

從鵠奔亭回來，我躺在床上思索了一晚上，下一步要怎麼辦。想來想去，也沒有什麼頭緒，感覺剩下的辦法只有拷問龔壽了。我打算在早朝的時候，把這件事再次委託給耿夔，但是第二天洗沐之後，還沒來得及吃早食，

## 第二十六回　古井礫沙稠

掾屬就來報告：「啟稟使君，郡都尉李直君前來拜見，說有急事。」

「叫他進來。」我道。我大概能猜到李直為什麼來找我，那確實是急事。這段時間以來，我也沒閒著，我打聽到李直對新娶的妻子，也就是龔壽的小妹，對她百依百順。他多年沒有子嗣，只生了幾個女兒，為此娶了好幾個妾，使出渾身解數，都沒能生個兒子。沒想到娶了龔家小妹，很快就生了個男孩。對龔壽，他能不關心嗎？何況龔家家產宏富，保住龔壽，自己能沒有好處？作為一郡都尉，他本來很輕易可以做到這點，如果因為我的到來，讓他失去了這個能力，這個差辱他如何能夠嚥下。當時我讓任尚擔任兵曹從事，要從他手中接管兵權的時候，他百般推託，自然也是為此。考慮到他在蒼梧任職多年，更為熟悉本地情況，而且剛到任就和他發生劇烈衝突未必是好事，再加上太守牽召的勸說，所以我當時沒有堅持要他完全交出兵權，平時郡兵仍是他帶領操練。可是我並沒有善罷甘休，牽召當時的懦弱讓我憤恨，他說：「李都尉帶兵有方，郡兵一向只服從他，使君還是不要和他爭一日之長罷。」話雖然說得委婉，可那種輕薄的語氣，讓我很不舒服。我當時只是冷笑了幾聲，要牽召等著看，但其實具體怎麼做，因為一直忙於他事，我還沒有認真思慮過。

很快，李直大步走了進來，他的年紀雖然比我還大，可是身體壯健，絲毫也不顯老態。他的嘴邊長著一大蓬鬍鬚，密密地把嘴巴蓋住，我總是很擔心他進食是不是方便。見了我，他奇怪地有點局促，跪坐下來後，似乎不知道說什麼。也許他自己也覺得慚愧，對要求我的事說不出口罷。來蒼梧半年了，我們見面不多，他對我心存芥蒂，這是無疑的。想到剛來不久，我就拿出刺史的印信，告訴他奉詔書接管交州七郡一切事宜，也確實操之過急，那顯然給了他一個下馬威，雖然我最後沒有完全得逞，但陸續派進郡兵中的小吏，也讓他不能為所欲為。我單騎鎮服合浦叛亂之後，他對我似乎有點好感

了，不斷誇獎我的忠直膽大。牽召還告訴我，從未聽李直這麼誇過人，看來他開始有點服我了，我當時有點沾沾自喜。今天他想怎麼開口呢？我假裝和藹地一笑，打開話題：「都尉君，今天親步玉趾，突然光臨刺史府，不知有何見教？」

他遲疑了一下，終於開口：「今天來見使君，乃是為了內兄龔壽的事，不知他如何得罪了使君，被使君派人拘禁在一棟屋子裡，不見天日。」

我假裝吃了一驚，疑惑地看著他，好像不知道他和龔壽有這層親戚關係。他似乎明白我的意思，又不好意思地說：「不瞞使君，下吏一直無子，五年前娶了龔壽的小妹為妾，幸而老年得子，才不致讓祖宗不得血食。」

「哦，」我做出一副恍然大悟的樣子，「原來如此，都尉君有所不知，我派人請龔君來到廣信，在於他可能和一椿凶殺案有關。六年前，有高要縣蘇萬歲一家遷徙廣信縣，途徑鵠奔亭，在亭中被害，當時亭長正是龔壽，所以我讓掾吏好好款待龔君，請他暫時不要離開廣信，以便有了更多線索之後，可以找他對證。拘禁云云，從何說起？只怕都尉君是誤會了。」

李直點點頭：「這件事下吏也聽說過了，不過下吏認為，斷獄必須有人證物證，雖然蘇萬歲一家的屍骨在亭舍中發現，卻不能證明是龔壽所殺。也許他們一大早出發，在路上遇見賊盜，賊盜將他們殺害之後，扔進鵠奔亭廢井之中，嫁禍於亭長也不是不可能的。使君熟知，亭長乃親民之吏，平常主管賦斂斷獄，鄉里無賴少年多對之嫉恨，嫁禍亭長以報私仇，這在大漢的郡國中，是時常發生的事啊！望明使君三思。」

有關鵠奔亭案件，知道的人並不多，大約不超過十位，沒想到李直對一切事情竟然瞭如指掌，可見他在蒼梧確實眼線甚多，而且他如此能言善辯，也是我沒想到的，大概背地裡做了些功課。他說的沒錯，無賴少年子弟嫉恨亭長這種親民官吏，時有衝突，攻亭報仇或者嫁禍陷害，例子可謂數不勝

## 第二十六回　古井礫沙稠

數，我當年做郡府決曹史時，就遇過不少。如果說有人想嫁禍龔壽，確實不是不可能的。我不禁猶豫是不是該放了龔壽，誠然，我可以用刺史的權力強行拘押龔壽，但他既然有李直這樣的親戚，說的話也在情在理，我就不好一意孤行。在這種情況下，我不能不給李直一個面子，他好歹是個二千石的官吏。再說，我做官二十多年，從來以律令自束，毫無理由地繫捕人也不是我的風格。想到這，我點了點頭，道：「都尉君這麼說，敞豈敢不聽從。君放心，我不會強留龔君在府中做客，他隨時可以回家。」

　　大概是沒想到這麼順利，李直喜出望外，拱手道：「多謝明使君，久聞使君在內郡斷案如神，在朝廷不阿權貴。一生廉潔自持，不妄受人一文錢財，唯忠直是遵，唯公正是尚，直深為佩服。」

　　他流利的吹捧讓我暫時忘卻了一些煩惱，我笑了笑：「客套話就不必說了，希望在蒼梧，能和君共同治理好郡事，庶幾不辜負皇帝陛下的恩寵。」

# 第二十七回　君侯頻催促

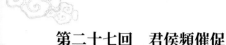

## 第二十七回　君侯頻催促

放了龔壽，當然不表明我就對之不管不顧了，在目前的情況下，他不能說全部，也應該是我的重要興奮點之一。我叫來任尚，讓他派兩三個靠得住的小吏，偷偷去高要監視龔壽一家。我先前有這樣的疑慮，龔壽聲言當初因為聽從巫師的話，去鵠奔亭躲避災禍，這些話是不是真的？據耿夔打聽來的消息，龔壽以前的橘園經營得並不好，這五六年間怎麼會突然好起來了呢？如果因為和李直結親才改善了家境，李直又怎麼會有這麼多錢給他？如果因為盜墓等無法無天的行徑發財，那倒是說得過去。總之只要找到確切證據，再將他繫捕，李直將無話可說。

對這種要動體力的事，任尚總是能保持相當的熱情，自告奮勇要親自下去。我當然不會讓他這麼做，不到最後關頭，有什麼必要派出我的左膀右臂。我們正在堂上辯議的時候，一個讓人心悸的消息傳來 —— 蒼梧君來了。

這確實是令人心悸的消息，確切地說，是令我心悸。一個人借了很多錢，聽說債主來串門，大概就是這種反應罷。我很不好意思見他，但又不敢不見，因為這位君侯我得罪不起，如果盜墓的獄事斷得讓他不滿意，他不需要反叛，只要煽動族人在幾個縣邑鬧出點風波，我這個刺史就算當到頭了。按照漢法，所轄的境內有騷亂超過三個縣邑以上，二千石官吏就要坐免。我只能低聲下氣地求他，苦苦請求他寬限一點時日了。這種行為不光彩，但沒有辦法。

蒼梧君聽了我的解釋，失望果然像面紗一樣把整塊臉遮蔽了：「久聞使君斷案如神，尤其擅長從蛛絲馬跡中尋找線索，使生者不笑，死者不恨，沒想到這件獄事竟然會難倒使君，看來，那盜墓賊是永遠查不到了。」他還落井下石地重重嘆了口氣，好像怕我對他的不滿視而不見。

我假裝伸手遮住射進來的陽光，實際上是想遮住自己的滿面羞慚，他仍在亂用成語，讓人噴飯，我卻一點都笑不出來。我只好更加沉重地解釋：「也不是毫無線索，當日在令先君墓中發現的半枚玉珮，我已經找到了和它相配的另

外半枚，竟然佩戴在郡府小吏何晏的身上。」我說這話的時候，有點傷心而猶豫，不知道該不該告訴他，何晏是我失散多年的兒子；也不知道該不該告訴他，為了這件獄事，我竟然逼得兒子自殺。因為這個得而復失的兒子，我一下子蒼老了十歲，他又怎能理解？我的妻子在失散二十年後而在蒼梧重逢，這種奇異的事，費長房（一位東漢方士）用咒語禁斷溪流不會比它更匪夷所思，除了幾個親近掾屬，猜想也沒什麼人能夠相信，我有必要跟他說嗎？

他詫異道：「難道，是官府中人勾結賊盜狼狽為奸？」

我道：「我也讓掾吏拷掠何晏，不料他突然自殺，線索就此中斷。他說玉珮是他舊時摯愛的女子蘇娥給他的，我當然不信。於是派人尋找蘇娥，卻發現蘇娥一家竟然五六年前就已經被殺。」接著，好像是為了證明自己並非尸位素餐，我又把自己途徑鵠奔亭的所見，和何晏當時的供述，以及在鵠奔亭廢井中挖掘的經過，原原本本對蒼梧君複述了一遍。

蒼梧君撫摸著自己短短的山羊鬍，怵然道：「還有這種事？難道是鬼神警戒府君，期望府君能藉此找到真凶。」他歪著頭想了想，臉上逐漸變得驚恐起來，「對了，使君，還有，一件事情，我，沒有告訴使君。」他好像彌留之際似的，每一個字都吐得頗為艱難。

我被他的神色嚇了一跳：「什麼情況？」我勸他喝口熱水，放鬆一下。侍女過來幫他沏茶，他的臉籠罩在水霧中，若隱若現。

但他好歹算是恢復了常態：「不瞞使君說，當時我們在勘察先君被盜墓室的時候，在耳室中發現多了一具屍骨。我以為是盜墓者因為分贓不均，發生內鬨所致，所以沒有介意。現在看來，這具屍骨難道就是你剛才所說的蘇娥？」

「啊，」我不由得叫了起來，他的話讓我的腦子轟然地響了一下，我似乎還能聽見腦子被轟開之後的細碎之聲，很多的事情，一下子聯繫到了一起。是的，多一具屍骨確實沒什麼，洛陽盜墓賊也確實會因為分贓不均，就在

## 第二十七回　君侯頻催促

墓室中大打出手。但如果那屍骨就是蘇娥，一切問題都迎刃而解了。晏兒確實沒有撒謊，他曾經莫名其妙地到了蒼梧君的墓室，他親眼看見了主墓室中牆壁上畫的五彩神龍，不過他並不知道那就是蒼梧君墓室，因為是蘇娥的鬼魂帶他去的。蘇娥的鬼魂一定是想透過晏兒給我這個線索，可是卻因此害了我可憐的兒子。想到這裡，我不由得胸臆又溢滿酸楚，眼淚又控制不住了。那個遇害的鬼魂，我該是憎恨她，還是該同情她？難以決捨。從阿藟的敘述來說，自從蘇娥一家搬走，晏兒就一直鬱鬱不樂，也許透過死亡能和蘇娥相遇，反而是他所願意的。蘇娥或許也知道他的這種想法，因此將他帶了去。對一個女子能有如此恆久不變的情感，大約也是對他父親情性的一種繼承罷。

蒼梧君看著我，奇怪道：「使君為何如此傷悲？難道……」

我搖搖頭：「讓君侯見笑了，只不過剛才突然想起了自己的一些舊事……如果君侯有興趣，改日再細細相告罷。唉，最近老愛回想舊事，可能真是老了，只能透過咀嚼過去的日子來尋找寄託。」

「哪裡，使君正是年富力強，怎麼算老？不過我看使君精神確實略不如前，大概是公事過於操勞了，使君還是要保重玉體啊！」蒼梧君停了一下，似乎感覺有點歉意，又道：「關於先君那件盜墓案，使君也不必著急，如果寡人有什麼做得過分的地方，還請使君見諒。寡人和使君雖然交往不久，卻也看出使君的確為人樸實，不是那些貪財枉法的小人可比，寡人心中對使君其實是深為敬佩的。」

這些話讓我略感安慰，我強笑道：「君侯如此信任我，我豈敢不盡心盡力。君侯剛才說的事，我還有一點請求，能否再次帶我去令先君墓中走一趟，親眼查看一下那具多出來的屍骨，或許能夠有所發現。」我想自己曾見過蘇娥，如果那屍骨是蘇娥的，說不定有些特徵能夠幫我判斷。如果她的魂魄真想讓我幫她申冤，更應該遺留一些什麼來幫我判斷。

蒼梧君道：「難得見到像使君這麼肯躬親獄事的人，寡人怎敢不答應？如果使君不忙，這次就隨寡人去端溪勘察罷。」

我答應了蒼梧君，又來到後院找阿藟，阿藟聽了我的想法，道：「使君如果不嫌妾身礙事，妾身也想去助使君一臂之力。蘇娥這個孩子，妾身非常熟悉，她七八歲的時候在閭里前的路上玩耍，曾被一輛馳過的馬車壓斷了小腿。後來經醫工治療，雖然表面上看毫無瑕疵，或許骨頭上猶有癒合的痕跡，妾身去看看就知道了。」

我不知怎麼拒絕她，只是呆呆地凝視著她的臉，她臉上的疤痕並不深，當日的輪廓猶在，我從中仍能看見她年輕時的影子，一種奇異的溫柔的感覺像泉水一樣，從心中汩汩流出，浸漫了全身，甚至將周圍的一切都浸漫了，床帳、帷幔、筵席，都籠罩在溫柔當中。我伸出手去，撫摸著她的臉，喃喃道：「阿藟，妳受苦了。今後我們再也不要離開，至死不渝。」她凝視著我，突然撲進我的懷中，哭著低語：「阿敞……阿敞……」這是我們重逢以來的第一次。此前她總是怯生生地坐在一旁，不肯和我一起睡，非常堅決。這也難怪，畢竟相隔有二十年之久，怎麼能找回當日做夫妻的感覺。多數時間她都叫我為「使君」，還謙卑地自稱「妾身」，很少叫我的名字，現在她叫了。我輕輕拍著她的脊背，低聲道：「阿藟，不要怪我害死了我們的兒子，兒子總是身外之物，不是嗎？等我們死後，只有我們兩人在地下相伴，兒子不能陪伴我們永遠，能找回妳，就是我最大的快樂。」

她不說話，仍是哭，我們在苦澀的溫情中融為一體。這些天，我一直覺得和她相隔很遠，甚至懷疑和她重逢是否有意義。現在我充滿了慶幸，我仍是愛她的，大概我生在這個世上，就是為愛她而生，沒有她，我只是在世上孤獨無依地生活了二十多年。我曾經渴望能和她盡快有個孩子，讓我覺得和她的結合是真實的。現在我發現，什麼都沒有我對她的愛戀更為真實。它好

## 第二十七回　君侯頻催促

　　像並不曾穿越二十年的光陰，從陽嘉元年，到延熹二年，這二十多年間，是不存在的虛無。看到她，我才找回了自己。

# 第二十八回　墓室再詢謀

## 第二十八回　墓室再詢謀

第二次進入墓室的感覺，和第一次頗有些不同。那時候是單純的神祕，現在卻帶著一些複雜的感傷。

蒼梧君引導我到耳室，也就是擺放前蒼梧君四個妃嬪棺木的地方，我記得當時問過他，這些屍體有沒有遭到損壞，他的語氣好像略有遲疑。現在想來，他當初不肯說，或許是覺得多出一具屍骨屬於家醜，也可能覺得無關緊要。

墓室裡陰沉沉的，瀰漫著一股非人間的氣息，雖然來過一次，仍覺得有些瘆人。「打開這具棺木。」蒼梧君對身邊的工匠們下令，又轉首低聲對我說，「當初這具屍骨身上沒有穿衣服，從其旁邊扔下的衣服來看，似乎是個女子，但也不敢肯定。」

工匠們用鑿斧敲開棺木，一陣陣不好聞的異味從各個縫隙蜂擁而出，像一塊大石頭被陡然掀開時，下面四散奔逃的醜陋爬蟲。我不自禁緊掩著鼻子，腦子裡胡思亂想，這些已經化為槁木的女子，當年能在前蒼梧君身邊左偎右靠，一定也是出身貴冑之家，長得也端莊秀麗，她們當年在蒼梧街上經過的時候，不知有多少平民百姓停下手上的勞作，對之注目豔羨。現在她們躺在黑漆漆的墓室和沉甸甸的棺材裡，誰人會想到她們曾經風流光彩地生活在外面的世間。想到這裡，怎麼能讓人不感到人生之悲涼？

我回答蒼梧君的話：「女性的骨盆總要大些，按照經驗，是完全可以辨別的。」我能聽到自己的聲音有些顫抖，當然也因為蒼梧君的語氣有些詭祕。

蒼梧君道：「我想也是，不過，我只是不願相信，就算在我們蠻荒的蒼梧，女性做盜墓賊的畢竟不多罷。」

「如果是蘇娥的話，那就不是問題了。」我一邊回答，一邊舉起蠟燭湊近，棺材非常碩大，一些雜亂的屍骨橫七豎八地躺在裡面，看得出來，其中一具沒有穿衣服，頭蓋骨和其他骨頭不成人形地散置著；另一具屍骨則比較完整，仰臥側首，四肢張開，身上穿著一套錦緞的襦裙，上青下黃，搭配得

非常妥貼，那當然是前蒼梧君的某位妃嬪了。

　　我沒有理會，只是用蠟燭細細查看那具沒穿衣服的女屍腿骨，驚異地發現，果然有一道癒合的傷痕，當然非常淺顯，不仔細看是看不出來的。本來阿藎要親自來查看這個傷痕，我沒有答應，我不想讓她再次面對人世間的齷齪和醜惡。

　　「骨肉化盡，怎麼能辨別是蘇娥與否？」蒼梧君道。

　　我勉強笑了笑：「是蘇娥無疑。」

　　他道：「使君為何如此肯定？」

　　我沒有回答他，因為沒來得及認真向他解釋，我手中的燭光照到棺材角落有一點閃亮，似乎是殘留的隨葬品。我伸出一把鉗子，把那點亮光鉗住，原來仍是一根金釵。從它的形制來看，和我上次來時在地上發現的那枚金釵非常相像。我用燭光湊近金釵的頸部，一個細如蠅足的篆書「折」字赫然在目。蒼梧君在旁驚奇道：「棺材中的陪葬品，都被盜得乾乾淨淨，絲毫無存，這枚釵子是怎麼遺漏的？」

　　我道：「這是蘇娥頭上戴的釵子。」

　　蒼梧君驚奇道：「你怎麼知道，雖然你見過她的鬼魂，可是鬼魂當時就戴著這根釵子麼？」他的聲音有一些顫抖，顯然頗為害怕。

　　「不，我只是想，君侯府上的金釵不會有這麼粗糙。」我把金釵遞到他面前，從重量上掂量得出來，這根金釵不是純金的，而是鎏金的。

　　蒼梧君道：「如果按照使君的說法，這具屍骨就是蘇娥，為什麼她沒有穿衣服？又怎麼會來到了先君的墓中？」

　　我道：「或許是被盜墓賊脅持到了這裡殺害的罷。」我也想不通為什麼她沒有穿衣服，難道盜墓賊在這個陰森森的地方，也會有興致對之行那苟且之事嗎？我想不通，只是有一點可以肯定，我在鵠奔亭見到的，真是她的鬼

魂。雖然已經有心理準備，想到這裡，我仍舊覺得毛骨悚然，我只好不斷地寬慰自己，何必害怕，鬼魂如果真有能耐，又何必向我求救？於是，自豪和恐懼像盪舟一樣此起彼伏。我覺得自己充滿了正義感，自古以來都沒聽說過鬼神能顯靈告訴申冤的事，蘇娥一家竟能如此，說明確實遭受了千古奇冤，乃至感動了上蒼。我一定要向朝廷申訴，將凶手滅族，才能消弭此恨。

出了墓室，我肯定地告訴蒼梧君，既然斷定墓室中的屍骨是蘇娥，我大概有了偵破的方向，一定會盡力求出結果。然後我告辭了他，因為惦記著阿藟，也沒有心思再去端溪城玩耍，急忙回到廣信。

回來之後，我把看到的一切告訴阿藟，她只是默然。我問她：「晏兒他是怎麼做上太守府小吏的？」

阿藟道：「就和你當年一樣。其實我從不想讓他做官，可是他天性就喜歡做官罷，也天生繼承了你的能力。如果他不做官，或許就不會這樣。」

「你的意思是，牽府君很欣賞他？」我道。

阿藟點點頭：「就如二十多年前，周府君很欣賞你一樣。」

我也不由得默然，這真是我的兒子，為什麼我們父子兩人，喜好如此相同，命運也頗為相仿，我當上了官，卻失去了阿藟；他不用做農夫，卻死於非命。不過這更不通了，為什麼他好不容易做了郡吏，有了薪俸，卻會去做盜墓的勾當？我問阿藟：「他到太守府做事之後，每天的生活是怎樣的，經常不在家嗎？」

阿藟點點頭：「做了小吏，還不是一樣的辛苦，就如你當年，一月倒有半月在外奔波。我寧願他做農夫，總能母子相守。」

「那你的意思是，晏兒確實有可能去做了盜墓的事。」我望著她，多麼希望她能否認。

她眼睛呆滯，毫無神采：「也許只能怪家裡窮，當年他對那蘇家的女子

極為喜歡，可是她母親蘇媼嫌我們家貧苦，對他冷嘲熱諷，要他不要癩蛤蟆想吃天鵝肉，最好趁早死了那條心。他個性一向倔強，只能天天躲在屋裡生悶氣，我也不能安慰他什麼，因為我的無能。後來蘇媼大女兒嫁人，他們一家乾脆搬去高要縣。晏兒眼不見心不煩，才稍微平復了一些心情。他一直苦讀律令，最終得到牽府君的賞識，把他從縣廷調去郡府任小吏，從此他就很少歸家了，一心勤於吏事。幾個月前的一個清晨，我發現他突然回家，臉色凝重，神不守舍，好像受了什麼驚嚇，只是發抖，躺在床上一病不起，一連躺了兩個多月才漸漸病癒。之後就老是坐在床上呆呆看著半塊玉珮發呆，我問他玉珮來自哪裡，他也不說。」自從和我重逢以來，阿藟第一次說了這麼多的話。我道：「他供述說，那塊玉珮是蘇娥給他的，但蘇娥卻早早死在了六年之前。」說到這裡，我的背脊又不自禁地發涼。

阿藟也嘴唇發青：「難道他那次跑回家，竟然是遇鬼了。可是他一直沒對我說，只是稱公務出門遇雨，受涼發病。不過你這麼一說，倒提醒了我，病中他好像曾經驚呼『阿娥，妳為何嚇我』，由於聲音含糊，當時我沒想到這一層。病癒後，他有一次和我聊天，曾不經意問我，這世上是否真的有鬼。我對鬼神之事並不懷疑，但究竟沒有親眼見過，也說不出切實的證據來，只能含糊回應，所以他對我的回答並不滿意。」

我肯定道：「我以前也不很相信，現在看來，鬼神之事，一定是真有的。阿藟，我們二十年後能夠重逢，這也許就是鬼神之力罷！」

「可是鬼神為何又要奪走我的晏兒呢，難道晏兒是你的化身？」阿藟伏在我身上，又哽咽起來。

我輕輕拍著她的脊背，安慰道：「既然這世上真有鬼神，那死亡對晏兒來說，就未必是一件多壞的事。他是那麼的喜歡蘇娥，蘇娥也愛他。在這世上，晏兒一個人生活得並不快樂。如果在地府能和蘇娥相伴，又何止勝過偷

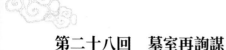

生在這人間百倍？」我這麼說著，好像連自己也相信晏兒的死是天生注定，死對晏兒來說，是一種解脫，是奔向快樂之通途。想起我當初見到晏兒時的情景，想起他孤苦無依的眼神，就不由得一陣隱痛，於是，一股殺戮之氣也就從腹中向上慢慢升起，好像我光著身子走向湖中，讓湖水逐漸漫過我的胸臆。

阿藟道：「阿敞，你的意思是，蘇娥故意給晏兒半枚玉珮，就是想讓晏兒去地府和她相伴？那她怎麼不考慮一下我的心情，為什麼要讓晏兒和我陰陽相隔……」

「可是，她也採用這種辦法，讓妳找到了我，這算是一種彌補罷！妳就當晏兒是我的化身好了。而且，如果晏兒這一生不得不是這種結局，那麼，我們最終因此在一起，不也是很快樂的事嗎？當然，如果盜賊不殺死蘇娥一家，也許蘇娥終究會找到晏兒，你們三個人能快樂地生活在一起。至於我，願意獨自承受沒有妳的痛苦，畢竟我已經承受了二十年，還能活多久呢？」

阿藟哭道：「上天為何就不能讓我兼得你們？」

我抱她在懷裡，緊緊咬著她背脊上的衣服，怎麼也不肯鬆開。

# 第二十九回　與掾尋獄事

## 第二十九回　與掾尋獄事

雖然我現在對晏兒的供狀深信不疑，但如此神奇的事，怎麼去說服掾屬們呢？果然，耿夒第一個就對此產生疑問：「下吏這幾日一直思慮，覺得何晏君的話很奇怪，這種想逃脫罪責的供述，確實是洛陽的一些盜墓賊慣用的。只是，他的話中還有不少疑點值得認真分析。」

我有點著急，驢唇不對馬嘴地說：「按照君的意思，盜墓者是不是何晏呢？他已經自殺，下一步我們該如何呢？蘇娥的屍體，為什麼又會跑到前蒼梧君的墓室中去呢？」我也不知道自己為什麼如此急躁。

任尚還不知道我和晏兒的關係，他插嘴道：「使君，下吏認為，殺死蘇娥一家的凶手和盜墓者都是何晏。何晏一向喜歡蘇娥，只是由於蘇媼的阻攔，兩人無法結合。有一天何晏在鵠奔亭附近公務，碰巧遇見蘇娥一家，就將他們全部殺害，獨留下蘇娥，拘禁起來供自己淫樂。又有一天他脅持蘇娥一起去盜墓，為了某件事情發生爭執，一時怒起將蘇娥殺死，順便扔進了某位妃嬪的棺中，匆忙逃遁。蘇娥怨憤難釋，於是透過鬼魂顯靈，向使君暗示，要使君為之申冤。」

我有些不快，但本著鼓勵的精神，耐著性子問道：「你的推理也算不錯，不過，蘇娥既然要顯靈訴冤，為何不直接告訴我她是被何晏所殺，何必僅僅在亭舍中出現呢？」

任尚道：「鬼神之道難明，能做到的恐怕只有這麼多罷。亭舍房屋陰暗，適合鬼神出現。何況他們一家就是葬身於亭舍的枯井之中。在亭舍中顯靈，也有助於使君發現他們的屍骨。」

我沉吟道：「這個解釋也說得過去，不過還有一點疑問，如果我不是勘察前蒼梧君墓室，發現了半塊玉珮，就不會查到何晏身上去。如果不因為何晏供述是蘇娥給了他這塊玉珮，我們也不會去尋找蘇娥其人。透過這麼大的彎子來暗示我們，蘇娥，她的冤魂繞得也未免太遠了。何況盜那麼大的墓，

顯然不是一個人的力量所能辦到的。」

任尚道：「也許蘇娥知道使君擅長斷獄，明察秋毫，才會採用這樣的辦法，讓使君一方面破獲盜墓案，又同時破獲殺人案，可謂一舉兩得。要是換個昏庸的官吏，只怕就不會這樣了。鬼神只能給一些暗示，讓世上官吏為之申冤，如果能隨心所欲的報仇，又何必要人幫忙？自己直接下手不就行了。然而不那麼做的原因，是力不足也。」

我不置可否，任尚誇獎我擅長斷獄，一方面讓我自豪，一方面用來解釋蘇娥冤魂的動機，也說得過去。我望了一眼耿夔，剛才任尚打斷了他的話，我的問話他還沒回答呢，我道：「耿掾覺得任尚君的說法合理嗎？」

耿夔的回答出乎我的意料：「下吏以為，殺害蘇娥一家的，一定不是何晏。試想，對蘇娥遇害的事，我們本來一無所知。當初我們盤問他的，僅僅是盜墓案件，如果是他殺了蘇娥，何必主動告訴我們給他玉珮的乃是蘇娥？他應該能想到，我們必然會為此去尋找蘇娥其人。把一個盜墓案發展為一個殺人案，我想他不會這麼愚蠢罷。」我撫掌道：「確實如此，這正是我所想的。那麼，君認為誰最可能是凶手呢？」

耿夔搖頭道：「下吏只擅長提出疑問，斷獄之事，是使君所擅長的啊。」

我的心情稍微開闊了一些，我不想承認晏兒是個殺人罪犯，耿夔的話無疑為我解開了這個結。任尚有點訕訕的，不好意思道：「就算何晏沒有殺人，至少盜墓是他做的罷。如果他不去墓中，怎麼能有那半枚玉珮？」

耿夔道：「盜墓也不該是他所為，既然他供述了玉珮是蘇娥所贈，就一定能想到使君會為此去查找蘇娥的下落。如果蘇娥未死，一問便知，他可以輕易洗脫罪責。」

任尚道：「可是，何晏是郡府小吏，如果他事先要查找蘇娥一家名籍，應該是非常容易的，他可能已經知道，蘇娥一家已經徹底失蹤，有可能已經

死亡。換句話說，他自己已然深信，給他玉珮的是蘇娥的鬼魂。」

耿夔笑道：「這也正好說明，何晏並非盜墓者啊！他深信給他玉珮的是蘇娥的鬼魂，所以不怕供述出來；如果心內有鬼的話，他完全可以想別的辦法。」

任尚道：「不然，如果他事先知道蘇娥一家已死，因此把給他玉珮的人說成是蘇娥，不是死無對證，藉此逃脫罪責麼？」

耿夔道：「現在又繞回來了，他把給他玉珮的說成是蘇娥，我們就會追查蘇娥的下落，認為他是殺人凶手，這對他非常不利。」

任尚道：「這頂多可以肯定蘇娥一家不是他殺的。追查蘇娥的下落也和他無關，蘇娥不是他殺的，不能證明他沒有盜墓，這是兩回事。」

耿夔道：「誠然，可是有一個疑問，如果他僅僅知道蘇娥死了，是不足以編出這種低劣的謊言的。他盜的是前蒼梧君的墓，如果他把玉珮說成是蘇娥給他的，那麼任何人都會產生一個疑問，蘇娥的鬼魂怎麼會出現在蒼梧君墓中？她怎麼會把蒼梧君墓中的玉珮給他？何晏將無法自圓其說。所以說，如果他說的是謊言，那麼，這個謊言是低劣的。以何晏的才華，他不可能變得這麼蠢。唯一的可能就是，何晏自己也搞不清楚，他來到的地方，其實是前蒼梧君的墓室。否則的話，他還不如編造說是前蒼梧君的一個妃嬪給了他這塊玉珮更加合適。再說，一個盜墓者，連自己所盜的墓是誰的都不知道，這不是很可笑嗎？」

任尚沮喪地說：「我老任一向說不過你這豎子……你說的也不錯。」

耿夔笑道：「任老虎，人各有所長嘛，躍馬彎弓，左右馳射，我就不如你了。我們回到這件事上來，如果何晏確實透過盜墓，盜得了這半枚玉珮，怎麼還會繫在身上，隨便讓工匠發現呢？這不是太不謹慎了嗎？何晏顯然不會這麼蠢。唯一的可能是，何晏當初的供狀沒有絲毫虛假。」

我在一旁靜靜聽著，他們的辯論很精彩，簡直把我說暈了。我斷了那麼多的獄事，從來沒有像這件一樣複雜。大概是因為涉及鬼神之事，因此更不好索解的緣故罷。我總結道：「二掾的意思是，蘇娥只是想透過這個來給何晏暗示，告訴何晏，她的屍體在前蒼梧君墓中；她們一家出現在鵠奔亭，則是想告訴我們，她們在鵠奔亭遇害。殺人者就一定是盜墓者——那麼，到底是誰殺了她們一家呢？」

　　任尚點頭道：「使君明察，殺死蘇娥的人，一定同時是盜墓的人，否則不會這麼湊巧。從現在的情況看，好像龔壽的可能性最大，也只有他才有這種力量盜那麼大的墓。」他傻笑了一下，好像為自己此前的斷言感到不好意思。

　　我有些焦躁：「可我們沒有證據，而且他是李直的親戚。雖然我並不怕他一個都尉，但缺少真憑實據，去繫捕都尉的親戚，總還是有些不妥的。」

　　任尚道：「下吏派去的小吏，說龔壽家防範嚴密，很難發現異常。這幫廢物！不如讓下吏親自潛入龔壽家偵查，或許能有所斬獲。」

　　我道：「君是我的兵曹從事，地位尊貴，豈能讓君親自去？」

　　任尚道：「使君想想，除了臣，還有誰能勝任？」

　　我默然了，偵伺奸人隱私，需要智勇兼備，在智上，他雖然不如耿夔細心，一般人卻也難以匹敵；至於勇，幾乎所有人都只能望其項背。想起他當年手引雙弓，在南郡連斃三十六個賊盜的事，至今也不由得讓我驚嘆不已。我道：「讓我再想想罷。」

　　任尚道：「不必想了，使君放心，這世上有些事，還真的不大可能難倒下吏。」

# 第二十九回　與掾尋獄事

# 第三十回　攜僚上高樓

## 第三十回　攜僚上高樓

　　冬天很快就過去了，蒼梧郡的冬天，和中原大相逕庭，我一點沒有感到寒冷，連雪都沒有下一片，院子裡的花每天照樣開得絢爛，在長年陰沉沉的天空籠罩下，總覺得是幅奇怪不過的風景。新年的前幾天，廣信城中愈發熱鬧起來，往常肅穆的刺史府門前大街兩邊，也變換了模樣。各式各樣的鮮花把街道幾乎鋪滿了，只留下當中一條窄窄的過道，人來人往，熙熙攘攘。這些花都是城外的百姓種植的，蒼梧的新年有插花的習俗，家家戶戶都要買一束花回家插在陶瓶裡，伴隨他們度過新春。他們最喜歡的是桃花，賣的都是整條的桃枝，從樹上直接砍下來的，主幹上四向伸展出柔韌的枝條，上面星羅棋布地綴著已開或者未開的桃花，插在陶瓶裡，宛如一棵小小的桃樹，灌上水，它還會逐漸綻放。在許多黃泥夯築屋牆的人家，屋裡的一切都是晦暗的，獨有這桃花的燦爛光彩，才能讓他們稍微領略到一點做人的樂趣罷！桃枝是辟邪的，桃者，逃也，任是多凶殘的鬼怪，見了它就一定要嚇得逃走。據說，萬鬼之門就在東海度朔山的一株巨大的桃樹下，桃樹，因此成為鬼怪的噩夢。一年以前我都會覺得這很荒誕，但現在我想，它或許是真的。

　　牽召、李直和一些郡縣的屬吏也一起來拜訪我，恭請我去參加新年花市，在他們的簇擁下，我在花市上巡視了一圈，百姓們好像被訓練好了似的，都紛紛舉起鮮花向我致意，歡呼萬歲。這種熱鬧的場面我很喜歡，往年這條街是不許辦花市的，因為讓百姓在刺史府前喧鬧，有損朝廷威嚴。我卻最討厭冷寂，特意下令把花市改到這裡。在洛陽見慣了喧鬧，到了蒼梧很難習慣。和這裡處處鬱鬱蔥蔥、玲瓏暗碧的景象相比，人丁實在顯得過於貧瘠。為什麼草木生活得無比熱烈的地方，人丁的繁衍卻如此羞澀謙讓和推三阻四，我想不明白。總之，這個時候，我才感覺到了一點洛陽街市的氣氛，不由得百感交集。

　　之後，我帶著他們回到刺史府，宣布排宴，二百石以上的長吏可以把家眷

帶來，大家一起歡聚慶賀。廣信也沒有多少這樣級別的官吏，除了我、牽召、李直，就是太守丞、都尉丞、縣令、縣丞了，縣令我有印象，上次他特意跑來向我匯報鵠奔亭廢置的事，我還記憶猶新。因為沒話找話，我突然想起了許聖，那個在鵠奔亭見過的人，正是縣廷的小吏，於是問他是不是知道這個人。不知什麼原因，這時我似乎已經有了很好的心理準備，不怕接受一切莫名其妙的訊息，我甚至準備聽到他告訴我，縣廷根本沒有這個人，或者再問問縣廷年老的掾吏，他又會回來告訴我，之前確實有這麼個人，不過早在五六年前，或許更早，就已經失蹤了，和蘇娥一家的遭遇一模一樣。那樣，我見到的那個許聖也是一個鬼魂，我曾對他溫言撫慰，推食食之，卻不過是對一個可憐的鬼魂行了一回恩惠。說他可憐，是因為他當時飢饞落魄的模樣，讓我的記憶實在歷久彌新。誰知縣令這回毫不猶豫，說：「這個許掾，我當然知道，他家境貧寒，但長得非常俊美，做事也肯用心，經常自告奮勇代替其他掾吏出公差的，只為了多幾錢的收入。不過很不幸的是，在半年前，大概是使君來廣信不久，他突然自殺在家裡，他只有一個母親，難過得很呢。」

這個回答，比告知他是鬼神更讓我意外：「為什麼會這樣？君肯定他是自殺嗎？」

縣令道：「說實話，我不大相信，只是這人向來老實，縣廷的同僚無不喜歡他，他應該沒有任何仇人，我就曾想提拔他，誰會去殺他呢？根本就沒有理由啊。」

我心中無端浮起一陣烏雲，還想問下去，耿夔突然急匆匆進來道：「使君，太守和都尉的家眷都來了，使君要不要接見一下。」

按照禮儀，我不能不接見，何況李直的妻子兒女，我還真想看看是什麼模樣。牽召的妻子和兒子牽不疑我還多少有過數面之緣，很快就應付過去了。他們剛下堂，李直的妻子龔氏和她才三歲的兒子李延壽就上來了。龔氏

似乎對我有些敵意，行為舉止倒是無可挑剔，認認真真地對我曲身施禮，言辭中卻透露出些微的不滿，她說：「今天初次來見使君，起初有些忐忑，不想使君並不是凶神惡煞的人嘛。」說著她就笑了起來。她長得身材修長，皮膚黝黑，五官端正，眼睛大而清澈，嘴唇飽滿豐厚，甚至可以說有幾分姿色。我雖然不算很好色的人，但見了長得好看的女子，總免不了有些好感，於是也笑道：「君從何處聽說刺史長得凶神惡煞？」她道：「沒有聽誰說過，只是家兄前段時間被使君留在府中做客，讓妾身五味雜陳。」這時李直走過來，打斷她：「使君不過找妳阿兄問點事情……還是把延壽抱來，讓他拜見拜見使君罷。」龔氏道：「你自己難道沒長手嗎，要我去抱。」雖然嘴上這麼說，還是扭身去了。李直不好意思地對著我笑笑。

一會，一個奶媽抱著李延壽跟在龔氏身後來了，奶媽跪坐道：「拜見使君。延壽，你也說。」

李延壽上身穿著一件精巧的紵絲袷襖，綠底子上面點染著紅白相間的花紋，腰間繫著褐色底黃色花的裙子，胖乎乎的雙手捧著一枚果子，可能剛才一直在吮吸，唇間都是紅汁，也不需奶媽的提醒，就對著我拜了一拜，漆黑的兩個眼珠亂轉，脆聲脆氣道：「拜見使君！使君啊，我阿翁說，使君的官比他還大；我先前以為，阿翁的官才是最大的。」

牽召在旁，臉上有些尷尬，他這個太守當得真失敗。我哈哈大笑：「使君官不大，官秩還沒你阿翁高呢，每月的薪俸也遠比你阿翁少。」我命令僕人給他賞錢，這個孩子真可愛，也許我的晏兒當年也有這麼可愛，可惜我從未見過他那時的樣子，一陣痛楚又像潮水一樣湧上胸臆，衝擊得鼻子也酸了。

接著龔氏和奶媽帶著李延壽出去玩了，我們幾個男子坐在刺史府的闕樓上喝酒。這個闕樓正對著大街，花市的全景可以盡收眼底，街上百姓摩肩接踵，一派祥和，我不由得感嘆了一聲，舉杯道：「百日勞之，一日樂之。來，

諸君請舉杯，刺史敢敬諸君。」

眾人紛紛謙讓，舉杯飲盡。不久後，牽召又舉起酒杯諂媚我道：「自從使君來到交州上任，連花也要開得豔些，往年的花市，可遠沒有這麼熱鬧，足見使君德音秩秩啊。」

我問他：「府君在廣信當太守有多少年了？」

他嘆了口氣，道：「七年了，我感覺自己早已成了蒼梧人。」

「皇帝陛下信任府君，才會讓府君在一個位置上待這麼久。」我勸慰道，「賢明君主在位，除拜官吏常常十餘年不易位，有功勞也只是增秩以為褒獎。當年黃霸任潁川太守，總共做了八年；於定國為廷尉，竟然做了十九年。比之前賢，君還不夠啊，又何嘆焉？」

牽召點頭道：「使君說得是，其實李都尉執掌蒼梧的時間，比我長多了，有十一年呢，對蒼梧百姓可謂恩情甚篤。」

好像沒料到牽召會誇他，李直猝然道：「哪裡哪裡，我一直只在軍中，不像牽府君這樣親理民事，受百姓愛戴。」

我看了牽召一眼，覺得好笑，當個太守，好壞也是一郡最高官吏，竟然要巴結官階比自己低的都尉，實在太沒意思了。這時牽不疑也站起來，離席舉杯對李直道：「小姪不疑，也一向敬重都尉君的文韜武略，敢以此爵為都尉君祝壽。」

牽不疑這個人，我已經比較熟悉了，因為他後來經常到刺史府找耿夔和任尚玩耍，和任尚比試箭術。我也曾看過兩次，他射得確實不錯，每次只略微負於任尚。有時他出城狩獵，打到了野味，還會特意送來給我。我起初聽說他喜歡帶著一幫遊俠少年在城中馳逐，驚擾百姓，還有些不喜。現在看來，他並不像個不遵法度的人。任尚曾經告訴我，牽不疑確實有一次夜深回城，呼喊開門，被李直手下的城門校尉拒絕，還準備繫捕他。牽召聽到消

## 第三十回　攜僚上高樓

息，不但沒有羞憤，反而稱讚李直剛直不阿，人如其名，帶著兒子老老實實去向李直請罪，保證今後不會再犯，李直才免去對牽不疑的處罰。「其實那天是牽召生日，牽不疑特地出城田獵，想獵獲一些野味為父親祝壽，忘了時間，結果因為這件事搞得壽宴不歡而散。」任尚解釋道。

後來我對牽不疑印象大為改觀，覺得他風度翩翩，溫文爾雅，非常謙遜。我還知道他自小生活在故籍潁川，由大父母撫養成人。牽召遷職蒼梧的第二年，他才跟來，說要侍奉老父，以盡孝道，看來還是個孝子。我對孝子雖然平時多有腹誹，但主要因為假孝子太多，對認真的孝子，我還是不那麼討厭的。

牽召沒話找話地說：「都尉君，這次花節，君的內兄龔君也該來了罷？據說去年他家的橘子比往年收穫得還多啊！」

李直的臉霎時變得陰沉起來，像傍晚時郊外的墳塚，道：「府君既然知道，何必問我。」

牽召有點訕訕的，我心裡一動，看著李直道：「龔君家裡如此豪富，為何去當亭長？」

李直亂蓬蓬的鬍子動了一下，大概是咧了咧嘴巴，想盡力驅散臉上的陰霾：「富而不貴，總是人生遺憾，他大概想過幾天官癮罷。」

我道：「做亭長的，送往迎來，又算得什麼官了？」

牽召笑道：「所以龔壽君和都尉君結親之後，馬上辭去了亭長一職，作為都尉君的親戚，當個小小的亭長也確實丟臉。」

李直又陰沉沉地望著牽召：「府君這話其實說錯了，我和龔壽的小妹結婚，是在他辭去亭長一職以後的事。」

「他為何辭職呢？」牽召似笑非笑地說。

「又不愁吃喝，不想做了就辭職，有什麼好問的。」李直哼了一聲。

剛才還彼此和氣，一下子就劍拔弩張，似乎要吵起來，我於是笑道：「不

要傷了和氣，來，飲酒。」其他長吏也齊聲道：「飲酒，飲酒。」

牽召趕忙舉杯道：「都尉君，剛才說話多有冒犯，敬請恕罪。」李直的聲音像岩石一樣硬：「不敢，是下吏冒犯了。」

又喝了一回酒，牽召道：「對了，使君，我治下不嚴，上次我的掾屬何晏的事，讓使君不快。不過我以為，何晏這個人秉性確實純直，盜墓之事，只怕是別人陷害的罷。」

他竟然提起這件事來了，我曾經問過他，為何會辟除何晏為吏，他說沒別的原因，只是在縣學巡視的時候，發現何晏精通律令，性格淳良。他的說法讓我大有好感，如果不是我剛愎自用，害死了晏兒，牽召就像當年的周宣府君，晏兒就像當年的我罷。我默然了半晌，道：「那麼府君認為誰會陷害一個小吏呢？」

牽召道：「這件事，我也說不清楚，我也不是為自己的眼光辯護，只是依照自己幾十年的經驗，感覺何晏不是那樣的人罷了。」

我還沒說話，李直道：「那也難說，聽說那何晏家境貧苦，曾經追慕同里的一個女子，遭到那女子母親的奚落。當小吏也沒有多少薪俸，如果盜墓能夠一夜暴富，我想，像他那樣的人，也許抵抗不了誘惑罷。」

他怎麼也會關心晏兒的事……我心中登時騰起一股火焰，很想將手中的耳杯擲到他臉上，不過我的理智告訴我，這樣做是不行的。他說的話並非不在理，有些小吏為了聚斂錢財，難道不是確實在舞文為奸嗎？我之所以這麼憤怒，不過因為他所說的人是何晏罷了。但我知道自己，是向來忍不住一時之氣的，我想立刻告訴他，何晏的母親名叫左薑，就是我二十年前在廬江失散的妻子，何晏就是我的親生兒子，那樣他，包括堂上所有的人都該驚愕了罷。讓對方驚愕而無可奈何，常常能為我帶來欣喜。我突然打定主意，吩咐左右去喚耿夔，要他去把阿薑請出來。

## 第三十回　攜僚上高樓

　　誰知耿夒卻自己出現了，他總是在我期望或者不期望的時候，適時出現在我面前。他照樣急匆匆跑到我身邊，附在我耳邊說：「田大眼又來拜見使君，還送來了一些花束，並且說又發現了一些玉器，可能是前蒼梧君墓中的。」

# 第三十一回　遣將廉豪戶

## 第三十一回　遣將廉豪戶

田大眼仍舊點頭彎腰，我看著擺在他面前的玉器，問道：「君怎麼知道這是蒼梧君墓中的東西？」

「很簡單，有的玉器上刻了字。」他拿起兩件玉器，「使君請看，這塊玉璧上有『內府』兩個字，這個玉杯上則有『蒼梧』兩個字，本郡只有蒼梧君設有『內府』這個官署，自然是蒼梧君墓中的無疑。」

我登時高興起來：「很好，誰賣給你的？」

田大眼道：「那個人小人不認識，從口音來看，似乎是鄰縣高要縣人氏。小人為了穩住他，說怕買到贋品，需要把物件留下來鑑賞兩天再做決定。」

「他放心給你留下？」我驚訝道。

田大眼賠笑道：「小人雖然地位低賤，在蒼梧郡也有點講信義的虛名。再說小人一家老小都是因為有罪才遷徙到廣信的，家族人等皆是戴罪之身，按照律令不能隨便遷徙，他當然是不怕的。」

原來他家也是犯罪流徙蒼梧的，我點點頭，安慰道：「原來如此，不過在蒼梧，未必比中原壞。」又問耿夔：「君以為該當如何？」

耿夔道：「立即繫捕此人，加以訊問，不怕他不招供。」

我想起了何晏的事，搖頭道：「這次要慎重些，我再好好想想。」

我命令給田大眼重賞，送他回去，並要他再拖延一日，等我想個辦法對付。之後我又回到筵席上。大概牽召和李直等人見我心不在焉，坐了一會，紛紛說天色晚了，起身告辭。我也無心和他們多談，寒暄了幾句就散了。看著他們的背影，又突然想起沒來得及問縣令關於許聖的事，不禁有些悵然。回到內堂，耿夔還在等我，我道：「這次可一定不能再輕率了，必須搞清楚他的出處，將他們一網打盡。」

「那就派人跟蹤他。」耿夔道。

我點頭：「你要親自跑一趟，其他人我不放心。」

耿夔道：「我知道使君肯定要這麼說，不過我一個人只怕不夠，萬一有什麼事，沒個照應。」

　　「讓任尚陪你去。」我道。

　　耿夔驚訝道：「那使君身邊就沒人了，一旦猝然有急，又當如何？」

　　我笑道：「誰說沒人，那些掾屬不都在我身邊嗎？」

　　耿夔道：「雖然如此，但只有我們兩個是使君從中原帶來的，其他人總不那麼靠得住。況且任尚一向掌管兵曹事，職位重要啊！」

　　我也有點猶豫，但我實在太想盡快破獲這個案子了，這樣一則可以盡快對蒼梧君有個交代，完成朝廷的囑託。就在前幾天，我還收到洛陽由尚書令簽發的郵書，訊問我有關蒼梧君墓被盜獄事的進展情況。我只能虛與委蛇地回奏了一通，雖然可以應付於一時，卻難以推託於永遠。二則，我也算解了一個心頭大結，為了給自己一個交代，我必須找出殺死蘇娥一家的凶手，這樣晏兒也沒有白死。此外還有一個隱祕的原因，最近我經常做噩夢，有時夢見自己在墓室裡出沒，驚恐萬分，也許蘇娥的鬼魂仍在警醒我，我不能讓沉冤久不能伸，否則不知道還會有什麼異象出現，我不想跟幽冥打過多的交道。想到這，我下了決心，道：「現在蒼梧君盜墓案是第一要事，刺史就全仰仗你們了。」說到這裡，我又壓低了聲音，「這件事情只怕還會涉及李直都尉，君等也不要過分聲張。」

　　耿夔伏道地：「下吏一定盡力。」

　　派出了耿夔和任尚兩人，我開始在府中度日如年地等待，而每天的日子又都氣息懨懨，像被摔到岸上的鯽魚。是的，我還有阿蕳在我身邊，可她總是那麼悒鬱，我從未看見過她的笑靨，而那曾經是令我何等迷醉的。在這些天中，我了解了更多她和我分別後的情況，數不清的細節，從她的嘴唇裡流出，我由此知道這個往日浸染著詩書禮樂的女子，是怎樣在這個蠻荒的蒼梧

## 第三十一回　遣將廉豪戶

度過生命中的二十年的。她嫁的那個人，雖然心腸不算壞，但醜陋短小而且目不識丁，甚至語言的交流都無法進行，這一切，她都得怎樣艱苦適應？在買來的初期，她曾經逃過幾次，可是每次都被她的所謂「丈夫」率領一幫親屬追上，而每次追回來都會被打得皮開肉綻。作為聆聽者的我，在這時候則氣得兩手發抖，我不能忍受自己視若仙女的阿薑，竟然遭到那幫鄉野之人的無恥蹂躪。我真恨自己不能當時在場，命令士卒將那些畜生全部拉到市集，由我一個個親手砍下他們骯髒愚蠢的頭顱。阿薑在敘述這些的時候，聲音雖然依舊平靜，但臉上的神情可以看出，這段回憶對她來說仍舊是難以忍受的痛苦。我只能抱她在懷裡，不時地低聲安慰：「傻瓜，妳為何要跑，妳的雙腿能跑多少路，妳又沒有長翅膀。」這個安慰也是滑稽的，她為什麼不跑，難道我不希望她跑回我身邊？她道：「我那時多麼希望自己能長有翅膀，可以飛到舒縣，飛到你的身邊。」

我感覺自己的肩頭一陣溫熱，淚水也不自禁地滴下來。她又泣道：「有一次我跑到郵驛，告訴郵卒我的身分，希望他們能想辦法把我送到舒縣，我的丈夫一定會重謝他們。誰知那些郵卒都是本地人，反而把我送回廣信。」

我一拳砸在案上：「妳該知道郵卒是本地的土著，為什麼不去縣廷告狀呢，縣令一定是中原人。」

她搖頭道：「我逃出後的第一次就是跑到縣廷的，可是縣令不但不幫我，反而說我不守婦道，想拋棄丈夫。後來那人告訴我，他送了一袋珍珠給縣令。」

她提起她的後夫，總是用「那人」來稱呼。我沒想到這裡的土著還頗懂得行賄之道，我問她：「那個縣令叫什麼名字？」我想，如果這個縣令還在，我一定要千方百計找到他，殺了他，以解心頭之恨。

阿薑慘笑道：「那個人說來你也不信，他就是現在的蒼梧郡都尉李直。」

我驚呼了一聲，不知道說什麼好了。

# 第三十二回　悲妻魂魄休

## 第三十二回　悲妻魂魄休

在半個月內，我聽完了阿薑二十年來的故事，我告訴阿薑，那些迫害過她的人，我都會一一找出來，讓他們付出代價。阿薑搖頭道：「過去的事，不要再糾纏了，這都是鬼神安排的。我感覺現在很輕鬆，早知道說完這些話會這麼輕鬆，我該早點說的。」

「當然，妳早該明白這些的，有些事，不能老藏在心裡。」我道。

她突然問道：「我的父親和阿兄，他們現在怎麼樣？我丟失了之後，你也娶了妻子，生了不少孩子罷？」

她的提問讓我有些意外，自從重逢以來，她從未問過以前家裡的事，也從未問過我的事，好像已經忘卻了。我則更不想提，因為很難出口。

我望著她，她似乎也有什麼預感似的，手捻衣帶，微微發抖。

「岳父大人是十年前去世的，他一直惦記著妳。岳母大人則早就去世了，在妳失蹤後一個月，她很傷心，那年天氣又熱。至於左雄，他……因為極言直諫，死在獄中，不過，他的兒子現在還在家鄉，一切都挺好的。」我艱難地說。說真話是殘忍的，但是不說又能如何？我不能瞞她一輩子，她現在還處在悲痛之中，不妨這次一股腦給她所有的悲痛，免得她將來承受兩次。我又補充道：「自從失去妳之後，我也一直沒有再娶，就和阿南一起生活……她生了兩個女兒，現在還住在洛陽，我怕這邊的氣候她無法適應，就沒有將她帶來。早知道會在這裡遇到妳，我該帶她來的。」

她喃喃道：「阿南，阿南……」

「我們兩個都是孤獨的人，也許這就是鬼神的安排罷！將來我們兩個相濡以沫，一起過完剩下的日子罷！」我望著她的頭髮，往日的鬒髮雲鬢，夾雜了數不清的銀絲，而且因為境遇的窘迫，她的頭髮毫無光澤，這些都讓我看在眼裡，酸在心頭。但她照舊梳得一絲不苟，阿薑愛潔淨，她就該是這樣的。

我開始盤算著對付李直的辦法，如果先前因為兵權和龔壽的事，我稍微對他有些不喜的話，現在則讓我義憤填膺。假使當年他能夠幫助阿藟，阿藟就不會變成現在這個樣子。對尋常的貪官我都絕不姑息，何況這個官吏的貪墨，讓我喪失了一生的幸福，給阿藟帶來了一生的悔恨。只是做這件事得有個策略，作為刺史，我可以向朝廷劾奏李直，但要有他貪墨的證據，而我暫時還不能提供這個證據。讓阿藟作證嗎？不能。因為一則我還沒當眾宣布阿藟是我失散的妻子，這件事我想等到案件破獲後再說。二則，如果為了阿藟的事劾奏李直，我則是此事的受害者，喪失了劾奏資格，因為可能不公正。不過這些都沒有什麼，我做了二十年官吏，而且是從文法吏一步步升遷上去的，舞文弄墨，運用法律打擊仇人，對我來說不是什麼難事。不過我還有點忌憚的是，李直在蒼梧做官做了二十多年，其中十一年是擔任都尉，掌管蒼梧郡兵已久，一旦逼急了，他狗急跳牆，招集親信部屬反叛又當如何？我得想個萬全之策，才能將他徹底解決。沒有這塊絆腳石，對付龔壽我就不需要有所顧忌了。可事情總不可能像烏、孟[55]搏雞，可以隨心所欲掌控於手中。

　　我仍舊每天在府中做著單調的事情，有阿藟在身邊，讓我心情跌宕起伏。此前的半年，卻不是這樣的。交州地域廣闊，究竟人煙稀少，政簡事疏，很少有什麼大事可以讓我興奮。想起往日在洛陽當司隸校尉的時候，完全是兩樣的生活。那時每天都想著要劾奏什麼人，為主上效力，以免自己覺得尸位素餐。回家後能夠面對的，只有母親和阿南，只能和她們說說話。早先母親經常絮絮叨叨，勸我續娶一個女子，不為自己，只為了延續祖嗣。我只是沉默以對，母親察覺到了我的不快，絮叨的時候也少了，直到去世，一家人就這麼寡淡地過著日子。我不願待在家裡，每天去府裡坐曹，反而覺得更暢快，那和現在的心情是完全不同的。然而不經意的是，阿藟開始顯露

---

55　烏、孟：烏獲、孟說，戰國時有名的兩個力士。

## 第三十二回　悲妻魂魄休

出有疾的徵兆。起初我沒有在意，覺得不過是小病。我根據自己的經驗和學識，熬製了一些草藥，餵她服下，卻一點不見效。她的病一天比一天沉重。這時我才開始慌亂起來，瘋了似的到處尋找良醫。掾吏們都覺得奇怪，因為阿藟在我府中的身分只是個女僕，他們不明白，為什麼他們的主君，會因為府中一個女僕的病情如此緊張，而且這個女僕並非從洛陽帶來，僅僅是來廣信後新招募的，應該談不上有多麼情深義重。之後找來的醫工，我都乾脆告訴他們，阿藟是我失散多年的親人，務必將她治好。醫工們診斷之後都說，阿藟的病並不是才起的，起碼是好幾年的宿疾，雖然他們都使出渾身解數，然而，也許是他們這些邊郡的醫工本沒有什麼了不起的醫術，也或者阿藟自己並沒有活下去的欲望罷，她越來越沉痾難起了。每次我伏在床前，問她感覺如何時，她總是溫柔地勸慰我，這時她也開始會淡淡地笑了，她道：「阿敞，我覺得很好，我以前生過許多病，可是都不能躺著，因為我得去做事，要賺錢把晏兒撫養大。現在我躺在這裡，能得到你的照顧，比什麼都要歡喜。」她還從床頭包袱裡摸出一支金釵，金釵的頂端是一隻吐綬鳥的形狀，她把金釵舉到我面前，道：「這麼多年來，我唯一為自己打製的一件首飾。」我的眼淚頓時像黃豆一樣撲簌簌流了下來，悲慟得無以復加，我感覺胸中有一汪很深很深的泉水，深不可測，眼淚就來自裡面，怎麼也不會流乾。最後一次，她對著我微笑。我把頭埋在她的手臂上，又不知道流了多少淚水。我握著她的手，發現她的手漸漸涼下去。我不停地飲泣，時不時摸摸她的鼻息，她的脈搏，好像盼望總有一個地方，仍在輕微地跳著，能顯示她還活著。

　　我在她的床前坐了一夜，想著如果阿藟在天有靈的話，一定會對我有所憐惜。在臥病的最後幾天，她曾屢次說：「這回可以去見晏兒了，阿敞，你自己保重……其實，我也捨不得離開你。」不，她都是騙我的，否則，她就會為我留下來。我看著她的面龐，落月照在她的面龐上，雖然當年的美貌已

238

然不存，我仍舊愛不自勝。我這才發覺，其實兩個人相處久了，容貌已經變得不那麼重要，心靈的相通才是最重要的。我真希望她只是暫時睡著了，等天一亮還能醒來，還能陪著我。可是我無法欺騙自己，我真的很想問她，為什麼我就不如晏兒重要？難道人的感情真會因失散了二十年而變得有所距離？如果有，我為什麼感覺不到？絲毫都感覺不到！

第二天，我找人來發喪。掾屬們問我，怎麼去通知別人，採用什麼樣的禮節來安葬阿薀？這句話觸動了我，我表面上是獨斷專行的，骨子裡卻很懦弱。我為什麼不能在阿薀死之前，於大庭廣眾之下宣布，她，就是我失蹤二十年的妻子。雖然阿薀一直阻止我這麼宣布，但這不是最堅實的理由。也許，我不是不想宣布，我只是想，把一切事情都處理妥貼了再說，我屢次這樣不厭其煩地說服自己，直到我真正下定一個決心。

安葬阿薀的那天，她和後夫生的那個兒子也來了。他長得短小精悍，跟我的晏兒完全不像是兄弟，但我照舊對他存有好感，畢竟他身上流著阿薀一半的血液。我給了他豐厚的賞賜，問他願不願意來刺史府為吏，他說自己天生排斥唸書寫字，至今都目不識丁，只怕不能做好。我也沒勉強他，要他翻修一下舊屋，不要再入贅到別人家了，如果有困難，可以隨時找我。他千恩萬謝，甚至臉上開始也露出些許悲容，而剛見到他的時候，他對母親的死好像渾不在乎似的。他用一口帶著濃重本地腔的官話告訴我，他一直覺得母親很奇怪，十年多來，從來就不大願意出門，尤其是天氣好的時候。他一直很怕母親，很早就入贅了出去，因為待在家裡，覺得陰惻惻的。

唉，他哪裡知道自己母親心中的痛楚，難怪阿薀也很少提起他。喪事辦完之後，接下來的日子，我一直沉浸在悲傷中，做什麼事都沒有力氣，只盼著耿夔和任尚能趕快回來，讓我有個可以盡情傾訴的對象，將我從深淵中拯救出來。那晚，我仍舊坐在油燈下發呆，突然耿夔真的跑了進來，他的樣子

## 第三十二回　悲妻魂魄休

狼狽得讓我吃驚。見了我，他像被抽了筋似的癱倒在我前面，嚎啕哭泣道：「使君……下吏辜負了你的信任，出意外了。」

我心中一震，像他這樣一向冷靜的人，出現這種反應是不尋常的，我趕忙站起來，走到他面前，扶起他：「不要著急，你慢慢說。」

他泣道：「任尚，他被龔壽的蒼頭[56]殺死了，我……好不容易才逃了回來。」

這個消息差點讓我栽倒，刺史的權威遭到如此的蔑視，是不可想像的。我差點就拔腿跑了出去，大呼「快，準備兵車，立刻開赴高要縣」，可是我知道自己不是一位無所不能的皇帝，做不到那種劍及履及的氣勢。我只是結結巴巴地說：「他怎麼敢，怎麼……」不是因為害怕，也不是因為驚愕，更不是因為恐懼，而是因為憤怒，從來沒有人敢這樣對我。

耿夔道：「使君，下吏和任尚到了高要縣，打探了好些天，都沒有什麼結果，就商議分頭行動。他去龔壽的莊園附近打探，想辦法遁進莊園潛伏；我則扮成卜筮師，當面去拜見龔壽。因為我們打聽到，龔壽這個人非常相信鬼神。我想透過鬼神之事，從龔壽嘴裡套出一些線索。不料還沒等我們兩個商量好，就碰到了龔壽家的一群蒼頭，任尚猝不及防，雖然奮勇抵禦，卻寡不敵眾，被他的蒼頭們殺死。我因為有任尚的掩護，搶了匹馬，從小路逃回了廣信。」

「他怎麼會知道你們去打探，難道有人通風報信？」等我略微平靜了一點，開始細細思慮整件事，感到有些不可思議。

耿夔搖頭道：「不大像，我們當時正在龔壽莊園後面的樹林商議。他家似乎剛剛大興完土木，園子裡幾棟高樓凌空，美輪美奐。這時，我們看見六七個蒼頭出門，好像在討論著什麼，就趕忙踅到院牆的角落裡偷聽。只聽

---

56　蒼頭；漢代家奴的一種。

到為首的一個嘴裡嘟嘟囔囔道：『莊園附近，哪裡有人敢來？少不了還得跑到遠處去。』另一個人道：『主人為何相信這些歪門邪道？將來被州府查出來，只怕還是拿我們頂罪。』前一個人道：『倒不是怕這個，我家主人是李都尉的內兄，誰敢惹他？』另一個蒼頭又道：『那也不一定，新來的何刺史，據說一向以慘刻聞名，前不久還派掾屬傳召我們主人，差點繫獄呢。』前一個蒼頭從鼻孔裡哼了一聲：『何刺史又怎麼了，李都尉一出面，他還不是乖乖馬上把我們主人禮送出門了嗎？蒼梧是李都尉的地盤，牽太守剛來的時候，不也那麼囂張？現在呢？乖得像孫子一樣。我看何刺史，也在這得意不了幾天了。』另一個蒼頭道：『上次合浦叛亂，本以為可以藉機將那姓何的逼走，沒想到竟然讓他化險為夷。』前一個蒼頭道：『那也是遲早的事，讓他多活幾天罷了。不囉唆了，我們還得辦正事去。』我聽見他們日漸走進，本來打算和任尚先行避開，再尾隨看他們會說些什麼。這時任尚提議：『看這幾個人知道不少事情，不如乾脆出來，趁機套套他們的話。』我覺得也有道理，就一起從牆角拐出來，和他們迎頭相撞。我和任尚剛想跟他們打招呼，誰知他們卻立刻露出喜出望外的表情，為首的一個大笑道：『不用跑遠道了，這裡正好有兩個送上門的。』說著拔刀衝上來就砍。任尚猝不及防，被他一刀砍中手臂。他奮起神勇，奪刀砍倒幾名蒼頭，又奪了匹馬，要我快跑。我沒帶武器，他們又有弓弩，我肩胛中了一箭，好不容易逃了回來。任尚被他們的弓弩射中，就此身亡。』

　　他邊說邊哭泣，這個剛強的漢子，當初被我派人拷打得體無完膚，都沒有掉一滴眼淚。我也不由得涕淚橫頤，任尚是我的左膀右臂，我們名為君臣，實同摯友。元嘉[57]二年，我被朝廷拜為南郡太守，有一年春天，我帶著掾屬去下屬的宜城縣巡視，勸農耕桑。那天天氣很好，空中滿是春日柔和的

---

57　元嘉：東漢桓帝年號，元嘉二年相當於西元一五二年。

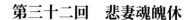

## 第三十二回　悲妻魂魄休

氣息，道邊花枝欲燃，璀璨奪目，布穀鳥的聲音此起彼伏。我的心情自然也非常好，宜城曾經是楚國的古都鄢郢所在，現在的城牆就是在舊城的基址上修復的，夯土的顏色不一，猶可看見它久歷的滄桑。城南有辭賦家宋玉的故宅，早上我驅車特意去瀏覽了一番，看看到底有怎樣的風景，能哺育出那樣偉大的才士。

宋玉故宅的前面有一條清溪，當地官吏稱之為白公湍，這個名字聽起來也很古雅。溪畔綠樹紅英，掩映著灰色磚牆的房子，如果這真的是當年宋玉住過的，那已經有四五百年了。我在屋子和院子裡踱步，彷彿像魯共王當年漫步孔子故宅中，能依稀聽見琴笛之聲。大概是當年宋玉就經常坐在宅中的堂上，面對這清溪淥水，碧樹春榮，吹笛鼓瑟的罷。而那時，東鄰美貌的處子，就偷偷趴在牆頭，目不轉瞬地看著這位體貌嫻麗的才郎，眼波裡滿是脈脈的情絲。想到這裡，我感覺頭皮一陣發麻，那是一種奇異的幸福和惆悵。我多麼希望，四百多年前坐在堂上撫琴的，就是我何敞；而在東牆上偷望我的，就是我心愛的阿蕙。

當然，這是一個美好而愴懷的夢！

我鬱鬱不樂地乘上車，沿著白公湍迤邐而去，遠望著宋玉的故宅消失在綠樹叢中。沿路原田每每，美風洋洋；鶬鶊喈喈，鑾鈴鏘鏘。白公湍水色縹碧，很難用什麼詞來形容。逐漸的，我的心情也好了起來，車隊很快到了西山，突然聽到御者一陣慌亂的聲音：「府君，不好了，有賊盜出沒。」

我掀開車簾外望，大約有上百名賊盜，像蜘蛛一樣從旁邊的樹林裡疾速爬出，呈扇子形向我的車隊包抄而來。很快，弓弦聲四起，我趕忙伏在車中，抓起盾牌尋找機會脫身，由於山道狹窄，又猝不及防，馳在我車前的賊曹、功曹、門下督盜賊史等掾吏瞬間全部罹難，其他的侍從則嚇得心膽俱裂，紛紛四散奔逃。這時任尚出現了，從他的穿著來看，他只是一名普通的

騎卒，不算和我有什麼君臣之義，他就算逃跑，別人也不會對他有所責怪。但是他不但沒有逃走，反而一縱身跳到我的車上，推開早已斃命的御者，打馬駕車狂奔，沿著白公淵繼續馳騖，馳入了西山山口的澗下。但是前面只是條狹窄的小徑，不能容車，無路可走。盜賊紛紛追來，我絕望地長嘆一聲，以為此生休矣，勸任尚自己逃命。他一言不發，拔出腰刀，手起一刀，斬下車靷，解下我的驂馬，大聲對我說：「府君，你躲在車屏後，不要出來，讓下吏去迎擊賊盜。」

我雖然佩服他的忠勇，卻也知道眾寡不敵，勸他不要管我，自己逃命要緊，或者我們兩人各騎一馬奔逃。他搖頭道：「賊盜正在後狂追，一陣馳射，只怕府君避無可避。府君放心，看我任尚的。」說著他往自己腰間左右繫上兩個箭壺，肩挎強弓，一手執刀，一手攬轡，馳馬衝出迎擊賊盜。引頭的賊盜猝不及防，被他劈頭蓋臉砍倒兩個。旋即他將刀插回鞘中，摘下弓來，從腰間兩側不停抽箭，左右馳射，弓弦聲響個不絕，賊盜應弦紛紛落馬。每當有賊盜幾乎要衝到我的跟前，都被他一箭從後貫穿，射殺於地，這場景看得我驚心動魄。不過一頓飯工夫，他來回突馳，共射殺賊盜三十六名，餘下的大驚失色，呼嘯一聲，紛紛逃竄，我這才挑選了一條性命。之後我自悔不識人，如此勇將，竟然使之混雜在卒伍之中，回去之後，立刻擢拔他為兵曹掾，率領隸卒進擊宜城山中賊盜，月餘他就將賊盜全部剿滅。像他這樣勇悍的人，如果不是耿夔親口向我哭訴，我怎麼會相信他喪生在幾個蒼頭手中。不過這也沒什麼好說的，英雄往往見害於豎子，雖然不夠悲壯，卻符合天下的常態。

我撲在案上，一遍一遍回想起當年任尚救我的場景，悲不自勝。好一會，我才拍案道：「龔壽，好一個狗賊，連他家的蒼頭都如此草菅人命，何況他本人。他們為何要二話不說就拔刀相向？如果不是知道你們的身分，怎會如此？」

## 第三十二回　悲妻魂魄休

耿夔道：「這點我也不知。」

我擺擺手：「不用知了，立刻發縣卒，隨我去高要縣。」

# 第三十三回　興師赴高要

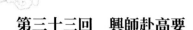

## 第三十三回　興師赴高要

　　我沒有告訴任何人，第二天親自率領刺史府的三百名騎卒奔去高要縣。沿途的亭舍都很驚異我為什麼如此興師動眾，我怕龔壽在此地有耳目，也不告知他們緣由，只是馬不停蹄地向高要縣進發，很快，龔壽的莊園就遙遙在望。大概有郵卒向當地縣廷報告，高要縣長已經在城外傳舍迎接，我告訴他，立刻招集所有縣卒，隨我一起包圍龔壽莊園。縣長非常驚訝，張開嘴，似乎想要問什麼的樣子，但是當即又唯唯諾諾地遵命了。因為我的臉色告訴他，問這個對他沒有好處，他唯一要做的事就是奉行。

　　龔壽莊園的各個大門很快被我的吏卒們全部封鎖，他的奴僕蒼頭們發出一陣一陣的騷動，像水上的漣漪一樣，毫不足道。在和我的吏卒們進行了簡短的格鬥之後，他們都乖乖伏地求饒，因為我親自走到他們面前，告訴他們，敢再行格捕[58]，全部滅族。然後我在士卒的蜂擁下，步入了龔壽莊園的院子。這顯然是座新建的房宅，近處雕梁畫棟，巍峨高聳；遠處橘樹彌望，一片碧綠，真是一處閬苑仙境，但是可惜，它的主人很快就要斷頭了。

　　龔壽和他的奴僕蒼頭們全部被綁在庭院裡，等著我的檢閱。耿夔手握環刀，幾步衝進庭院，望著那些灰頭土臉的人，眼裡噴射出熠熠的火苗，突然一個箭步竄上去，揚起環刀，刀光閃了兩下，兩顆人頭就落了地，旋即他跪在地下，腦袋撞地大哭，嚎啕道：「這兩個賊盜，就是殺害我任兄的凶手……」

　　大概是由於心痛已極罷，耿夔今天確實一改沉穩的風姿，有些失態。也難怪，任尚和他情同手足，為了救他喪生在這幾個鼠輩之手，從此一瞑不視，永遠也無法魂歸故鄉，教人怎不悲恨心痛！

　　我站在龔壽面前，他像一頭豬一樣，肉乎乎地跪在地下，驚恐地說：「使君，我龔壽一向奉公守法，使君為何突然帶兵闖入小人的庭院，將小人一家如此折辱？」

　　「好一個奉公守法？」我冷笑道，「縱容蒼頭濫殺無辜，這就叫奉公守

---

58　格捕：抵抗逮捕。

法？」我突然吼叫起來，「你把我的妻子殺死了，你還給我；你把我的任掾埋到哪裡去了，你還給我。」

龔壽被我的吼聲嚇壞了，他的身體像篩糠一樣，突然劇烈顫抖起來，而且越抖越凶悍。我暗暗驚訝，這豎子到底是怎麼回事，突然，他口吐白沫，又劇烈地震動了兩下，一頭撞在泥地上，就此不動。很快，他的家人們都不約而同地從喉管裡發出瘆人的嚎哭，同時膝行向前，撲在他身上又哭又喚。我哈哈大笑，這些作惡多端的豪滑大族，尋常殘害別人的時候，連眼睛都不眨，等輪到自己，才能體會到別人當時的痛苦，可是常常已經晚了。我有時真的很想知道，人究竟是怎麼樣的一種東西，他們到底算不算自己聲稱的那種所謂的萬物之靈。如果是，這種萬物之靈也太不可捉摸，為什麼有這麼多的罪惡附著在他們身上？「將他們全部抓起來，就地拷掠，為何要殺我的任掾？把周圍各鄉里的百姓全部叫來，當場指證，這個汙穢的家族究竟害死過多少人？」我命令道。

我又讓耿夔率領吏卒全面搜查龔壽的莊園，自己則坐在堂上，等候對龔壽等人進行判決。這是我最熱衷的事，從做廬江郡決曹史開始，我就喜歡於巡視的途中，在鄉間即時斷案。有時我在春日下鄉勸農，也會跳下馬車，一屁股坐在田壟的樹下，把鄉民招集來，讓他們有冤告冤，有苦訴苦。這有點像西周時代召伯的風氣，我一向是以他為榜樣的。我天生就喜歡斷案，懲治奸人的罪惡固然是一方面，決定奸人的生死，也能帶來莫名的快意。雖然耿夔有時笑我境界不高，說擅長聽訟斷案固然很好，但是一個良吏，最上者，是能做到以德化民，使百姓無訟，有恥且格。也許我現在該問問耿夔，碰到龔壽這樣的人，他能做到怎樣的境界高尚？

龔壽漸漸甦醒了，他的供狀令我哭笑不得，他說自己根本沒有讓蒼頭們去殺人，更不可能縱使蒼頭們去惹一個州兵曹從事。我把耿夔當時聽到的話

複述給他，他又立刻耍賴說這是一個誤會，是蒼頭們錯會了他的意思，他只是叫他們去遠處尋找一具無名屍骨，用來埋在新屋的堂基之下。

我被他的最後一句話驚愕得差點跳起來。天哪！尋常人家喪葬，總會埋在遠郊，以避凶擾。尋常人偶然路過墳塚，也莫不因恐懼而發足而奔，只怕有鬼魂追逐。龔壽，他卻讓蒼頭們去找一具屍體來埋在自家新建屋宇的堂基之下，如果說這不是瘋子，就是別有隱情。我冷笑了幾聲，看著他，不說話，等待著他進一步的解釋。

龔壽繼續如實招供，他下面的話讓我越來越不相信自己的耳朵。他供稱，這樣做是為了應塞災異。因為新樓建好後，突然來了一個卜筮工，幫他卜算，說這個新樓雖好，但不能住人，否則住進去的人會有血光之災。他當即嚇壞了，不知怎麼辦好。新建的美輪美奐的樓，難道拆掉不成？卜筮工說，也不要拆，只要殺一個人，將屍體埋在樓下，就可以抵塞凶咎。他嚎啕大呼：「請使君明鑑，小人說的話句句屬實。小人這麼做，在常人看來難以理解。但小人一向相信鬼神卜筮，這麼做也是事出有因啊。小人想著，如果埋了死人在堂基下，就可以厭塞凶咎，誰知道這些蒼頭奴僕，竟然會去隨便斫殺生人。」

這番話讓我怒不可遏：「應塞災異，這就是你給我的理由？你知道什麼叫災異？災異就是你犯了無恥的惡行，上天會因此對你示警。然後你再犯一件殺人這樣更無恥的惡行，卻指望上天因此挽救你，你覺得可能嗎？當然不可能，你馬上就會知道。」

他的臉色像膽汁一樣青綠：「使君，這大漢的天下，大家不都是這樣想的嗎？發生了日食，皇帝要因此策免三公[59]，說是為了應塞災異。可是小人

---

248

想，並非每次災異，都是三公導致的啊！」

　　也許他說的是對的，在他們一家人的嚎哭聲中，我恍然置身事外，腦子裡一直盤算別的東西，就算這事不是龔壽所做，他的蒼頭們行徑如此囂張惡劣，也至少說明他平時一貫魚肉鄉里。一個溫良恭儉的退職鄉吏，會蓄有這樣的惡僕嗎？像他這樣的人，在大漢的郡國鄉里中並不鮮見，我的經驗告訴我，殺了他全家，或許有些冤枉，但殺他一個，絕不足以抵償他所犯的罪行。蘇娥一家遇害的事，除了他，似乎也找不到更可疑的人。殺了他，也算是為蘇娥一家報仇了。我心裡盤算著，心中的殺機越來越熾盛，就等著耿夔的到來，讓他率人將龔壽一家全部收捕，押到廣信獄去。或者不必那麼麻煩，就在這裡一一處決算了。到廣信去，夜長夢多，只怕李直會加以阻攔，在這先斬，李直只能把眼淚咽進肚子裡。這也僅僅是給李直的一個下馬威，是他間接害死了阿藟，我不會裝聾作啞掩耳盜鈴地忘卻，儘管他是一個掌管軍隊的都尉。

　　過了一陣子，耿夔帶著一隊吏卒匆匆過來，在我耳邊低語道：「使君，在後堂發現了一笥玉器和兩個銅壺。玉器我不認識，但銅壺上刻著字，幾乎可以肯定，是蒼梧君府中的。」

　　我的聲音有些顫抖：「是真的嗎？」我這麼激動是有道理的。人都想除掉別人，自己卻不承擔一點後果，我也不例外。如果這件事是真的，那我殺掉他們的理由就更充分，按照大漢的律令，盜掘諸侯王封君墓者，全部棄市。雖然就算他沒盜墓，我也能想出別的罪名將他們一網打盡。但是如果這件事為真，等於蒼梧君能為我撐腰，就算李直與我作對，報到洛陽去，李直也肯定是「不直」[60]了，朝廷對蒼梧君這件獄事非常重視，透過它將罪狀攀上李直，進而順勢將他除掉，也不是不可能的。

---

60　不直：漢代法律用語，表示敗訴。

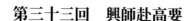

## 第三十三回　興師赴高要

耿夔道：「千真萬確，請使君親自查看。」

他捧起一個銅壺湊到我面前，壺的肩部用利刃陰刻著這樣一行字：

蒼梧內府，銅壺一，容七升三，重四斤三兩，第六，陽嘉元年。中庶子[61]嘉市廬江，價六百二十。

以上的刻字證明，這個銅壺是陽嘉元年，由蒼梧君手下的一個名字叫嘉的中庶子特意去廬江郡買來的。廬江郡的舒縣產銅，以善鑄造精美的銅器聞名南方州郡，廬江郡府的大部分稅賦，就是來自經營冶銅的富商大賈，這是出身廬江郡的我所深知的。我摩挲著這個銅壺的肩部，鼻子有點酸，好像它是我的同鄉，我從它身上能聞到家鄉的水土氣息。我甚至幻想，當年它從家鄉的工匠手中鑄造出來，一路艱難跋涉來到陌生的蒼梧，就是為了能在今天和我這個家鄉人相認的。我感覺自己的心發生了微妙的變化，這其中一定有神靈在臨視，偉大的神靈在幫我捕獲龔壽這個奸惡的盜賊。高要縣長名叫方麟，他一直跟在我身邊，好像若有所言的樣子。我問他：「君對這件事有什麼看法？」他卻尷尬地笑了一下，唯唯諾諾的不敢應答，只是吞吞吐吐道：「剛才問過幾個百姓，都說龔壽家蒼頭雖然狐假虎威，役使平民如臣僕，但龔壽本人似無大惡。」

耿夔在旁怒道：「明廷難道欲為奸人張目嗎？」

方麟的身子隨即抖索了一下，像一頭驚鹿：「下吏不敢，可能百姓都被其役使慣了，心生恐懼，不敢說實話罷。」他又吩咐身邊縣卒：「快去將那些百姓驅散，告訴他們，有敢為奸人龔壽張目者，皆與之同罪。」

縣卒趕忙離去，方麟賠笑道：「嶺表蠻夷眾多，不識大體，遭豪族奴役，不但不自知其苦，反而互相告誡要感謝主人。他們的理由也頗奇怪，說是如果沒有主人收容，將會餓死溝壑而不可得。下吏猜想，那些百姓就是這樣的

---

61　中庶子：漢代諸侯屬下官名，主要幫助管理諸侯王家事。

賤人罷。」

我點點頭：「君以為應當如何處置這些奸賊？現今已經查明，這些奸賊不但枉殺百姓，而且曾經盜掘前蒼梧君墓塚。」

方麟滿臉的卑躬屈膝：「使君在，下吏安敢妄言，一切聽使君定奪。」

好一個奸猾的狐狸，大概仍是畏懼李直罷，我想逼問他一句，難道連《漢律》都忘了嗎？這時有一士卒前來報告：「使君，不好了，城外有大群士卒呼喊進城，說是要面見使君，陳訴冤情。」

我很奇怪：「大群士卒？」

士卒道：「對，他們說是蒼梧都尉李直下轄的郡兵，領兵者就是李直。」

我的怒火頓時像油澆在火上，火焰一躥三丈高，這個老豎子，竟敢擅發郡兵來高要，還說向我陳訴冤情。沒想到連武夫也學會了玩弄辭藻，但他用錯了對象，我難道是這麼容易被嚇住的？「讓他一人進城來跟我說話。不，閉緊城門，我親自去城樓上看看。」我一邊說，一邊站起來匆匆上馬，往城樓方向疾馳。

# 第三十三回　興師赴高要

# 第三十四回　都尉變賊酋

## 第三十四回　都尉變賊酋

　　高要縣城邑二十丈外是一片森林，組成它的每一棵樹並不高大，但很緊密。遠處則是起伏的山坡，山坡上種著一些叫芭蕉的古怪樹木，結的一瓣瓣長條形的果子味道還不錯。河水蜿蜒在山坡間流淌，清亮而淺，不如中原的河流那麼深邃。蒼梧的天氣真的很熱，這才只是春天，我就想在那河裡浸泡一番。游泳是我最喜歡的事了，從童年以來就是如此，大約也正因為是童年時養成的習慣罷。游泳並不只是它本身，它還和母親、舅舅、廬江甚至阿藟等人聯繫在一起，對於人生前二十年的記憶，我是歷久彌新，後面的二十年雖然一直顯宦風光，卻沒在心中刻下什麼痕跡。人為什麼會這麼奇怪，他活在世上到底有什麼目的，他和童年為什麼關係這麼密切？

　　我站到城樓上的時候，森林前已經密密麻麻站滿了人，個個披甲執銳，起碼有兩千之眾，大概李直將郡兵都帶來了。這種公然挑釁的場面，讓我對龔壽尤為痛恨，如果不是他殺了我的任尚，以任尚擔任交州兵曹從事的身分，雖然未必能阻止李直發兵，至少也不會讓他這麼輕易得逞。當然，我最想不到的，還是李直竟敢真的發兵威脅刺史，這是不折不扣的造反，他怎麼敢，以什麼理由這麼做？難道他不想在大漢的土地上視聽呼吸了？

　　我在城上大喊：「讓李直過來說話。」

　　一騎馬在兩個執盾士的護衛下，馳到陣中，大呼道：「蒼梧郡都尉李直，拜見刺史君。」他身材高大，披甲執戟的樣子威風凜凜，像一頭老年的雄獅，這是我以前沒見過的。真不愧在蒼梧郡當了十一年的郡尉。我內心不由得暗讚了一聲：「好一位宿將！」我想起了牽召，確實，那位太守比起這位都尉來，實在什麼都不是，這個人才是我心目中的大漢官吏。可是，你為什麼又偏偏要和我作對？

　　「都尉君發兵來高要，是何用意？」我問道。

　　李直仰頭大聲道：「聽說刺史君親自率吏卒逐捕賊盜，本都尉擔心賊盜勢大，特來相助。」

這個藉口，實際上不算藉口，沒有我這個刺史的同意，他不能擅發郡兵。現在既然發了，就是專擅之罪，如果沒有特別理由，法當下獄。幫助我逐捕盜賊云云，權當一句委婉的造反口號罷了。

　　當然我也不能破口大罵，只是大聲回敬道：「小小的盜賊，刺史已經親自解決了，豈敢勞動都尉君的大駕？請君先回廣信，刺史將獄事斷完，隨後就回。」

　　李直顯然早有準備：「大軍既發，豈可空返？使君有功，也請略分一些與下吏。」

　　我再也忍不住了，乾脆直來直往：「李直君，你擅發郡兵，圍攻刺史，想造反嗎？」

　　李直道：「豈敢造反，只要使君肯放了內兄龔壽，下吏一定負荊請罪。」

　　「我要是不放呢？」我怒道。這種赤裸裸的威脅，是我從來無法忍受的，我是寧可玉碎不可瓦全的人，給我來這套，只能適得其反。

　　李直默然無聲，他執轡提戟，側著臉，似乎在聆聽什麼。忽見他身後馳出一輛輜車，一個女人掀開車簾，扶著車軾尖叫道：「李直，你枉為都尉十幾年，竟然如此懦弱嗎？」

　　我很驚訝地望著那個女人，雖然隔著老遠，還是認出來了，她就是李直的嬌妻，龔壽的小妹。這是怎麼回事？一個女人，不遵婦道，不思以忠孝勸諫夫君，反而唆使夫君造反，真的不想活了嗎？她怎麼敢？轉念一想，我又有些惘然，沒想到李直這老豎子竟然是個情種，為了妻子，甘冒造反之罪。然而我自己又何嘗不是為了妻子，二十年來一直食不甘味，寢不安席呢？我怔怔地望著李直，一時間百感交集。

　　李直似乎下定了決心，一攬轡頭，那馬嘶鳴一聲，兩前腿凌空，李直右手執戟指向我的方向，大呼道：「使君既然一意孤行，誣陷良善，那下吏就只好兵諫了。」他回頭對士卒道：「給我伐木作車，準備攻城。」

## 第三十四回　都尉變賊酋

　　他圈馬馳回戰陣，列在他身後密密麻麻的士卒立刻像螞蟻一樣朝著不同的方向旋動起來，按部就班地開始他們的行動。伐木的伐木，裝弓弦的裝弓弦，築灶的築灶。很顯然，他們好整以暇，知道我們沒有能力進攻他們，就等吃飽喝足了再行事。方麟畏畏縮縮地勸我：「使君，不能跟反賊硬拚啊！」

　　誰也不想硬拚，這點我知道，方麟也不傻，可是能有什麼辦法？放了龔壽，太可笑了，那還不如殺了我，否則，就算我重新當我的刺史，他重新當他的都尉，我在他面前還能有什麼尊嚴可言？我對方麟笑道：「那明廷認為該如何呢？」

　　「先和他虛與委蛇，再尋找機會派人出城，向其他各郡求救，整個交州皆在使君的管轄之內，使君只要以板檄徵兵，誰敢不來？」方麟一邊說一邊注意我的臉色。

　　雖然他怕死，這個建議倒不是不可取的。我拍拍他的肩膀，道：「明廷說得有理，不過整個交州，兵力以蒼梧最強，其他各郡發兵來救，一則路遠，遠水不解近渴；二則他們那點兵力，未必敵得過李直。」

　　方麟默然不語。我有些可憐他，但並不同情他，我不同情任何明哲保身的官吏，我認為那是有負忠義的行徑。在我看來，不成功，就當成仁。我已經決定，就算城破，也要先殺了龔壽這個惡人。

　　我當即走下城樓。說實話，高要縣實在破舊，城牆比廣信城起碼要低一半，我根本不指望它能夠幫我成功抵禦李直，但我心裡咬牙切齒，這是奇恥大辱。作為一州的刺史，竟然被一郡的都尉逼到了絕境。我問耿夔：「城肯定會被他攻破，你說是把龔壽交給他還是不交？」當然我希望耿夔給我否定的回答，我這麼問，只是想知道耿夔的決心，雖然他的決心並不一定對我有用。

　　耿夔氣得滿臉通紅：「使君，如果不能為任尚報仇，生不如死。」

　　我讚許地拍拍他的手臂：「很好，反正我也無所牽掛，我們君臣就同日

死，不過死之前也要滅了那惡人一家。」

耿夔搖頭道：「使君乃天子親詔刺察交州，身銜王命，豈能跟李直這豎子俱死。他擅發郡兵攻擊朝廷刺史，已經是窮途末路了，盆子裡的魚鱉，還能翻起什麼大浪。」

「話雖是這麼說，可是現在彼眾我寡，為之奈何？」我嘆口氣。

耿夔道：「下吏剛才仔細研究了高要縣地圖，又問了幾個當地土著，縣邑後有幾條小徑，很少有人知曉，等到天黑，我們就可以選擇一條逃亡。」

「逃到哪裡去？」我道，「作為一州刺史，境內都尉竟然造反，也算是不稱職，只怕難以保全了。」

耿夔搖頭道：「使君太悲觀了。李直造反，並非由於使君治州不稱職，乃是因為使君依法逐捕李直的內兄龔壽，導致他狗急跳牆，使君有何過錯？且使君繫捕龔壽，也是因為他盜掘前蒼梧君趙義墓，朝廷一向尊崇蒼梧君的品德，自當同為之切齒。李直不思大義滅親，報效朝廷，反而擅發郡兵，攻擊天子使者，罪當滅族。使君如果能將其剿滅，蒼梧君也會感謝使君的，有蒼梧君折中其間，向朝廷申訴，使君又怎麼會因此獲罪呢？」

他說得確實有道理，看來我是一時被急躁沖昏了頭腦，我問道：「那我們就晚上出城，先避開李直的鋒芒。」

「出城絕無問題，但不知使君有沒有想好方向？」耿夔眼中滿是希冀的眼神，當然是期望我做出決定。我飛快地想了想，道：「可以逃往合浦，襲奪張鳳的軍隊。他為人雖然貪婪，卻很懦弱。合浦城池堅固，足以堅守。我們可以一面堅守，一面派使者徵集其他五郡士卒，共擊李直。」

耿夔讚道：「使君好主意，有使君在，臣從來不知這世上有何可懼。」

這句話說得我心頭暖洋洋的，雖然我知道他實在過譽。我這次判斷有些錯誤，確實沒想到李直會有這麼大的決心和我對抗。但是，他有決心，我也

## 第三十四回　都尉變賊酋

不會示弱。我大聲笑道：「很好，現在就去把龔壽一家押到市集，全部斬首。李直要是進城，就讓龔壽家族的頭顱迎接他罷。」

耿夔道：「唉，使君，依下吏之見，也不要殺他全家，將龔壽和其首惡蒼頭家僕處斬就行了。」

我笑道：「耿君突然仁慈起來了，剛才耿君未經拷掠，就手刃了他家兩個蒼頭，毋乃太迫乎？」

「那兩個是殺死任尚君的首惡啊！」說著耿夔又滴下淚來。

# 第三十五回　懷怒斬龔壽

## 第三十五回　懷怒斬龔壽

　　隨著鼓聲，劊子手將龔壽脅持到斧質上。龔壽已經嚇癱了，他是被一路拖到刑場的，所經過的路上，屎尿流了一地。劊子手掩鼻皺眉，將他的腦袋按到斧質上。他乖乖的一動不動，據說人到了這時，基本就認命了，讓他做什麼他都會照辦。很快刀光一閃，他的頭顱骨碌碌滾到一邊。接著，又押上龔壽的幾個蒼頭惡奴，同樣很快就斬下了首級。行刑期間，龔壽的老婆一直在呼天搶地，對我嚎哭辱罵，還屢屢要衝上刑臺。我心中不耐，乾脆命人將他老婆也拖上斧質，她極力賺脫，將龔壽的頭顱緊緊地抱在懷裡，在嘴邊親吻，血汙沾滿了她的前襟，她一邊號哭，一邊對我謾罵，這個婆娘，看上去弱不禁風，和龔壽肥大的身軀有著鮮明的對比，卻比龔壽要無畏得多。我心中突然萌起了一絲憐憫，準備下令將她赦免。她卻爬到斧質前，將龔壽的頭顱認認真真地放在斧質一邊，然後主動將自己的腦袋放在斧質上，嘴裡仍不住地高聲叫罵。我嘆了口氣，突然改變了主意，一揮手，劊子手手起刀落，她的聲音戛然中止，腦袋骨碌碌滾了出去，和龔壽的腦袋相撞，卻仍不停止，看來鬼神也未必庇佑惡人的，不管他們是多麼恩愛。

　　行刑結束時，我大約殺了龔壽家二十多口，惡奴大約占其中一大半。這期間日影不斷西斜，眼看逼近黃昏。耿夔告訴我，他已經把一切準備妥當。於是我帶著他，以及幾十個親信士卒重新來到城樓上，挑選一個有膂力的士卒將龔壽的頭顱和他十幾個蒼頭的頭顱依次往下擲，每擲一個，城下就傳來一陣驚呼聲，好像接到了什麼貴重的賀禮，同時就有李直的士卒馳馬過去挑選拾。我首先擲的是那些蒼頭們的頭顱，最後兩個才是龔壽夫婦的。當他們將龔壽夫婦的頭顱呈給李直時，我似乎能看見他發狂的樣子，尤其是他妻子發狂的樣子。這種時候，我們雙方都充滿仇恨，然而我贏了，我順利地將自己的仇恨甩給了他，旋即匆匆走下城樓，在耿夔等親信士卒的夾護下，打開後門，披著暮色，向合浦縣方向狂奔。

合浦城在一片晨光熹微中等待著我，不久前，我曾在這城邑的前面幫它解決了一個難題，希望這次它能對我有所回報。我用刺史印命令城外傳舍的嗇夫幫我叫開了城門，當我打馬馳入城邑的一刻，城門在我身後轟然閉合，我一夜的焦慮才算煙消雲散。

　　張鳳對我的到來感到非常驚異，他說：「自從使君上次離開，合浦郡就一直風平浪靜，珍珠賦斂也全部停止，不知使君突然來此，有何教誨？」我們站在合浦城的城樓上，這時東方出現了一抹微光，沿著驛道奔馳了一夜，我真是累得話都不想說了。而且，我感覺肛門隱隱作痛，大概鞍馬顛簸加上急火攻心，我的痔瘡也悄然迸發了。

　　我忍住疼痛，直截了當地告訴他：「合浦郡風平浪靜，蒼梧郡都尉李直卻舉兵造反，圍攻刺史，不知君意如何？」

　　他愣了一下，好像不相信這消息似的，繼而怒拍城牆，大聲道：「李直好大的膽子，竟敢攻擊天子使者。使君放心，合浦城池堅固，量他李直也不敢來這送死。」他的語氣雖然激烈，我感覺卻像被蛀空的朽木一樣空洞。我認真地看著他，很想對他說，上次土著巨先造反，你怎麼一下子就逃亡朱盧了呢？他似乎猜到了我的心思，臉色一下子變得很窘，道：「使君不如即刻派使者去九真、交趾等郡徵召兵馬，共擊李直。」

　　「嗯，我要先檢閱一下合浦縣的士卒，府君也請立刻派出使者去其他五郡徵兵罷。」我說。

　　雖然累得要死，但我毫無睡意，我感覺自己的目光炯炯，像兩束火炬，好像一夜的奔馳不是逃亡，而是來合浦完成一個上天交付的使命。我甚至想，當年高皇帝彭城大敗奔亡，凌晨馳入韓信的軍營，襲奪了韓信的軍隊，那種躊躇滿志的姿態，也不過是如此罷。

　　稍微準備了一下，我下令警戒全城，做好一切守城準備。

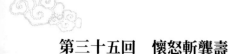

## 第三十五回　懷怨斬龔壽

　　合浦城外有一條河水流過，它的名字叫柳水，岸邊有許多柳樹，大概因此得名。柳水水量充足，時常漫溢，在城外形成了許多水澤，給城牆賦予了一層天然的屏障。我讓士卒在城牆上編連木柵，幫合浦城率先穿上一套鎧甲，想用火箭燒毀木柵是不可能的，木柵上披了一層溼漉漉的水藻，很難燒著。我又讓士卒砍下大木，鞣曲為弓，再選出一些柲桿比較直的矛，用鵝毛幫它裝上尾羽，當成箭矢。這是我從當年的主君荊州刺史劉陶那裡學來的，他曾經被朝廷派遣到荊州，平息叛亂，通曉兵事。我親眼見過這種矛矢的功效，它能射到一千步的距離，不管什麼樣的盾牌都對它無能為力。

　　還沒等我把這一切準備完畢，郵卒的訊息就傳來了。李直的軍隊已經在向合浦進發，他們沿途洗劫了包括朱盧城在內的一切城邑、亭舍和鄉聚，凡是見到能勝兵的人，都脅迫他們加入自己的隊伍。這些人加上龔壽的蒼頭奴僕、親族門客，數量已經超過一萬，在人煙稀少的交州，這是一支令人生畏的力量。

　　張鳳有點坐臥不安，不停地重複著廢話：「使君，這個李直是決心要造反了，決心了。」

　　我安慰他道：「反賊人數雖眾，但除了從廣信帶來的兩千精兵之外，其他都不足為懼。何況他失道寡助，就算沿途裹挾了一些人，又能如何？」不過我還真佩服李直的孤注一擲，此前交州的本地官吏，也經常起來造反，失敗後就遁入叢林，漢兵對之往往無可奈何。大概李直也是這麼打算的罷。

　　張鳳嘴巴上強撐著：「是啊是啊，量他一個小小反賊，怎敢和明使君作對？我就等著看使君怎麼擒他。」

　　我們正在城樓上說話，很快看見遠處旌旗飄搖，上百騎兵雜遝著向合浦方向奔來。我笑著對張鳳道：「來了，吩咐士卒，等我命令，準備迎敵，斬首捕虜者，重重有賞，去看看大弩矛矢造得怎麼樣了，造好了就抬上城樓。」

過了一陣子，李直的軍隊陸續來到城下。這回沒有廢話，他們略作修整，很快架好巢車，發動進攻。高大的巢車隆隆向城門推進，巢車上站著的數名士卒，不斷地向城內發射弓矢，我早吩咐好了士卒，用大盾蒙頭，抵擋箭矢。他們的弓弩手極其厲害，我的士卒只要手稍微痠痛，大盾舉得略偏，巢車上就會立刻飛出一枚箭矢，貫穿士卒的喉嚨。連我自己也差點遭此厄運，要不是耿夔急忙推上一個盾牌擋在我前面的話。沒多久，我的士卒就被他們射殺了十幾個。廣信城勁卒號稱交州第一，以前我雖然見過他們訓練，但這回才算真正領教了他們實戰的威力。

　　我趕忙命令士卒用大盾相聯，擋住箭矢，同時用弓弩反擊巢車上的對方士卒。可是巢車的望樓比城牆還高，仰射不易射中，何況他們封閉很嚴，只有數個小孔，不是神箭射手，是無可奈何的。我不斷催促，問大弩造得如何。工匠們說，已經造好了一架，可以試試。我命令抬上城樓，讓盾牌手護住工匠。幾個工匠安置好大弩，幾個精壯士卒推動大木製成的絞盤拉開弓弦，將矛矢嵌入弩臂的射槽裡，再轉動深目[62]，對準巢車，我一聲令下，士卒齊聲大吼一聲，突然扳動大弩下面的懸刀，一丈多長的鐵矛挾著勁風，呼的一聲飛向巢車頂部的望樓，弓弦的聲音讓我們的耳朵發麻，恍惚有一群蜜蜂在耳邊繚繞。接著我就聽到數聲淒厲的慘叫，巢車望樓已經被銳利的矛矢射穿，斷成兩截。上面一截像被砍斷的人頭一樣墜了下去，躲在望樓上的數個士卒則像斷線的紙鳶一樣，從望樓廂裡滑了出來，四肢亂舞，在空中齊齊慘叫。我們發射的矛矢就算沒有直接命中他們，他們這樣摔下去，不死也要變成殘廢。

　　一箭生效，鼓舞了我們的士氣，造好的大弩陸續抬上城樓，使我們如虎添翼，用這個方法，我們又射穿了數個巢車的望樓。他們知道厲害，只好暫

---

62　深目：漢代大型弓弩下的轉動裝置。

## 第三十五回　懷怒斬龔壽

時撤退，但是並未氣餒，過了沒多久，又重新開始蟻聚向前。我命令城上士兵大叫：「諸君都是大漢士卒，為何跟隨反賊進攻天子使者？就算不知忠義，難道不怕滅族嗎？」

可是下面的士卒像聾了一樣，絲毫沒有反應。耿夔道：「使君，這些士卒都是本地百姓精選出來的，有些士卒整個家族都跟隨李直，只知有李直，哪知有天子，使君不要指望他們能夠投降。」

我嘆道：「怪不得李直如此囂張，根本不把太守放在眼裡，也不把我這個刺史放在眼裡。」我想了想，又道：「如果救兵不來，我等就要喪身於此了，只恨沒有殺了李直這個老豎子，讓我遺憾。」

耿夔道：「總算報了任尚之仇，死又何憾？」

這時周圍士卒一陣驚呼：「他們用拋石車了。」

我急忙站在城樓邊，向城下望去，只見一塊巨石正向城樓上飛來，輪廓越來越大，我趕忙大叫道：「躲在木柵之下。」事先我就擔心他們會用拋石機，所以建築木柵，就是等待這個。

幾個士卒趕忙往木柵下跑，孰料只聽見巨大的木頭折斷聲，緊接著兩聲慘叫，這塊飛上來的巨石將木柵壓斷，又順勢將兩個士卒砸成肉餅。

張鳳趕快叫我：「使君，下來躲躲，不要被石頭砸中了。」

我怒道：「趕快加固木柵，用大弩還擊。」

# 第三十六回　群卒斃壑溝

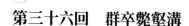

## 第三十六回　群卒斃塹溝

　　十二張大弩全部造好，我們在城上和李直的軍隊相互對射了一天一夜，我連眼皮都沒闔過，有時真想就此躺在城樓上，再也不肯起來，可是這起戰事都是因我而起，如果我躺下，士卒們還會這麼賣力嗎？我還擔心張鳳趁我睡著了投降，雖然我知道他輕易不敢這麼做，畢竟他的家眷都在洛陽，他如果不想宗族被誅，就得堅守。不過我也能略微察覺他內心的動搖，畢竟家眷被誅在後面，保住眼前的性命才是最實在的。而且，他還可以和李直談判，把我交出去，再舞文弄墨，向朝廷奏告，把李直叛亂的責任全部推到我身上，這也不是沒有可能。我正被權臣梁冀忌恨，他巴不得有人誣告我呢，就算不能把我置之死地，將我免職家居，至少是可以做到的。

　　暮色再次降臨，李直久攻我們不下，也只好把軍隊撤到河邊宿營。我和耿夔替換著睡覺，他也真是奉公守職，每次我醒來，總看見他睜著灼灼的眼睛趴在城樓上瞭望。合浦城比廣信還熱，夜晚也是悶悶的，我們就這樣一睡一醒，等到了又一日清晨。

　　李直的軍隊用過早食，再次開始進攻。拋石機仍舊持續不斷地向我們城上拋擲石塊，我則不斷地用矛矢反擊，這讓他們頗為忌憚。每當我射出一矛，城下總是一片驚呼，好像潮水退卻一樣。在相持中，他們的拋石機被我們射毀了三分之一，後來他們也學聰明了，將其他的拋石機裝在車上，不斷移動調整方向繼續投擲大石，目標就是我們的巨弩。我們的巨弩移動不便，被他們的石塊屢屢砸中，加上發射箭矢本身的反彈力，造成巨弩磨損，漸漸變得不堪使用。好在他們也筋疲力盡，拋石的間隔時間延長了很多，偶爾拋上來的，也是一些小石塊，輕易就被我們新補修的木柵擋住了，發揮不了什麼作用，但我並不樂觀。耿夔建議我們再打開合浦郡的後門逃往交趾郡，我說：「交趾郡聽說我被圍合浦，竟然不肯發兵救援，我去那有什麼用？只怕我一去，他們就把我的頭割了獻給李直。」

「他們頂多鼓動使君講和，豈敢殺害使君？」耿夒道，「如今李直正在製造新的攻城器械，我們城內卻沒有材料再造大弩，被他們攻破是遲早的事，望使君早下決斷。」

　我說：「可惜被他們截斷道路，要不然可以逃入荊州，向荊州刺史求救。」

　耿夒道：「就算荊州發兵救援，翦滅李直，使君也會因為擅離州界，被朝廷處死。」

　我道：「就算被處死，也要先殺了這個惡賊。」我有個好友正任零陵太守，從合浦逃到零陵，當然不大方便，但也不是毫無希望。

　耿夒搖頭道：「絕對不可。使君，逃離本州，按照律令，一定處死。去交趾郡求援，或許還有一線生機。」

　我笑道：「耿卿，枉你跟了我這麼多年，還是不了解我啊。去交趾雖然有百分之一的希望可以活命，李直卻會安然無恙。萬一被他捕獲，就算他不殺我，也會對我百般羞辱，那時我生不如死；去零陵雖然我必死，卻有很大的希望可以殺死李直，那就是我最大的滿足。耿卿，不殺李直，就不算真正給任尚卿報仇啊！」

　耿夒默然不應，又抬頭決然道：「臣不忍使君被誅，使君冒必死之志，卻只想為任尚報仇。使君如此，夒又何敢偷生？能追隨使君而死，死亦不恨。」說著眼中落淚。

　「那我們睡一覺就動身罷。」我說，「我看他們製造巢車也要費些功夫，我們先查查地圖，找準去零陵的道路。」

　一覺醒來，耿夒已經把什麼都準備好了。我正在想，這次出逃要不要帶上張鳳，不帶他的話，李直會不會把他殺了。突然張鳳跑進來，大呼小叫道：「使君，援兵來了，援兵來了。」

## 第三十六回　群卒斃塹溝

我精神一振：「哪個郡的援兵？」

張鳳道：「不是郡兵，是上次造反的巨先所率的蠻夷兵。他們聽說使君受困，特地集合前來相助。」

「有多少人？」我喜出望外。

「起碼有上萬，他應該把部族的所有青壯都帶來了。」張鳳道，「加上我們城內的近一千士卒，我們現在人數超過李直了。」他似乎興奮得想跳舞，單足立起，在地上轉了半個圈。

我差點忍不住仰天長笑起來，沒想到垂死關頭，會出現這樣的好事，就像瀕臨餓斃的乞丐，被擁立成了皇帝，這也許是上天對我的悲憫罷。我強行抑制住自己的興奮，假裝平靜地說：「很好，府君你看，我曾說過，蠻夷也不是見利忘義之人，你只要對他們好，他們會永遠記得你的。」

張鳳垂手道：「使君說得極是，下吏眼光，哪及使君之萬一。」絕處逢生的喜悅使他不吝惜任何美妙的言辭，「現在，該怎麼做？巨先的人很快就到城下了。」

「整裝待發，等他們一到，就裡應外合，一起出擊，將李直剿滅。」我道。

# 第三十七回　蠻夷來救護

## 第三十七回　蠻夷來救護

我們站在城樓上觀看，李直的軍隊差不多已經把新的巢車造好了，看上去比舊的還要堅固，式樣也要新穎，巢車前部伸出一個長長的弧形，像彩虹一樣，大約是推過來時可以架在我們的城樓上的，這樣，士卒就可以從彩虹上不斷地降落城中。拋石車仍在不緊不慢地拋石頭，這與其說是打仗，毋庸說是戲弄。不過我心裡卻充滿了激動，他的精兵不過兩千，被我的矛矢起碼射殺了兩三百，加上雙方相持了這麼久，就算他兵精，到這時，也該疲憊了。巨先的蠻夷兵卻是新出之師，銳不可當，我也曾親眼看見他們的戰鬥力，知道李直未必擋得住，至少可以打個平手，我也不用擔心敗亡的問題了。

我正在想著，張鳳手指著城牆的東南角，興奮地說：「使君，看，他們來了，我們也準備出擊罷。」

東南角湖邊的芭蕉林裡果然湧出大隊打著赤腳的蠻夷，頭上的椎髻盤得整整齊齊，身上的衣服也不再襤褸，每個人身上還都披著竹甲，腰間掛著彎刀，手中彀著弓弩。他們的騎士不多，只有二三十騎，大概是各隊的頭目，奔馳在最前面。這夥人的出現，似乎讓李直的軍隊有些吃驚，他們紛紛停下了手中的事，傻愣愣地望著。機不可失，我縱馬馳下城樓，大聲下令道：「給我出擊。」合浦城門大開，等候在城下的合浦郡兵，跟著我也像潮水一樣湧出城去。兩股潮水在城下匯合，那股潮水的領頭人正是巨先，他見了我，大笑道：「何使君，聽說君被賊人圍困，巨先特來效命。」

我也舉手應道：「巨卿君，多謝了。今日得君相助，殺賊之後，一定奏明皇帝陛下，為君請功。」

巨先道：「蒙明使君眷顧，朝廷最近不再徵收珍珠賦稅，就已經夠了。今日巨先率族人來，僅是為了報答。我聞漢人言，以德報德，今天就是我們全族報德的時候。」他又回頭向身後大叫道：「報答明使君，就在今日，給我上。」

270

蠻夷們都紛紛舉矛大吼：「嗚哇啦嗚幾哇。」

我不懂這些話，大概是他們表達熱血出擊的口號罷。我也對著自己身後的軍隊道：「能捕斬反賊李直者，賞錢百萬。」

百萬不是一筆小數目，但就算朝廷不賜這筆錢，我也不是拿不出。我自己的宦囊當然沒這麼多錢，但是，按照律令，作為刺史，除了每月的薪俸之外，我在蒼梧郡還有一大片良田，那裡面的租稅都是歸我個人所有。廣信城中西市的賦稅也由刺史個人支配，東市的賦稅則由太守和都尉平分。所以，當個刺史，雖然薪俸不高，其他的賦入並不少。如果我把這些錢貢獻出來，頒發一點這樣的賞賜是不成問題的。可惜我不能為他們賜爵，否則他們就更有積極性了。

在耿夔等人的護衛下，我在後面觀戰。巨先則一馬當先，率先馳入敵陣，和他們接戰了。這場肉搏地動山搖，我聽見巨先麾下的那些蠻夷兵嘴裡在不停地嗚嗚怪叫，好像在呼喚著什麼，李直隊伍裡的有些蠻夷紛紛離開戰陣，四處逃竄。耿夔道：「大概是巨先的蠻夷，策反李直軍中臨時裹挾的蠻夷，那些一直跟隨他的蠻夷，是不會背叛他的。」對這場勝敗已分的戰爭，我突然失去了一切興趣，倒頭就躺在地上睡著了，以致當他們把李直夫婦五花大綁推到我面前時，我甚至有些茫然。我看著他們兩人，久久不知道說什麼。龔氏的樣貌，和我不久前見到她的樣貌似乎有了截然的不同，那時她雖然隱隱也有一種桀驁不馴之氣，究竟裝束打扮也還齊楚，現在卻蓬頭垢面，衣服上盡是泥土。李直背過頭不來看我，她的目光卻一直和我對視，其中充滿了憤怒，以及萬千的仇恨。我都覺得有點悚然了，這時張鳳開口道：「李君，李君，你何苦造反？」

李直甩了甩披散的頭髮，沒有理他。張鳳感覺有點尷尬，他看了我一眼，突然大聲道：「反賊還敢囂張，給我重打。」幾個士卒用矛尖啪啪幾

聲，敲在李直夫婦的膝彎上，兩人向前一撲，趴在泥土裡。李直身上的披甲未除，鐵質甲片相撞，發出叮叮噹噹的聲響，他像一頭巨獸一樣，花白的頭髮繚亂。我最見不得老人的可憐樣子，儘管那些老人年輕時也許曾經椎埋為奸，欺男霸女，無惡不作，可是我仍見不得他們那種可憐的老態，大概這就是所謂人類天生的惻隱之心罷。對於現在的李直，我的感覺也是如此。

我說：「把他們押到廣信去罷，等奏明皇帝陛下，再行處決。」

龔氏突然尖叫起來：「何必奏明朝廷，現在就殺了我，讓我去和兒子做伴。」

一個部司馬道：「啟稟使君，這個女人剛剛殺了自己的兒子。」他一招手，一個士卒提著一具小小的屍體上來了，稀疏的頭髮，梳成枝椏的形狀，平靜而稚嫩的臉蛋，好像仍在做著一個春天的夢。我想起不久前的新年時，他在刺史府伸出小手，對我跪拜提問時的頑皮情景，胸中一陣酸楚。我俯視著龔氏，艱難地說：「為什麼妳要殺自己的兒子？」我想起阿薑，因為兒子，終於沒能放開割捨我的心，去了另一世界和她的兒子相伴，將我一個人孤零零地丟在世間；而這個女人，卻親手殺死自己的兒子，她和阿薑不是一樣的女人和母親嗎？

龔氏像一頭野獸一樣仰頭看著我，目露凶光：「不是我，是你。」

這時李直突然嚎啕大哭起來，他龐大的身軀在泥土裡翻滾，花白的頭顱仰起，哭聲中帶著尖利的嘶叫，像一頭絕望的餓狼。讓人很難想像，這個老人曾經是那位威震一方、擅長騎射的蒼梧郡都尉。十幾天前他還威風凜凜地坐在廣信都尉府裡發號施令，現在卻老邁不堪，教人憐憫。他的哭聲越來越大，越來越悲，使我無法忍受，感覺自己的淚水也要被逗弄下來了。事實上的確如此，我終於陪著他哭了起來，我不在乎大家都驚愕地看著我，他們不是我，怎麼能夠體會。我邊哭邊轉身向城門走去，士卒們都像石雕一樣安

靜，迎面的每個人也都像凍結在那裡，這可能是大漢的一個奇觀，我自己卻意識不到，多麼遺憾的一件事啊！

晚上召開慶功宴，我讓巨先坐到身邊，舉杯向他表示深謝，笑道：「沒想到君的部族如此恩怨分明。」

巨先低下頭，道：「其實，也不完全為了報答使君，而是幾次殺我們族人的，都有蒼梧都尉所率的郡兵。」

我默然了，這些話雖然聽得不那麼舒服，可是很實在。我道：「你們既以漢兵為苦，這次讓我們自相殘殺，不是很好嗎？」

「那麼，使君也可以理解為，我等這次所為，確實完全是為了報答使君的恩德罷。」他沉吟道。

我忽然想起一件事：「其實就算沒有漢兵，你們自己的部族間難道就一直恬然不爭的嗎？刺史耳目閉塞，不過在洛陽也曾聽說，交州部族之間也常常相攻。」

巨先仰頭將酒飲盡，長嘆了一聲：「使君說得對，這正是我常常睡不著而痛心疾首的事啊！」

# 第三十七回　蠻夷來救護

# 第三十八回　檻車作歸舟

## 第三十八回　檻車作歸舟

回到廣信，這裡一切都很平靜，好像什麼都沒發生過。牽召仍舊率領掾屬出城迎接，一如我當時初到廣信。他說，當他知道李直突然帶走了整個郡的郡兵之後，就覺得大事不妙，作為太守，他立刻向洛陽奏報了這一切，同時派遣郵卒沿路打探消息。由於廣信城無兵可用，他也幫不上忙，只好留守城池靜觀其變。

我對他的解釋不感興趣，寒暄了幾句，就回到刺史府。我坐在榻上，油然想起阿䕫不久前就在這榻上去世，心裡空落落的，有一種揪心的難受。我又想起了這幾個月來乍悲乍喜的一切經歷，真覺得恍如一夢。如果不是做夢，怎麼會有如此奇特？二十年來，我早就絕望了，怎會想到能在廣信這個霧瘴叢生的蠻夷之鄉，遇見我的妻子；又怎麼會想到我還有個兒子，才見過一次就死在我的手上；還有我的左膀右臂任尚，死得更是莫名其妙；尤其是和李直勒兵相攻，竟然一路打到了合浦郡，驚動了整個交州，讓人們看笑話。這樣的事，難道是刺史該做的嗎？這樣的刺史，能算稱職嗎？

我真的希望這一切都是夢。

然而它不是，我知道，我面前還擺著那支吐綬鳥的金釵，那確確實實是阿䕫留下來的，上面似乎還保留著她的體溫，她曾經和我在這個屋子裡絮絮叨叨說了好多天，二十年的歲月，從她嘴裡娓娓說出來，流遍了這屋子的每一個角落，有時午夜夢醒，我都恍惚感覺她還在我的身邊，溫柔地含笑看著我，對我說：「阿敞，我不能再陪你了，我要去陪晏兒了！」我原以為，雖然丟了兒子，我們還可以在一起度過剩下的歲月，我們將來會一起回到居巢縣，回到原來的鄉里，修補好以前的老宅，養一條名叫「阿盧」的狗，種半塘荷花，一起坐在院裡看著春花秋月，牛郎織女，最後雙雙魂歸泰山，永不分離。可沒想到，她還是離開了我，她艱難地答應了陪伴我，卻纏綿床榻，最終一病不起。

我恍惚是在夢中接到來自洛陽的郵書的，最惡劣的預想應驗了。但是當使者在我面前宣讀詔書的時候，我卻沒有什麼感覺，「檻車徵回洛陽」是我預計的懲罰之一，沒什麼奇怪。唯一有些傷感的是，我終於被朝中的權臣和閹宦們抓到了把柄，在和他們的鬥爭中，我終於成了最後的敗者。

李直夫婦在獄中自盡了，不知是誰給的藥，大概是他的親信罷。我從掾屬的口中聽說，李直之所以要發誓起兵攻擊我，在於他妻子逼迫，那個瘋狂的女人用刀橫在他兒子李延壽的脖子上，說如果龔壽死了，她母子也不能獨活。她和兄長感情很深，兩人相差二十多歲，兄長對她來說，就相當於父親。此前妻妾成群的李直，一向對為他生了個兒子的龔氏言聽計從，再加上為了賭一口氣，他終於昏了頭，不計後果發兵去救龔壽，卻不想落得個全盤皆輸的下場。上天沒有給他一個救兒子的最好方法，反把自己陪了進去。說起來，是我殺了他們。

在這之前，我曾經去獄中探望過李直一次，我特意讓獄卒迴避了一下，心中有些躊躇，不知道該不該把那些隱祕的事告訴李直。儘管我非常想，我非常想對李直說，如果二十年前他當時不是那麼貪財，肯把阿薔送還給我，那麼這一切也許不會發生。有一句諺語說：「富貴不還鄉，如錦衣而夜行。」復仇也是如此，如果不能讓仇人死得明白，那復仇的快意也將大打折扣。我想看李直悔恨如狂的樣子，他大概死也不願回想，當初那一刻的貪婪會在近二十年後遭到報償。

李直躺在牆角的稻草叢裡，頹然看著我，嘴裡發出嘶嘶的聲音：「你贏了。不過我不明白，為什麼會這樣。為什麼你會那麼相信龔壽盜墓，他有什麼必要？他並非窮人。」

我冷笑道：「世上誰還怕錢多了。一袋珍珠擺在眼前，或許就會讓人立刻喪盡天良。」

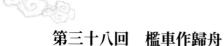

## 第三十八回　檻車作歸舟

他木然地望著我，根本沒有聽出我的弦外之音，也許這麼多年來，他接受的餽贈和賄賂實在多得數不清罷。他咳嗽了一聲，悲聲叫道：「可是，他是那麼信奉鬼神的人哪！為了一個卜工的話，肯去山上偏僻小亭任職三年，這樣的人，怎麼會去盜墓？」

祕密這時立刻滑到我的唇邊，我差點就想告訴他，即使不是為了龔壽，我也不會放過他……但是耿夒拉了拉我的衣袖，低聲道：「使君，那些事不能跟他說。詔書不日就到，也許會徵他回洛陽掠治，倘若他說你為了私人恩怨陷害他，只怕反弄巧成拙。望使君三思。」

還是耿夒考慮得周到，我只極好力忍住宣洩的欲望，悻悻地離開了獄室。

李直夫婦也得到同樣的詔書，可是他們已經沒有命去洛陽申訴。傳達詔書的使者只好催促我盡快啟程，耿夒說要護送我回洛陽，我拒絕了，詔書上沒有提及他，何必自找麻煩？誰都知道他是我最親信的掾吏，他沒有牽連進我的案件，已經是謝天謝地了，送我回去，不是給那些權臣們以口實嗎？最後耿夒被我勸服了，但是他說，反正他也要回家鄉江陵，一路正好順路，至少他可以把我送到江陵。我再次拒絕了，我告訴他：「萬一朝廷下詔逐捕我的親信掾屬，你肯定排行第一。交州天遙地遠，猝然有急，還可以隨時逃亡。如果回到家鄉，豈不是送肉上砧？何況，你孤身一人，在家鄉也沒有什麼重要親人。我已經向牽召舉薦了你，說你明慎果斷，是上等的吏材，希望他能辟除你為掾屬。」

耿夒伏地泣道：「使君，交州天遙地遠，沒有使君，我待在這裡有何意思？寧願跟隨使君下獄，也不想孤身一人，仰屋空嘆。」

「不要再叫我使君了，」我慨嘆了一聲，「我已經不再是刺史，如果邀天之幸，我能夠不死，到時還有相見的機會。我現在心中只有一件事放不下，

任尚君的家眷還在家鄉，你如果有心，就把我存下的薪俸想辦法送給他們。我平生閱人多矣，最珍愛的就是你們兩位……」說著，我自己也哽咽得說不出話來。

牽召爽快地答應了我的請求，發檄將耿夔署為功曹史，這是太守掾屬中地位最高的官職了，一向號稱「極右曹」[63]，牽召對耿夔這麼好，甚至都出乎我的意料，我很為耿夔感到高興。牽召雖然懦弱平庸，但為人還真不錯，我如今成了階下囚，他還是那麼恭敬，和以前毫無兩樣。臨走的那天，他帶著牽不疑、耿夔和一干掾屬，在城東的都亭為我踐行。那天，往常悶熱的蒼梧，也風聲颯颯，飄著毛毛細雨，好像為我們的離別助哀。事實上，我的心情並沒有那麼壞，該發生的都發生了，該破的案件也破了，該報的仇也都報了，我還有什麼可遺憾的？我喝光了眾人敬獻的酒，腦中有些暈乎乎的，正要爬上檻車的時候，忽然見有幾匹快馬追了上來，最先的一匹馬上，一個熟悉的聲音叫道：「使君慢走，使君慢走！」

一個矮小的身影從馬上一躍而下，我望著他，笑道：「蒼梧君，你也來了！」

他大笑道：「我如果不來，你豈不是要怨恨我一世？」

我也大笑：「我剛才已經怨恨你了。」

「我不會給你這個機會的。」他道，「不過，我是昨晚才知道這個消息，今晨天還未亮，就一路換馬趕來，還好，沒有錯過。」

看著這個爽快的矮子，我胸中湧起一股暖流，大聲道：「很好，今天再和君侯喝個盡興，也不枉和君侯相交一場。」

蒼梧君大聲叫道：「上酒。」幾個侍衛從馬背上抬下兩個銅酒卣，擺上漆耳杯，將酒倒在漆耳杯裡。蒼梧君舉起一碗酒，道：「使君，你放心，我

---

63　極右曹：漢代以右為尊，曹是漢代官署的名稱，極右曹指掾屬中地位最高的官職。

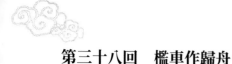

## 第三十八回　檻車作歸舟

趙信臣一直仰仗祖先的蔭庇生活，無德無能。雖然愛好交友，卻一向自恨盡不了什麼朋友之道。但今天頗有不同，如果不是使君偵破了盜墓案，捕獲了盜賊，也不會掀起如此大的風波。今天信臣在使君面前立誓，一定要泣血奏告朝廷，請求赦免使君，就算為此將家產傾盡，也在所不惜。明神上天，可以為證！」說著，他將一碗酒全部傾倒在地上。

　　能結識這樣俠肝義膽的君侯，也算是在蒼梧的一個意外收穫罷。交州多急人之急、憂人之憂的忠勇之士，也許這不是中原固有的傳統美德，它不當以地域劃分，而該以人群劃分。

　　我慨然道：「敞來交州和李直相怒，雖然出自公義，也枉害了不少交州百姓的生命，可謂死有餘辜。豈敢勞動君侯為敞乞命？萬萬不可。君侯的厚誼，敞心領了。」

　　「使君不必多言，」蒼梧君止住我的話，「使君之罪，自我得之，我焉能袖手旁觀？請使君滿飲此杯，我回去處理一下家事，即刻上奏皇帝陛下，請求親自去洛陽陛見，當面陳述使君的冤屈。」

　　我心裡嘆了口氣，皇帝陛下哪會親自讓你去洛陽陛見，大漢律令不許諸侯隨便出境，可不是說著玩的。不過想到他究竟受朝廷敬重，又和權臣沒有利害關係，或許上奏也能發揮一些作用也未可知。我不好再說什麼，只是將滿滿一碗酒灌進肚子，笑道：「那敞就多謝君侯了，人生能得君侯這樣的知己，死亦何恨！」

　　在瀟瀟的疏雨中，我登上檻車，和蒼梧君、牽召、耿夔等人揮手作別，雨水打在臉上，感覺涼絲絲的。

# 第三十九回　驚悚身何在

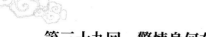

## 第三十九回　驚悚身何在

　　押送我的六個士卒是洛陽派來的，為首的名叫曹節，三十來歲，洛陽人。似乎怕我死而不僵，他對我仍保留著相當程度的禮敬，時不時問我疲累否，想休息與否。我很感激他的厚意，屢屢回絕說：「什麼時候必須趕到洛陽，律令上都有定程。我不想連累諸君，諸君千萬不必如此客氣。」其他小吏見曹節對我恭敬，也都七嘴八舌道：「雖有定程，但此去洛陽路途險遠，規定也不是那麼嚴格，何君不必多慮！」

　　唉，他們稱呼我為「何君」！我半開玩笑道：「諸君要是在我屬下，可不能行事這麼鬆散。」

　　他們面面相覷，又賠笑道：「久聞何君御下極嚴，但賞賜也極豐厚。我曹若在何君治下，也自會奮發自勵，以圖升遷的。」

　　他們說得很認真，看來也不純粹是虛假。有些官吏確實不喜歡擢拔下屬，所以下屬們也就因循敷衍，不圖上進，貪墨受饋，毫不羞慚。我則不然，每換任一處，剛到的時候，一定招集掾屬，告誡他們，貪墨舞弊者將受重誅，廉正勤勉者則有重賞，少府[64]所入，我自己只留一小部分，大部分會當成獎品，賜給官吏，所以我屬下的官吏雖然契契勤苦，卻從無抱怨。當年我任南郡太守的時候，有一次端午節，一位亭長私自賦斂自己所在亭部的百姓，把所得的錢買了衣食去獻給老父，恭賀節日。老父感到奇怪，因為他知道兒子薪俸不豐，家裡孩子還有三個，全家日常僅夠溫飽，怎麼突然這樣花錢，就說：「時逢佳節，家人團聚，飲酒相賀，這也就夠了，何必花錢去買這麼多東西，快拿去退掉。」小吏俯首泣道：「大人幾年來都未曾裁製新衣，我這做兒子的實在沒臉見人。請大人收回成命。」老父道：「你有這份孝心，我心裡比什麼都高興，我老了，衣服能夠禦寒就行了，難道一定要穿新的？倒是這三個孩子，你不能虧待他們。快去退了罷，不退，我反而不高興

---

64　少府：中央朝廷專門負責皇帝私人供養的官吏，郡縣亦有少府，負責太守、縣令的私人供養。

了。」小吏道：「不瞞大人說，這些衣食是我私自向亭部百姓賦斂的錢買的，不會影響家中日常用度。」老父一聽，當即拍案大怒：「久聞新來的何府君廉正愛民，少府私錢，大部分都拿來賞賜掾屬，自己兩袖清風。有君如此，你竟忍心欺騙。我打死你這個不忠的逆子！」說著提起拐杖就打。小吏趕忙告罪，遵父命特來向我自首。我聽說了事情前後經過，大為感動，親自跑到他家拜謝他的父親。郡中有這樣秉性醇厚的父老，這不正好說明我治郡有效嗎？我又拿出自己的薪俸為他父親買了一件新衣，為他祝壽，道：「孔子說，觀過知仁[65]，父老之子因為孝心而觸犯律令，雖然有罪，但因此更可以看出他秉性的醇厚，父老真是教子有方啊。若南郡所有老人都能像父老這樣，南郡何愁不治？」

最後我並沒有將那位老父的兒子治罪，反而提拔了他。耿夔當時還提醒我：「府君一向說信賞必罰，這次怎麼能自食其言？」

這句話把我問倒了，我不是沒想過這個問題，可是要我將那個私賦百姓錢財、買衣給老父祝賀佳節的小吏下獄，實在也覺得說不過去。他畢竟自首了，而且他老父也是個醇厚長者，如果這樣也行處罰，怎麼去激勵南郡的百姓遵循良好習俗呢？

「可是如果不懲治他，南郡的奸人都以孝子的名義去打家劫舍呢？難道府君也輕輕用一句『觀過知仁』來搪塞嗎？那樣的話，只怕南郡滿地都是這種打家劫舍的所謂孝子了。」耿夔很不理解。

我搖搖頭：「不一樣，如果那些盜賊的父母能因此勸盜賊自首，那就是良善之人，哪裡需要懲治？」

耿夔喃喃道：「沒想到府君竟然變成儒吏了。」

我心中一動，他說的確實如此。不奉行律令，而想以禮樂化民，這不是

---

65　觀過知仁：出自《論語‧里仁》，意思是，查看一個人所犯過錯的性質，就可以了解他的為人。

## 第三十九回　驚悚身何在

儒術是什麼？我訕訕地笑了一下，沒有回答。

坐在檻車上，我回憶起這些事，又是好一陣悵惘。路上雨時停時落，到了傍晚，雨下得漸漸大了起來，小吏們都帶了雨傘，但在南方這樣瓢潑的大雨下，幾乎沒有用處。雨不是直落的，它在勁風的幫助下，不時轉彎，向人懷中鑽。雨傘只能當成持傘人的自我安慰，頃刻間，所有人，包括我，都好像一隻剛從水中拎出來的雞，大雨甚至堵住了我的鼻子，讓我連氣都喘不過來。

「得找個地方避雨。」曹節自言自語地說。

廢話，在這鄉野驛道上，能找到地方才怪。天色逐漸黑了下來，暮雨，更讓一切變得蕭瑟。這是初夏，嶺表的初夏平時是相當燥熱的，早上我們出發的時候就是如此，現在傍晚時分，卻如北方的秋天一樣清涼，甚至有些寒冷。這個天氣真怪，我不由得打了個寒顫。

「最近的亭驛在哪裡？」我問道，「看看圖罷。」

一個小吏道：「大概不遠了，看圖也沒用，況且雨太大了，沿著驛道走，總會看到的。」

檻車在風雨中又走了一會，前面的很多地方已經積水，還好，驛道在向高敞的地方延伸。一行人趕著馬，將檻車拉上了高坡，兩邊都是樹木，枝葉濃密交通，遮蔽得天色越來越黑了。我感覺這條路有點眼熟，但又拿不準。嶺南樹木茂盛，尋常小徑兩旁也多是樹木參天，看不出相互之間有什麼異樣。在林中，雨水也陡然變得小了起來，顯然被樹葉給遮蔽了不少，只有稀稀疏疏的雨點，時時從空隙中掉下，但比一般的雨滴要大得多。小吏們也不說話了，只顧悶聲走路，似乎都很沮喪。也不知走了多久，突然有人激動地指著前面：「那邊好像有亮光，也許是個亭舍。」

他的話引起一陣騷動：「真的嗎，那就太好了，這鬼天氣，我他媽的受夠了。」「老子從來沒這樣盼望過烤火，這樣溼漉漉的衣服，再穿個幾個時辰，

只怕會死在這裡。」「烤乾了衣服,吃飽飯聽著雨聲睡一覺,我看還不錯。」

他們七嘴八舌地闡發著各自的憧憬,我的感覺和他們沒有什麼兩樣,當然境遇更慘,起碼有二十幾年我沒吃過這樣的苦頭。雖然他們言辭上還對我客氣,但到底不會自己淋著雨來幫我打傘,究竟我不再是刺史,而是一個坐在檻車裡的囚徒,目的地是洛陽,等待我的還不知會是怎樣的命運。現在,我只希望能趕到下一個亭舍,好好休息一下,將來是怎樣,我根本不去考慮。曹節睜大眼珠,往前方看了半天,罵道:「哪有亮光,你這死豎子,眼睛花了罷?」

先前說話的小吏揉揉眼睛,委屈道:「剛才確實看見有亮光,奇怪,現在又沒了。」

又一個小吏不時地向後張望:「好像背後有人。」

其他小吏都倏然轉身,手上同時拔出環刀,腦袋像兔子一樣左右轉動,驚恐道:「哪裡,哪裡有人?」我也轉過腦袋,背後煙霧濛濛,兩排樹木之間,只有一條整齊陰鬱的驛道,掩隱在朦朧的夜色中,哪有什麼人影。其他小吏都罵他:「你這死豎子,看到鬼了罷。」

站在我身旁的小吏突然問我:「何君,你說世上到底有沒有鬼?要說有罷,為何我從未親見?」

我笑道:「要是你真能親見,未必有多歡喜。我年輕的時候,曾經在故太尉周宣屬下為吏,他告訴我一個故事,說河南郡密縣有個叫費長房的人,身懷道術,能白日見鬼,苦不堪言。雖然他有抓鬼的符篆,鬼無奈他何。但是你想,要是一個人天天吃飯睡覺,身邊也總看見鬼魂出沒,總不是什麼賞心悅目的事罷?」

小吏開心地大笑,就差沒扔掉手上的兵器,袒開上衣雙手叉腰了,他道:「確實不怎麼賞心悅目,不過這麼看來,何君相信這些事一定是真的了?」

## 第三十九回　驚悚身何在

我仰天長嘆了一聲：「以前我半信半疑的，後來我完全信了，這世上是一定有鬼的。」

我肯定的語氣讓他又驚恐起來，他本能地望望身後：「不會罷……就算是真的，我也不想遇見。」這時又一個小吏指著山坡：「看，這裡果然有個亭舍，還豎了桓表，上面有字，鵠奔亭！這個名字有趣。我們來的時候，曾經宿過這個亭舍嗎？」

其他小吏都狐疑地搖頭，有一個說：「不大記得，也許宿過，誰會在意。」

我的反應自然和他們不一樣：「什麼？鵠奔亭，諸君怎麼跑到這裡來了？」一時間我心頭五味雜陳，難道今夜注定是一個不尋常的夜晚，蘇娥一家的鬼魂又把我帶到這個亭舍來了，這回他們要對我說什麼？救我？不，他們自己救不了自己，又怎能救我。那或許僅僅是送別罷，那會採用怎樣的送別方式，我有些好奇。

曹節感覺我的反應不同尋常，看著我：「何君知道這個亭舍？」他大概被我的神色嚇住了，又問：「何君怎麼了？這裡有什麼古怪麼？」

我不想告訴他這個亭舍鬧鬼，於是假裝淡然道：「是的，以前我查閱本郡郵驛線路時，注意過這個亭舍。不過它應該早就廢棄了，看來，諸君是走錯了路。」我望著坡上黯淡的大門，心中慨然，這經歷也著實有趣，來蒼梧上任，以此亭舍始；徵回，以此亭舍終，也算是交州刺史生涯的一個圓滿結局了。

領頭的小吏道：「怎麼會走錯路？我們一路走來，就只見這條驛道。」

我道：「也許是我記錯了，今天下這麼大雨，我記不牢也是可能的。」我不想告訴他們那些事，不想把他們嚇退。我希望他們現在就帶我進鵠奔亭內看看，並且在裡面歇宿最後一夜。我想起當時就是在這個亭舍中夢見了許久未夢見的阿䕅，今晚，我還能重複那樣的夢嗎？此外，我還想看看蘇娥一

家人的墳塚，把他們的屍骨從枯井中打撈上來後，我就下令直接把他們埋在了亭舍的院子裡，包括蘇娥的屍骨，我也讓耿夔將她運到這裡合葬。現在他們一家團聚，應該過得不錯罷！

「不管怎樣，好歹有個遮蔽風雨的地方，現在天黑了，再往前走也不實際，不如就在這裡歇宿一夜，等明晨雨停再出發。」我又提出建議。

「也好。」曹節道，「就算是廢亭，也沒什麼大不了的，至少可以拆兩間屋子當柴燒飯吃。諸君，進去罷。」

他們趕著檻車，沿著臺階旁邊的滑道，推上了半山坡。鵠奔亭沐浴在一片蕭疏的夜色中，只能看見一絲輪廓。大門油漆斑駁，銅鋪首還保存得好好的，門板沒有合牢，有些歪斜，像一個半身不遂的病人，頗有一些詭異。曹節站住了，回頭指著一個小吏，命令道：「你，推開門先進去看看。」

那小吏遲疑道：「裡面，會不會有鬼？」

曹節道：「剛才你這豎子說看見前面有亮光，大概就是這裡發出的，或許有人居住。你發現的地方，當然你先進去打招呼，這功勞我們大家不能搶了你的，是吧。」他回頭徵求其他小吏的意見。換來的自然是眾口一詞的回應：「當然是他去，曹使君的話說得再對不過了。」

那小吏尖叫了一聲：「那亮光肯定是鬼發出的。」

曹節哈哈大笑：「膽小鬼，還得老子上前。」他從那個小吏手上搶過長矛，伸出去推門。門樞發出吱吱呀呀的聲音，在靜謐的野外顯得很刺耳，加重了陰森的氣氛，饒是我早有準備，心也不由得一陣緊縮。

在曹節的帶領下，他們魚貫走進院庭，我坐的檻車斷後。院子裡的草墨綠墨綠的，高得讓我不敢相信，雖然幾個月前曾經徹底清除，現在它們又完全淹沒了小徑，而且時時有窸窸窣窣的聲音從草叢中掠過，草叢也由此蕩起大小不等的綠色漣漪，大概有癩蛤蟆、蛇之類的昆蟲在裡面潛行，漣漪的大

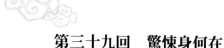

## 第三十九回　驚悚身何在

小也因此視昆蟲的種類而定。曹節顯然有些害怕，一邊用長矛在草叢中亂撥，一邊破口罵道：「該死的地方，天天就知道下雨，到處都是毒蛇癩蛤蟆。」

其他小吏也都精神緊張，不斷用長矛在草叢中撥動，亦步亦趨地跟在曹節後面，嘴裡也大呼小叫：「癩蛤蟆也不能輕視，要是被牠們噴上毒液，就會全身潰爛。」「好像還有四足大蟲，這邊的草都被踏扁了。」我還好，坐在檻車裡，不用擔心被爬蟲偷襲，他們大概這時會有點羨慕我罷。

雨不知什麼時候已經停了，而且停得十分古怪，彷彿只是瞬間的事，比一個美人破涕為笑還要快速。等我們走進內院，天際甚至升起了一團晶瑩剔透的朗月，如果在白天，代替它的肯定是一輪金黃的太陽。

今晚的月亮還是滿月，像一面碩大的銀鏡，將光芒毫不吝惜地傾瀉在小吏們的臉上，讓我可以清清楚楚地看見他們生動的表情。我想當初第一次在鵠奔亭歇宿的情景，悲不自勝，那時完全沒料到大雨中請求歇宿的蘇娥一家會是蒙冤的鬼魂，更不願意見到鬼魂，現在卻懷著深深的預期，我在心裡暗暗祈望，請你們再出現一次罷，讓這些洛陽來的人，親眼看看你們，聽聽你們的敘述，才知道這世上果真是天理昭昭，報應不爽。而我，殺了李直，完全是為了主持正義，我不該受到檻車徵還的待遇。

曹節命令打起火把，可是他們身上所帶的引火之物，全部被先前的雨水淋得透溼，怎麼也打不起來。好在月亮越升越高，照在院庭的綠草上，好像打了一層霜，間或的微風或者草中動物的行進，使得這層霜起伏不定。我心想，如此清幽絕美的風景，可惜一直無人欣賞，都付與草中的蟲豸們了。

「進去看看，分頭找找，看有沒有乾燥的木材，再想辦法燃起一個火堆。」曹節下令道。

亭舍的地面是方磚砌成的，沒有那麼多草，小吏們相擁跳入屋裡，把我一人留在庭院中，坐在檻車裡和馬相伴。我聽見屋子裡傳來一陣陣翻檢東西

的啪啪聲，大概他們正在拆毀屋內的木材。過了不知多久，突然聽見一聲驚呼：「墳墓，這後院有一排墳墓。」接著便是此起彼伏的謾罵：「他媽的，廢棄的亭舍也不允許當墳地用啊。」「晦氣，這該死的地方，實在是亂來。」

四個墳塚一字排開，那是蘇娥一家的墳墓。我被拉下檻車，站在亭舍的後門口，望著它們靜穆的輪廓。墳堆上滿是荊棘雜草，綴著藍白的小花。

「這不是擅自堆疊的墓，而是四個冤魂的長眠之地。」我淡淡地說。

火石之類的都被雨淋溼了，但他們終於打著了火，燒起飯來，很快屋裡就飯香四溢，紅豔豔的火烤著他們的前額和溼衣，薄霧蒸騰，這種薄霧和飯香氤氳交織，也算組成了人生的某種甜蜜氣息。吃飯的時候，也許需要一些佐餐的醃醬，在他們的強烈要求下，我娓娓講述了發生在這個亭舍中的故事，他們逐漸張大了嘴巴，不約而同將目光灑向門外那四個墳塚，因為驚恐而難以積聚：「天哪！原來這個亭舍真的鬧鬼？你，為什麼不早說。」

我笑道：「諸君用不著如此害怕，鬧鬼，也不過是鬼魂們無力的一種表現。他們含冤而死，在這裡沉埋了五年，而殺他們的奸賊卻在世上坐擁良田美宅，活得無比美妙。他們只能透過鬼魂顯靈來向我求助，求我為他們報仇。你們想，鬼又有什麼好怕的？」

小吏們神情略定，繼續他們的咀嚼。曹節道：「賊人如此可恨，竟使鬼神為之顯靈訴冤，當真離奇，當真感人肺腑！何君為他們報仇的手段雖然過於激烈，乃至觸犯了律令，卻畢竟事出有因，我想皇帝陛下一定會赦免何君的。何君積聚了如此陰德，也必將得到鬼神的厚報！我聽說當年於定國廷尉審理冤獄，全活百姓無數，曾自詡要高大自己閭里的門宇，以便將來可以容納軒車。後來他果然位至丞相，我想將來何君也一定會位至三公。」

我對他的話恍若無聞，人生真是太過短暫，而在此須臾的年華中，那些能讓自己心痛神馳的人皆已不在人世，活著又是為了什麼？當眼前的一切都

289

## 第三十九回　驚悚身何在

變了模樣的時候，自己還能重新活一次嗎？重新活一次又有什麼意思，去結識新的朋友，去開墾新的田地，建築新的房屋，營造新的風景，那麼，一層層的舊人舊事舊物，難道真能拋之腦後？那些過往的喜怒哀樂，以人心的柔弱，難道真的能夠恬然承受？不，我認為不能，除非記憶也能重新開始，天地也能重新開闢。我想起在洛陽時，人人傳唱的一首詩，那首詩寫得真好，字字如珠，沁入心裡。我深深吸了一口氣，喃喃吟道：

回車駕言邁，悠悠涉長道。

四顧何茫茫，東風搖百草。

所遇無故物，焉得不速老。

盛衰各有時，立身苦不早。

人生非金石，豈能長壽考？

奄忽隨物化，榮名以為寶。

曹節等人的臉上也變得蕭穆起來，這倒沒什麼奇怪的，這首詩的好，就算不識字的人也會被打動。只要人會思考，哪個不為這人生的永恆問題愁苦？平時不想這些，不過是被生活和利祿所矇蔽，無奈罷了。面前的火堆在噼裡啪啦地燃燒著，靜寂中只能聽見這樣的聲音，也不知過了多久，直到外面突然傳來的一陣長笑將它打斷，它突如其來，讓我周圍每個人都顫抖了一下，而我，不僅僅是顫抖。

那個聲音笑道：「使君好興致，落拓至此，還有心情吟詩。不過想要厚報，只怕不能了！」

我感到有一記重錘擊在頭上，一時之間，完全搞不清楚自己是否在夢裡，因為那個聲音對我來說實在過於熟悉，將它燒成灰，也能夠毫不費力地分辨。

# 第四十回　鬼亭解端由

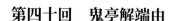

## 第四十回　鬼亭解端由

我們都迅速跳了起來，走到院子裡。

吱呀的一聲響，院子的門被推開了，進來一隊直立行走的東西，如鬼魂一般，而且不是一個鬼魂，稀稀落落的跟著的，起碼有近十個。就算沒有銀亮的月光，我也能看出第一個就是耿夔，他的一切我太熟悉了。他身後站著的八九個人，全身穿著黑色，每個人的右手都下垂著，各執著一具弓弩，鐵質的弩機發出淡淡的青光，和夜色一樣令人生懼。這些弩並沒有對準我們，箭矢卻已經安置在箭槽中，矢括緊抵著弓弦，繃得緊緊的，只要一抬臂，一扳懸刀，箭鏃就會在箭桿和箭羽的幫助下，閃電般的在空中飛行，射穿一切敢阻擋它的任何東西，當然也包括人的身體。

「是耿功曹嗎？君怎麼知道我們在這裡，難道知道我們會迷路，特來相助？」我感覺這串話像濃痰一樣，從曹節喉嚨裡飛快地滑出來，他也認出了耿夔。說完這句話，他還特意笑了笑，顯得很親熱，但誰都聽得出，笑聲太假，如果他不是蠢貨，就一定知道耿夔這麼晚跟來，絕不是怕我們迷路。他大概猜測，耿夔一定是企圖把我這個昔日的主君劫走。當然，我的腦子不會像他那麼幼稚。

耿夔一擺手：「這裡沒你說話的地方，你和你的幾個下屬閉住嘴巴，我要和我的主君說話！」

曹節尷尬地哦了一聲，環視他的五個下屬，忍氣吞聲地緘默了。

我望著耿夔，月光在他臉上起伏不定，顯得有些詭祕。我默不作聲，腦子裡高速轉動，推測是哪個地方出了問題。我突然想起阿蘠臨死前對我身邊兩個掾吏的評價，她說任尚為人確實仁厚，耿夔這個人卻有點難以捉摸。我笑她多心了，並把我和耿夔交往的經歷一一對她陳述，她雖然不再說什麼，但眼神告訴我，她並沒有心服口服。我想，這大概是因為晏兒的死是耿夔的玩忽職守，她免不了對之抱有成見的緣故罷。然而這個理由我不想對她細細

分析，那些悲慘的事，能不提就盡量不提。如今看來，阿藟的直覺是有道理的，只是，耿虁到底有什麼問題呢？

這時他緩步走到我的面前，笑道：「使君不想問我一點什麼嗎？」

我忽然想通了什麼，轉而又感覺有點糊塗，接著腦子裡又閃過一道光亮，但很快又是一片漆黑。我望著耿虁的面龐，雖然和我靠得那麼近，卻變得非常陌生。我感覺他絕對不是和我相交了近十年的人，絕對不是那個我可以生死相托的忠臣，然而不是他，又能是誰？世上不可能有第二個耿虁，這點是不用懷疑的。

「你想告訴我什麼？」好像達成了某種默契似的，我們自動放棄了早晨離別時的那種死友般的親密，好像變成了完全陌生的兩個人，而且是帶有敵意的兩個陌生人。短短一個白天，五六個時辰，讓我們的距離相隔了十萬八千里，實在有些駭然。耿虁對自己身後黑衣人中的某一個招手道：「你過來，給使君看看。」

一個身材略胖的人走了出來，他臉上還帶著諂媚的笑容：「拜見使君，不知使君還能否認出小人？」

我感到自己心中的某座山峰突然崩塌了一般，恍然中把很多事情連接起來了。在月光下，雖然他的面容看得並不真切，但這抹諂媚的笑容卻因為它的獨特，讓我難以忘懷。草叢裡青蛙不停地呱呱叫著，還有一種發出「唧唧」叫聲的東西，蒼梧人說是蚯蚓。我想起了那個雨夜之後，我在鵠奔亭的院子裡凝視被踏扁的蚯蚓，龔壽也是帶著這樣諂媚的笑容看著我。那個不久前被我殺死在高要縣的胖子，絕對不是眼前的這個傢伙。

「使君認出我來了罷？」他仍舊笑得很甜。

「那又怎麼樣？」我道，手腳卻不住地發抖。

耿虁道：「不要問他，他是個冷血的豎子，就算知道自己殺錯了人，也

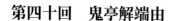

## 第四十回　鬼亭解端由

不會在意的。頂多想再補殺了你，就覺得是償還他所做錯的一切了。可惜，他現在做不到了。使君，很遺憾罷？」

我感覺渾身發涼，是這樣嗎？難道我在他心中，就是這樣的一個人？我是個酷吏，這我不否認，但我是個廉直不阿、斷案公正的酷吏，這和純粹的殘酷有著顯著的差別。

「耿夔，你把你所做的一切，都說出來罷。」我怒道。

耿夔道：「是要說出來的。要不然，我何必追到這裡？」他掃視了一眼曹節等人，「諸君想來會很奇怪，我和何使君之間到底有什麼祕密。現在，我就給大家完整地講一個我和他之間的故事。」

曹節等人又面面相覷。耿夔繼續道：「大約十年前，我還是南郡太守屬下的一個倉曹掾，我做事兢兢業業，廉潔奉公，自問無過無失。然而有一天，荊州刺史劉陶派來了一位部南郡從事，他奉命查勘南郡太守貪汙的事，按照他當時的身分，他沒有權力把南郡太守直接下獄拷掠，於是把目光轉向了我這個倉曹掾。諸君也知道，倉曹掾在郡中雖然不算右曹，可是掌管賦斂帳簿。這位荊州刺史所署的部南郡從事君，好像肯定南郡太守一定有貪汙行徑，將我抓去，打得體無完膚，我作為一個男子的體面，就在這次拷掠中蕩然無存。或者說，我被打得不能人道。」

啊，我不由得叫了出來：「你為什麼今天才說。」我曾經奇怪，為什麼自從妻子死後，耿夔就從未再娶。但這種事畢竟是他的個人隱私，我一直以為他懷戀妻子，和我類似，現在想來，顯然是娶也沒有什麼意義了。

「早說的話，你還會信任我嗎？難道我是宮中犯罪受腐刑的閹宦，受了奇恥大辱，仍會奴性大發，對主子忠心耿耿嗎？」耿夔微微笑道。真奇怪，說起這樣憤懣的事，用著這樣憤激的言辭，他的神情卻非常恬淡。

我不說話。他說得對嗎？也許不對，就算那樣，我也會用赤誠的心對

他，雖然是我打得他喪失了人道，可是，這也不能完全怨我。這世上誰沒有受過冤屈？如果我的赤誠不能化解這種冤屈，那我也認了，我只是不能忍受這漫長的欺騙。

耿夔的臉上沒有絲毫羞愧的表情，他真的什麼都不在乎了，繼續道：「後來，這位部南郡從事升任了丹陽令，請我去當他的謀臣，我那時悲憤交加，天天偷偷煎藥，想醫好自己的疾病，和妻子生個孩子，哪有心情理他。但我知道他為人酷虐，雖然恨他，卻不敢發作，只能賠笑找理由推託。很快這個人因為殘酷不法被免職，但不久又重新啟用為丹陽令，接著升任南郡太守，成了我的父母官。他又假惺惺辟除我為功曹史，那時我家中已經發生了巨變，因為疾病醫治無效，沒有子嗣，妻子日日嘖有怨言，母親氣得一病不起，很快就魂歸泉壤。憤怒之下，我將妻子毒殺，謊稱是暴病而亡，我自己也想一死了之，誰知這位太守君突然來到我家，請我去做功曹。我見他志得意滿的模樣，心中燃起萬丈怒火，尋思著不如將計就計，想辦法成為他的心腹，再找機會將他毒斃。這位太守君見我謙卑恭謹，果然對我大為信任，什麼話都對我說，我因此知道了他一生中的全部祕密，尤其是他妻子十多年前被風颳走的事，他對我絮絮叨叨，簡直不厭其煩。然而這些嘮叨只能增添我對他的憎恨，他對妻子的失蹤那麼悲痛，然而他殺了多少人的丈夫，離散了人間多少骨肉，怎麼就不考慮別人的痛楚？就如我，被他害得母死妻亡，孑然一人，還得強裝笑顏，似乎遺世獨立，對塵世間的忠孝大義不以為意。諸君說說看，我這口氣能嚥下去嗎？」

這番話說得我有些羞慚，我有氣無力道：「嗯，我沒想到把耿掾害成了這樣，你今天這麼做，確實應該。你繼續說下去罷，我還有些地方不明白。」

耿夔冷笑道：「難得看見使君認錯。那時，為了取得你的加倍信任，每次當你絮絮叨叨說你的阿蠡之時，我就假裝回應以百倍的同情，漸漸的你對

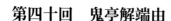

我越來越知心，我可以隨時出入你的臥榻，殺你的機會終於成熟了。但是正當我決定行動的時候，一椿突如其來的獄事，讓我打消了這個念頭。」

我叫道：「是什麼獄事讓我得以苟延殘喘至今？」

「那次我隨使君去編縣巡視，捕獲了幾個賊盜，因為是幾個孟賊，使君不屑親自動手，讓我全權處理。一番拷掠之後，他們招供了一生中所有的罪案，其中有一件，讓我大吃一驚。」他的目光死死盯著我，嘴角有一絲嘲諷。

「能讓耿掾大吃一驚的事，絕非小事。」說完，我自己也覺得這句話太過無聊。

「那是當然。」耿夔道，「這幾個賊盜說，他們十幾年來，經常做些販賣人口的勾當，尤其是女子，起碼販賣了上百個，其中不乏貴家婦女。有些時候，他們也接受一些特別的交易，比如受人錢財去劫掠指定的人物。有一年在舒縣，他們就收取了太守府一位戶曹的錢財，擄走了那位戶曹的同僚，一位郡掾的妻子。我當時心裡一動，問那位女子是不是長得如花似玉。那幾個賊盜說，十幾年來，他們擄掠的婦女不計其數，其中也不乏姿色者，但和那位郡掾的妻子相比，卻如糞土一般。只是最後他們覺得可惜，在強姦她的時候，她用書刀劃破了自己的臉頰……最後，他們將她賣到的蒼梧郡廣信縣一個叫合歡里的地方。」

我感覺自己兩眼發黑，好像一座駿極於天的大山鋪天蓋地地壓下來，將我覆蓋在下面。我的手指抖個不停，哦，是這樣的，當年因為周宣府君的賞識，我確實可能讓郡府中不少人心生嫉妒，其中那位長得豬頭豬腦的戶曹掾朱奔，我自己也覺得對他不住，因為他在府中資歷最高，我兩次升遷，都擠占了本該屬於他的位置。但我從未想到他會這樣暗中害我。因為在我印象中，他長得胖乎乎的，憨厚得不行，老實得不行，一見我就跟我開玩笑，說我美色官祿兼得，實在命好，誰能想到，這樣豬頭豬腦的庸才也配對我有

嫉妒之意，還能想出這麼惡毒的主意來對我。他現在做什麼了，我不知道。官是不可能比我當得大的，因為我都快把他忘了；可是他在家鄉當個鄉吏，兒女繞膝，應該過得很愜意罷。空閒時他大概會思慮著為自己打造一座豪華的墓室，僱一群熟練的工匠幫墓室的牆壁畫滿壁畫，好好餵養後嗣，讓他們繼續他的生活，像大漢天下的絕大多數百姓和官吏一樣。我該怎麼去尋找他⋯⋯沒想到，沒想到⋯⋯我腦中把一些記憶的斷片不斷地拼合，有些斷片能夠吻合了，有些卻仍舊不知所措。但我知道，這大半年來，在蒼梧郡所經歷的一切，都和耿夒所說的密切相關。我俯視著耿夒，他短小精悍的身體，如今在我面前是多麼醜陋，邪惡的醜陋。我強自忍住憤怒，道：「原來是那位朱奔害我，原來你早就打探到了我妻子的消息，你也太精明了，怪不得那幾個賊盜莫名其妙就瘐死在獄中。當然這在監獄中也算常事，不過，你怎麼肯定他們說的就是真話？」

耿夒搖頭道：「耿掾不會如此愚蠢罷，否則怎麼當你的別駕從事？」

我道：「對，我一向深信我的耿掾是百里挑一的，才會讓自己落到今天這步田地罷。」

耿夒又譏諷地笑了笑：「在我拷掠那幾個賊盜的時候，當時正要去洛陽上計[66]的蒼梧郡上計掾正路過江陵，想拜見使君，使君對這種官吏沒有興趣，就命我接見款待。其實以前我在南郡當倉曹掾的時候，就認識這位上計掾，算是熟人，本來這也沒什麼。但真是蒼天憐我，那次隨同上計掾前來的還有蒼梧太守牽召的公子牽不疑。我問他們，是否知道蒼梧郡有個合歡里，蒼梧郡人是否因為婦女稀少，經常去外地購買女子為婦。他們的回答讓我明白，那幾個賊盜所說的沒有一句虛假。我突然覺得，輕易將你毒殺，似乎太便宜你了。我也要讓你嘗嘗再次失去美好東西，生不如死的味道，於是我放

---

66　上計：東漢政府要求天下郡國每個年末派人去京城洛陽述職，這種方式稱為上計。主管上計的官吏，稱為上計掾。

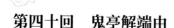

## 第四十回　鬼亭解端由

棄了毒殺你的計畫。後來，我千方百計找了一次機會，去蒼梧郡辦了一回公務，和這位蒼梧太守牽府君親自見了一面，暢談甚歡，之後常有魚雁往來，可謂無話不說；和牽不疑公子，更是情同手足。牽太守父子都是精明強幹之人，無奈卻被一介武夫久久壓制，鬱悶難舒。我告訴他們，可以騙得一個傻瓜幫助他們除掉那個武夫，那樣不但可以推掉自己盜墓的罪狀，而且可以獲得一個巨大的橘園，可謂一石數鳥。哈哈哈……」說完，耿夔大笑起來。

原來我是他眼中的傻瓜，這讓我感覺不可思議，但是，他說的難道不是很有道理嗎？我長嘆道：「怪不得我被貶為交州刺史的時候，你一點沒有失意，反而對我盛讚交州的風物，信心百倍地勸我就任。甚至還不等我請求，就自告奮勇相隨前往。尋常掾吏，誰願跟隨主君來此之地？」

他搖搖頭：「誰說不願，還有你的任掾，他不也誓死相隨嗎？」

我勃然大怒：「不要提我的任掾，你這個無恥的小人，怎麼配提他？你要害我倒也罷了，卻忘了他曾經救過你我的性命。」我忍不住淚水迸湧。除耿夔之外，我一直認為任尚是鮮見的好人，從外表和性格來看，他粗豪任性，不受拘束。然而關鍵時候，他卻真正能做到急人之急。且不說那次在宜城山中，他不顧自身安危，來回突馳，射殺三十六名賊盜。後來我任司隸校尉期間，因為一個案件，他率人突入司空府舍搜捕罪人，被尚書劾奏為摧辱上官。本來我和耿夔都要因此下獄，任尚卻服闕上書，獨自承擔了這一罪責。他謊稱是自己專擅君命，整件事情我根本不知，我和耿夔這才得以赦免出獄。出獄之後，才知道任尚卻因此入獄。幸好碰上新年大赦，他得以免罪歸故郡。後來我來交州，重新請他為掾屬，他本來在家中和妻子相聚甚樂，然而聽了我的邀請，二話不說，當即啟程。這樣的掾屬，哪裡去找？

耿夔點頭道：「任掾，他確實無辜，但這幾十年來，你殺害的無辜就少了？你經常自詡斷案如神，其實也不過是比別人多留心了一點細枝末節的瑣

事，故弄玄虛，讓掾吏不敢欺騙自己罷了。至於斷案真正需要的抽絲剝繭之功，我看你未必比別人強到哪去。尤其像你這種自以為廉正不阿的官吏，比之一般貪吏，作惡更大。有些時候，你自以為斷案如神，其實是我為了助長你的驕傲，在勘驗拷掠的時候，故意製造一些假證據以滿足你的虛榮，獲取你更多的信任。你最得意的那件洛陽老婦魚刺案，也是我幫的大忙。什麼針隨血流，進入心臟，這種愚蠢的傳言你也相信？簡直讓人笑掉大牙。除了騙騙朝中那些愚蠢的士大夫，還有誰會相信？嗯，我可能說得過於刻薄了。其實我倒感覺，你自己也未必就真的覺得自己有多厲害，所以你需要人的誇獎，每次當你沒信心的時候，我總要不吝任何錦繡的言辭誇獎你。你假裝謙虛，心中其實快樂得打顫。你自稱不信天命，不愧鬼神，實際上你內心既愧天命，又愧鬼神。要不然，上次在這鵠奔亭，我也就無所施其計了。」

汗水涔涔地從我額上流了下來，雖然依舊皓月當空，涼氣襲人。原來那個我引以為自傲的魚刺案，竟然是假的。我想起他以前對我讚不絕口的吹捧，不覺羞得抬不起頭來，我感到渾身沒有力氣。也顧不上什麼臉面了，乾脆一屁股坐在檻車上，像極了一個蠢貨。

耿夔冷笑道：「你大概沒有勇氣再提問了罷？實際上我和牽召早商量好了，我知道你內心的虛弱，所以故意把你帶到鵠奔亭，我對任尚下了一點藥，讓他頭疼嗜睡，然後安排你見到龔壽和蘇娥一家，當然，他們都是假的。都死了五六年的人，怎會在這個廢棄的亭舍接待一位新上任、剛愎自用而又權勢熏天的刺史？」

我有氣無力道：「你說，這一切都是你安排的，這院中根本沒有鬼魂？」

耿夔仰天大笑，在荒野古亭中顯得特別響亮，他還不斷揮舞刀鞘，來助長自己的語氣，大聲號叫：「這世上若真有鬼魂，哪會是這種汙濁的模樣？哪會有這麼多的不公和醜惡？當然是沒有的。蘇娥一家人，包括龔壽，都是

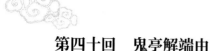

# 第四十回　鬼亭解端由

牽府君找人假扮的。好在你並不認識蘇娥一家，他們的形體，有個大概就行了。至於龔壽，還要留著給你將來親自處死，所以讓牽府君頗費躊躇，最後終於找到一個，雖然神態有異，形體卻有個八九分，況且龔壽乃是一個五十多歲的男子，鬍鬚滿腮，又降低了假扮的難度，只要他不多說話，就足以魚目混珠。」

原來那樣風流裊娜的女子，那樣嬌俏可愛的女孩，都是假扮的；那樣玲瓏的神態，那樣朦朧的氣息，都只是我心中的臆想。這其中糾纏的是狡詐和偽裝，欺騙和卑賤，這世上果然是沒有正義的，一個人受冤死了便是死了，絕不會有不屈的靈魂給世人以昭告：我要復仇。我這次所殺的人都是無辜的，同樣，他們也只能千載沉默。等殺他們的人也死光了，誰也不會知道這個世間曾經是如此的可怖。我以前認為，這世上雖然沒有鬼神，至少還有不少像我這樣正直的官吏來主持正義，伸張冤屈。但現在我明白了，這世上幾乎沒有什麼冤屈可以得到伸張。

「那麼，那位許聖呢？也是你們找人假扮的？那又有什麼必要。」我道。

耿夔道：「不，那是一位真正倒楣的小吏，真正迷路到了鵠奔亭。他的到來，倒正好幫了我們一個忙，讓你當時怎麼也不會懷疑這個亭舍是廢棄的。當然，他的命也因此不太好，牽公子及時找到他，幫助他將自己吊在了房梁上。說起來很有意思，他的寡母曾經到刺史府喊冤，正好讓我碰到了。」

我知道會是這樣的結果，可憐的小吏，我深恨自己，為什麼對耿夔如此信任，透過洞開的亭舍房門，我望著後院那排墳堆，感覺憋得難受，突然放聲大哭起來。剛才我還想，這墳堆下面的屍骨是有靈性的，現在看來，仍不過是些朽骨泥土而已。

「你為什麼不說話，你為什麼不問，是誰將蘇娥扔進了蒼梧君的墓穴中。是他，我們的牽公子。」耿夔冷笑道。

牽不疑從士卒群中走出來，我剛才還真沒注意到。他笑道：「使君，慚愧，這一切都是我做的。我生性喜歡鬥雞走狗，愛好美女狗馬奇服，不事產業。我和我的朋友們平常時節都做著欺男霸女、椎埋為奸的勾當，為此我還被李直那老豎子關在城外，教訓了一通。那天我和朋友們在這路上偶然遇見蘇娥一家，那個女子可真是漂亮，難怪你的兒子對他那樣念念不忘，你們父子兩人的情性，可真是，呵呵……他們帶著的一個小女孩也很迷人，可惜太小。我們沒有耐心等待她長大，於是果斷地殺了。殺了三個，留下一個。蒼梧君那死豎子的墓，埋了那麼多金銀珠寶，我早就垂涎欲滴了。千里做官，為了什麼，不就為了錢財嗎？我們總共花了兩個月，挖通進陵園的道地；又足足花了兩個月，才挖通進入墓室的石山。那種疲累，這輩子我都不想回味。我的這些兄弟們當時氣不過，把那個死豎子的屍體從棺材裡拖了出來，當時他的屍體他媽的還沒腐爛呢。對了，那天進入墓室的時候，為了有人可以放風，我把那個美人也帶了去，要她脫光衣服在四處走動，據說這樣可以辟邪，誰知她很不合作，一時惹惱了我，被我一刀殺死，順便扔進了蒼梧君那個死豎子的棺材裡，也算厚葬，對得起她了。什麼，你說她的屍體是在耳室的妃嬪棺材裡發現的，胡扯，我自己親自扔的，怎麼會錯……之後我們又尋找了機會，用美色和藥將走在半路的何晏灌得迷迷糊糊的，帶他進了一個偽造有蒼梧君墓壁畫的房間，在他衣帶上結了半枚蒼梧君墓中出土的玉珮，醒來時，他以為自己真做了一個真切的夢。對著任何獄吏，他都無法不把那個夢重述一遍，因為他知道的只有這麼多。哈哈哈哈……」他說完，笑聲在恬靜的夜色中飛蕩。

　　我突然像青蛙一樣彈起來，衝上前去，像鷹隼一樣伸出兩隻手，死死卡住他的脖子。我的手雖然帶著桎梏，卡他的脖子卻並不感覺有何不便。我死死勒住他，除非天荒地老，我想自己不會鬆手。

## 第四十回　鬼亭解端由

　　牽不疑的脖子變得紫脹，喉頭不住地發出咳咳聲，耿夔趕忙上來，我的脖子上還戴著頸鉗，耿夔使勁一按頸鉗，鐵籤一樣銳利的鉗翅扎入了我的背脊，我感覺一陣劇痛，手不由得鬆開了。受刑原來是這麼痛苦的，我完全承受不住。

　　耿夔神色仍是那麼從容，道：「使君，你反正要死，何必要找牽公子做墊背？又何必如此急躁？等話說完了，我會送你上路的。」

　　我喘著氣，道：「你貪夜趕來，就是為了告訴我這個？」

　　「是的，」耿夔道，「我本來不想在這殺你，無奈趙信臣那矮子竟然說要為你上書求赦，實在是可忍，孰不可忍。當然，還有一個更重要的原因，我一想到你死了也不知道自己怎麼死的，就不免難受，為此我坐立不安，難受了一早上。不，你不要自作多情，我不是為你難受，而是我自己難受。因為看不到你自己因為遭了愚弄而死的蠢樣子，我覺得自己的快意實在不圓滿。我想追求這種圓滿，所以不得不來。」

　　「現在你看到了，殺死我罷。其實我並不覺得死有多難過。」我說。這是我的真心話，我確實一點不留戀這個荒誕的世界。

　　耿夔望著我的眼睛：「你還有不明白的嗎？」

　　我道：「沒有不明白的。牽不疑殺了蘇娥一家，又盜掘了前蒼梧君陵墓，怕我來蒼梧查出真相，於是你們乾脆設計，在鵠奔亭迷惑我，製造鬼魂訴冤的假象。之後你又不斷給我暗示，借我的手殺了李直和龔壽，這樣你們在蒼梧既可以為所欲為，又能讓我重新遭受喪妻失子之痛。我說得夠明白罷，現在你們動手罷。」我望著皓月，想著馬上要離開這個汙濁的世間，油然而生一絲快意。但轉念想到這世間真的沒有鬼魂，死後未必能和妻子團聚，又不覺感到非常遺憾。

　　耿夔道：「是的，還漏了一個環節，那個田大眼，也是我花錢買通的，

我讓他無中生有地向你訴說找到那半枚玉珮的經過，又無中生有地帶來兩件蒼梧君墓中的玉器給你。墓是這位牽公子盜掘的，這種東西當然他有的是。牽公子還派了兩個家僕混入龔壽家中做蒼頭，故意挑撥離間，見了任尚就砍。還好，那天我及時將他們兩個殺死，免得被你查出破綻。只是見鬼，我也沒想到李直那麼大膽，敢發兵進攻你，讓我自己也差點殉葬。好在事情在最後關頭逆轉，所有的天平都傾向我們這邊，我達到了一切計畫中的目的⋯⋯你不想活，那好，我也不客氣了。你要知道，這世上，沒有人天生該被他人蹂躪，希望你臨死前也能自我反省一下。」說著拔刀出鞘。

曹節好像大夢初醒：「耿功曹，不能這樣，我等回洛陽交不了差了。」

耿夔橫刀在胸，笑道：「你們還需要交什麼差 —— 諸君還等什麼？」

他剛說完，他身後的幾個人抬起弓弩，只聽嗡嗡聲響，數支箭矢飛出，各自準確地射中了曹節等六人的前胸，幾乎在同一時間，他們也相繼扔出腰刀，那些射箭人發出幾聲慘叫，大概有人被腰刀擲中了。曹節等人跪在地下，雙手握住箭桿，好像要將箭矢拔出，可是最終都半途而廢，齊齊倒在草叢中，驚起蛙聲一片。

我垂下頭，早在耿夔進來的時候，就已經知道了他們是這樣的命運。洛陽吏押著一個戴罪的刺史回京，在半途消失，這種事雖然不常有，但未必就一定不會發生。它的最終結果，不過是文書往來的事罷了。朝中的權臣或許正高興呢，這正中他們下懷，或許連文書往來的解釋都不必要。在大漢這個龐大的帝國之中，什麼都缺，最不缺的就是人，死幾個人算得了什麼？

我直視著耿夔，他的刀在月色下顯得非常黯淡，突然光芒暴漲，好像月華飛墜。他的身體突然像凍住了一般，凝固在那裡，嘴巴張得很大。我們站的地方，雖然本來就不算暗，但這時陡然又亮了許多，幾束明亮的光，帶著門和窗櫺的形狀，飛快地躺在我們腳下。原來旁邊那棟亭舍暗灰色的正堂已

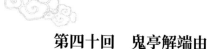

## 第四十回　鬼亭解端由

然燈火通明，銀燭燦爛，好像正在舉行一場大型的宮廷宴會，空氣中似乎還隱約能聽見絲竹之聲，這聲音微弱得像絲線一樣，或者就像我現在的生命，非常慘淡淒涼。尤為詭異的是，恍然間，有五個人影出現在光亮之中，他們雖然披著燭光，但仍然可以清晰看出，正是蘇萬歲、蘇娥、縈兒和致富四人，還有，還有一個卻是阿藟，綺年玉貌的阿藟，眼下他們個個臉色慘白，一句話也不說，只是怔怔地看著我們，好像我們是一群不速之客，打擾了他們的家宴。

　　天哪，這是怎麼回事？我轉首望著耿夔，他驚呼了一聲，回頭茫然望著牽不疑，牽不疑的臉上驚恐萬分：「鬼，真的有鬼！」說著轉身要跑，突然慘叫一聲，一跤向前摔倒，一枝羽箭準確地插在他的項上，箭羽震顫不絕。他身邊的那些士卒趕忙上前，狂呼亂叫。又聽得幾聲弓弦聲響，他們脖子分別中了一箭，餘下的幾個抬起弓弩，還沒等反擊，亮光消失了，院子裡又回歸了陰暗，只有頭頂皓月仍舊當空，這幾個舉著弓弩的士卒也悶呼一聲，仰首跌倒，脖子上各自都插著一支羽箭。

　　我驚呼道：「任尚，是你嗎！」

　　一個黑影從屋脊上縱下：「是我，使君！」他單手握刀從陰影處走了出來，一張碩大的弓斜背在肩上。

　　耿夔唉了一聲：「我早該想到，任老虎不是那麼容易能被殺死的。」

　　任尚道：「對，我不是鬼。但是現在看來，這個世間確實不是沒有鬼的，我早就說過。」他的眼睛望著剛才亮光展示的亭舍正堂，若有所思，那正堂現在仍舊黑魅魅的。

　　「到底怎麼回事？」我望著任尚，喜極而泣。他的額上有道深深的刀痕，在月下看得清清楚楚。

　　任尚道：「使君，我和這位耿君當時在龔壽莊園前，陡然遇到襲擊。我

猝不及防，額上中了一刀，好在我危急之中迅疾後仰，才沒受致命之傷。當時我還很為這位耿君的安危擔憂，力斃兩人，搶了一匹馬要他逃走。之後我中了兩箭，那些蒼頭箭法太差，力道不足，同樣不足以致命。不過我也確實沒力氣了，他們將我扔進預先挖好的坑中，就全部去喝酒作樂。上蒼護佑，我半夜甦醒，竟然爬了出來，摸到莊園中，順手殺了一名奴僕，將他冒充我，扔進了坑裡。而且，在這時候，我有點懷疑這位耿君了。」

耿夔的臉色在月光下像披了一層嚴霜：「怪不得我聽說莊園中丟失了一位奴僕，卻不敢相信是你殺的。你為什麼會懷疑我？」

任尚道：「因為我聽見有的蒼頭責備另外兩名蒼頭，說後者不該去惹像我這樣的人，搞得自己死了兩個朋友。那兩個蒼頭支支吾吾地應對，我於是隱隱有了懷疑，他們怎會知道我們躲藏在莊園外，而且一出手就是對我。而且當我回味那場打鬥之時，感覺也有疑點，其他蒼頭欲進攻耿夔之時，反而被那兩個蒼頭有意無意地格開。不過我一直只是懷疑，不敢確信，因為我想，和我親同手足的耿掾，怎麼可能害我。於是在躲避養傷之餘，我只是偷偷打探消息。當使君被檻車徵往洛陽後，我就跟蹤檻車，準備找個合適的時間解救使君。一直跟到此處，沒想這位耿君竟然自己跳出來了。」

耿夔臉色鐵青，站著不動：「任老虎，算你厲害，今天死在你手中，也算死得其所。其實這個世間我也無所眷戀，報了仇又怎樣，百年之後，俱歸黃土。」

任尚收刀還鞘，搖搖頭：「我不會殺你，你走罷。」又轉頭向我，「使君，我們暫時伏藏山澤，等待奸臣覆滅和朝廷的大赦。」說著，他伸出手，攙扶我的手臂。

我望著耿夔，不知道說什麼好，許久，嘴巴裡蹦出一句：「對不起！耿君。」任尚解開我的枷鎖，扳斷檻車的欄杆，將我扶進車中，自己躍上車，

## 第四十回　鬼亭解端由

道：「這次，只好下吏來為使君駕車了。」

　　耿夔孤獨地站在草叢中，望著我們，我突然心中生起一絲憐憫，想讓任尚將他帶上。突然，他發出一聲恐怖的尖叫，大聲道：「蛇，蛇……」他一邊叫，一邊將手中的腰刀拚命飛舞，像瘋子一樣。任尚回頭看了一眼，果斷地一鞭擊在馬背上，那馬嘶鳴一聲，拉著我們的車，呼嘯而去。

# 附錄　何敞年譜簡編

漢安帝劉祜元初二年（西元一一五年），雞鳴時，何敞生於廬江郡居巢縣空桑里。

漢安帝劉祜建光元年（西元一二一年），六歲，在縣學宮做廝養，協助成年僕役打雜，也開始旁聽識字。皇太后鄧氏死。

漢安帝劉祜延光三年（西元一二四年），九歲，舅舅被當地官吏指使吏卒打成重傷。在縣學宮學習儒術和法律。

漢順帝劉保永建二年（西元一二七年），十二歲，舅舅絕望，自殺死，切身體會到世態的炎涼。和左雄結為好友，為人生之慰藉。周宣任蒼梧太守。

漢順帝劉保陽嘉元年（西元一三二年），十七歲，初次見到左藟，成為對左藟一生愛情的開始。周宣遷廬江太守。

漢順帝劉保陽嘉四年（西元一三五年），二十歲，受廬江太守周宣賞識，辟除為郡決曹史；又受同縣故縣丞左博的青眼，左博將女兒左藟嫁之。不久，與左藟訂婚。

漢順帝劉保永和元年（西元一三六年），二十一歲，在廬江郡舒縣空桑里老宅，與左藟成婚。

漢順帝劉保永和四年（西元一三八年），二十三歲，升督郵，巡行潯陽。左藟懷孕，於大風日失蹤。後再赴潯陽，殺潯陽縣令潘大牙父子及一干不法掾屬。

漢順帝漢安元年（西元一四二年），二十七歲，此前歷任主簿、督郵、五官掾、功曹，以察廉除丹陽令，秩級六百石，懲治丹陽大族水丘北等，威震郡縣。周宣任太尉。

漢沖帝劉炳永嘉元年（西元一四五年），三十歲，因懲治丹陽奸人手段過苛，被州府劾奏為酷暴，免職。

漢質帝劉纘本初元年（西元一四六年），三十一歲，周宣推薦給荊州刺史劉陶，劉陶辟除他為部南郡從事、治中從事，受任查南郡太守貪贓案，拷掠南郡太守倉曹掾、江陵人耿夒，五毒俱至，耿夒堅貞不屈，感動了何敞，兩人結為好友，是時耿夒二十六歲。

漢桓帝劉志建和二年（西元一四八年），三十三歲，丹陽大亂，百姓不滿丹陽縣令的不法行徑，群聚欲攻擊縣廷，朝廷重新起用何敞為丹陽令，掠殺丹陽諸多不法掾屬，縣中重新恢復平安繁榮。

漢桓帝劉志和平元年（西元一五〇年），三十五歲，因治理丹陽有功，升遷為南郡太守，到郡，辟除耿夒為功曹史。

漢桓帝劉志元嘉二年（西元一五二年），三十七歲，為南郡太守，行縣至郡內宜城，遇盜賊，掾屬或死或逃，獨騎吏任尚單騎馳逐，射殺三十六名賊盜，何敞因此獲救，回去後擢拔任尚為兵曹掾，率兵進擊宜城山中群盜，全殲之。

漢桓帝劉志永興元年（西元一五三年），三十八歲，因蕩平賊寇有功，經太尉周宣保舉，遷為河南尹，帶耿夒、任尚去洛陽上任，分別署兩人為功曹史和五官掾。

# 附錄

漢桓帝劉志永興二年（西元一五四年），三十九歲，破獲洛陽老婦魚刺案。太尉周宣薨。
漢桓帝劉志永壽二年（西元一五六年），四十一歲，遷司隸校尉。
漢桓帝劉志延熹元年（西元一五八年），四十三歲，九月，得罪權臣梁冀，貶交州刺史。
漢桓帝劉志延熹二年（西元一五九年），四十四歲，六月，因擅發兵與蒼梧都尉李直相攻，有罪，檻車徵回洛陽，在鵠奔亭遇故掾任尚相救逃亡。八月，桓帝與宦官單超等共謀，誅殺梁冀宗族。

# 後記

　　《鵠奔亭》這本書，是我十幾年前寫的，還記得當時是二〇〇八年夏天，北京奧運會正在如火如荼地舉行著。我坐在大學某間宿舍的涼蓆上，抱著筆記型電腦啪啪啪地打字，間隙偶爾瞄一眼電視。那時的我，已經不愛看奧運會，尤其不在乎誰得了金牌。我只是比較愛運動會的熱鬧。

　　書寫完後曾經發給朋友割風看，他說很好，故事很精巧，也基本沒有漏洞。不過我自己一直不大喜歡書的結尾，感覺太倉促了。我總是這樣，每寫一本小說，開頭往往精力飽滿，然後是越來越不耐煩，非常焦躁，於是盡快結尾。這本書也有類似的問題，前面鋪墊細膩，甚至像寫散文，但三分之二過後，就有點放飛自我。

　　小說出版後，好幾個朋友看了都說適合拍成電影，也確實有幾次，影視公司找我談，但最後都不了了之，倒是搞得我浪費時間，寫了幾稿內容提要。剛才搜尋電腦文件，就搜出一個電影版《鵠奔亭》的內容提要。我發現在這個內容提要中，結尾比小說略有改動，我還覺得這個電影版的改動比小說似乎要好一些，乾脆摘錄如下，供讀者決擇：

　　　　朝廷因為擅發士兵的事件，下詔檻車徵召何敞回洛陽，何敞將耿夔託付給牽召，自己坐著囚車上路了。但囚車出城不久，蒼梧君帶著幾個人追了上來，說要為何敞餞行，他告訴何敞，日間無意中看見耿夔和牽召在一起有說有笑，非常開心，還得到消息，說有人曾見到老年左薑和耿夔在一起談話，鬼鬼祟祟。何敞突然醍醐灌頂，腦中閃回著老左薑出現的畫面、耿夔的舉動，又想起在鵠奔亭曾夢見妻子，懷疑床榻下可能埋著真正的左薑。於是，他要蒼梧君帶他再次去鵠奔亭。

　　　　何敞在左薑墳前祭拜，問墳內是不是真的左薑，如果左薑有靈，就回答她。墳墓沒有動靜，院外卻突然傳來耿夔的聲音：「的確，她就是你的愛妻。」然後，一夥人出現，說：「我本不想殺你，但現在必須殺了。」

# 後記

……

耿夔告訴何敞，後來出現的左薑，是他令人假扮的，真的左薑確實曾被拐賣到蒼梧，被當日來蒼梧縣出差的耿夔找到，耿夔本欲帶她回何敞身邊。但夜半之時，左薑無意中撞見耿夔與牽不疑的密談，於是被殺害滅口，埋在何敞睡過的床榻之下。亭卒陳無智目睹這個場景，嚇成瘋癲，終日都在畫當時的情形。

何敞這才知道一切都是耿夔的詭計，他眼睜睜看著耿夔射殺了蒼梧君的手下，閉目等死。突然，蒼梧君的部下率眾趕到，最終殺了耿夔。

這樣的修改，情節較為自然些，不像小說版原文中耿夔主動暴露自己的祕密，顯得傻氣。我還曾經設想，最後讓耿夔不經意的一句口頭禪或者說漏了嘴，使得何敞發覺到他是幕後凶手。但這樣是不是也很老套呢？不好說。

十年間，有不少讀者，尤其是女性讀者告訴我，相比我那本比較有名、一印再印的長篇小說《亭長小武》，她們更喜歡《鵠奔亭》，但男性讀者則不然，我不理解這是怎麼回事，大概因為這本書描寫感情的篇幅較細膩，而《亭長小武》則相當粗暴。

史杰鵬

# 鵠奔亭：交州盜墓案

作　　者：史杰鵬

發 行 人：黃振庭

出 版 者：崧燁文化事業有限公司

發 行 者：崧燁文化事業有限公司

E - m a i l：sonbookservice@gmail.com

粉 絲 頁：https://www.facebook.com/sonbookss/

網　　址：https://sonbook.net/

地　　址：台北市中正區重慶南路一段六十一號八樓
815 室

Rm. 815, 8F., No.61, Sec. 1, Chongqing S. Rd.,
Zhongzheng Dist., Taipei City 100, Taiwan

電　　話：(02) 2370-3310

傳　　真：(02) 2388-1990

印　　刷：京峯彩色印刷有限公司（京峰數位）

律師顧問：廣華律師事務所 張珮琦律師

## 國家圖書館出版品預行編目資料

鵠奔亭：交州盜墓案 / 史杰鵬著 . --
第一版 . -- 臺北市：崧燁文化事業
有限公司 , 2022.06
　　面；　公分
POD 版
ISBN 978-626-332-426-8( 平裝 )
857.7　　111008111

電子書購買

臉書

定　　價：399 元

發行日期：2022 年 6 月第一版

◎本書以 POD 印製